2024

Abitur

Original-Prüfungsaufgaben
mit Lösungen

Gymnasium · Gesamtschule NRW

Geographie

STARK

17. ergänzte Auflage
www.stark-verlag.de

Inhalt

Original-Prüfungsaufgaben Abitur 2022

Grundkurs

Leistungskurs

Original-Prüfungsaufgaben Abitur 2023

www.stark-verlag.de/mystark

Sobald die Original-Prüfungsaufgaben 2023 freigegeben sind, können sie als PDF auf der Plattform MyStark heruntergeladen werden (Zugangscode vgl. vorne im Buch/ Umschlaginnenseite).

Autor*innen

RAINER KOCH (HG.): Hinweise und Tipps; Lösungen GK

SANDRA BÖKER: Lösungen LK

Vorwort

Liebe Abiturientinnen und Abiturienten,

Sie legen bald die schriftliche oder mündliche Abiturprüfung im **Fach Geographie** ab. Dieses Buch hilft Ihnen dabei, sich erfolgreich darauf vorzubereiten.

Das einführende Kapitel „**Hinweise und Tipps zum Zentralabitur**"
- informiert Sie über die offiziellen Vorgaben,
- macht Sie mit den unterschiedlichen Arbeitsanweisungen (Operatoren) vertraut und erläutert die Schwierigkeitsstufen (Anforderungsbereiche) jeder Aufgabe,
- gibt Ihnen wertvolle **Tipps**, wie Sie die gestellten Aufgaben am besten lösen können,
- informiert Sie über alles Wissenswerte zur **mündlichen Prüfung** im Fach Geographie.

Der anschließende **Übungsteil**
- enthält die Aufgaben des Zentralabitur-Haupttermins der Jahre 2021 und 2022,
- erlaubt Ihnen, sich auf die **inhaltlichen Vorgaben** vorzubereiten und wertvolle Schlüsse auf den Inhalt und die Anforderungen der kommenden Abiturprüfung zu ziehen,
- zeigt Ihnen anhand konkreter **Bearbeitungshinweise**, wie Sie am effektivsten an die Aufgaben herangehen,
- bietet **Lösungsvorschläge**, die Sie mit Ihre eigenen Lösungen vergleichen können, um so Ihren Kompetenz- und Wissensstand zu kontrollieren.

Den **Abiturjahrgang 2023** können Sie auf der Plattform MyStark herunterladen.

Insgesamt können Sie mit diesem Buch selbstständig die im Unterricht erworbenen Kompetenzen anwenden und sich so **effektiv auf das Abitur vorbereiten.**

Sollten nach Erscheinen dieses Bandes vom Kultusministerium noch wichtige Änderungen im Abitur 2024 bekannt gegeben werden, finden Sie aktuelle Informationen dazu im Internet unter: *www.stark-verlag.de/mystark.*

Lernen Sie gerne am PC, Tablet oder Smartphone? Auf der nächsten Seite finden Sie Hinweise zu den digitalen Zusätzen zu diesem Band.

Wir wünschen Ihnen eine erfolgreiche Prüfung!

Hinweise zu den digitalen Zusätzen

Auf alle digitalen Zusätze können Sie online über die Plattform **MyStark** zugreifen. Ihren persönlichen Zugangscode finden Sie auf der Umschlaginnenseite.

PDF der Original-Prüfungsaufgaben 2023

Sobald die Original-Prüfungsaufgaben 2023 freigegeben sind, können Sie sie als PDF auf der Plattform MyStark herunterladen. Hier finden Sie auch die gekennzeichneten Abbildungen in Farbe.

Lernvideos

Die Auswertung geographischer Materialien ist ein wichtiger Teil aller Klausuren. Mithilfe der **Lernvideos zum richtigen Umgang** damit können Sie sich optimal auf das Lösen von Aufgaben vorbereiten.

Folgende Lernvideos sind enthalten:

- Bilder analysieren und auswerten
- Karten analysieren und interpretieren
- Diagramme verstehen und auswerten

Interaktives Grundlagentraining mit **Glossar**

Das Online-Training ermöglicht die **Wiederholung wichtiger Inhalte**. Alle Aufgaben können direkt am PC oder Tablet bearbeitet werden, Sie erhalten dann sofort eine Rückmeldung zu Ihren Antworten.

Folgende Themengebiete sind enthalten:

- Klimageographie
- Ressourcen
- Landwirtschaft
- Industrie
- Dienstleistungen
- Bevölkerungsgeographie
- Siedlungsgeographie
- Mobilität – Migration, Pendlerwesen, Tourismus
- Globalisierung und Weltwirtschaft
- Unterschiedliche Entwicklung in der „Einen Welt“

Ein **Glossar** ermöglicht Ihnen das Nachschlagen wichtiger Fachbegriffe.

Hinweise und Tipps zum Zentralabitur

1 Rahmenbedingungen

1.1 Vorgaben für das Zentralabitur 2024

Seit 2007 werden in Nordrhein-Westfalen die Prüfungsaufgaben für die schriftliche Abiturprüfung zentral vom Schulministerium gestellt. Wesentliche Grundlagen sind der Kernlehrplan Geographie für die Sekundarstufe II Gymnasium/ Gesamtschule NRW sowie die jährlich vom Ministerium neu festgelegten thematischen Fokussierungen. Die Aufgaben für die mündliche Abiturprüfung hingegen werden weiterhin dezentral von der jeweiligen Schule entwickelt.

Alle für Sie wichtigen Informationen zur Prüfung werden auf den folgenden Seiten erläutert. Informationen zu den genauen Prüfungsterminen u. a. finden Sie im Internet.

1.2 Zeitrahmen

Bei den zentralen Abiturprüfungen im Fach Geographie werden Ihnen drei verschiedene Aufgaben vorgelegt, von denen Sie eine zur Bearbeitung auswählen müssen. Für die Auswahl haben Sie maximal 30 Minuten Zeit. Im Grundkurs stehen Ihnen danach für die Bearbeitung noch 210 Minuten (3 ½ Stunden), im Leistungskurs noch 270 Minuten (4 ½ Stunden) zur Verfügung.

1.3 Aufgabenstruktur

Jede Aufgabe stellt eine thematische Einheit dar. Diese enthält eine zwei- oder dreiteilige Arbeitsanweisung mit verschiedenen Teilaufgaben. **Grund- und Leistungskurs** unterscheiden sich im Hinblick auf den **Umfang** und/oder die **Komplexität** der vorgelegten Materialien. Ansonsten greifen sie bis auf wenige Unterschiede bei den jährlichen Vorgaben zu den inhaltlichen Schwerpunkten und Fokussierungen *(Kapitel 2!)* auf dieselben inhaltlichen und methodischen Kompetenzen zurück.

1.4 Hilfsmittel

Im Fach Geographie können Sie grundsätzlich folgende Hilfsmittel benutzen:
- den an der Schule in der Qualifikationsphase überwiegend verwendeten Atlas, in einer für alle Prüflinge gleichen Auflage,
- Wörterbuch zur deutschen Rechtschreibung,
- Taschenrechner (wissenschaftlicher Taschenrechner ohne oder mit Grafikfähigkeit/CAS-Taschenrechner).

2 Inhaltliche Schwerpunkte des Kernlehrplans Geographie und Fokussierungen im Fach Geographie für die Abiturprüfung 2024

(Grund- und Leistungskurs an Gymnasien, Gesamtschulen, Weiterbildungskollegs, Waldorfschulen und für Externe)

Quelle: Ministerium für Schule und Weiterbildung Düsseldorf 2021; vgl. auch Kernlehrplan Geographie für die Sekundarstufe II – Gymnasium/Gesamtschule in Nordrhein-Westfalen

Inhaltsfeld 3: Landwirtschaftliche Strukturen in verschiedenen Klima- und Vegetationszonen

- Landwirtschaftliche Produktion in den Tropen vor dem Hintergrund weltwirtschaftlicher Prozesse
- Intensivierung der landwirtschaftlichen Produktion in der gemäßigten Zone und in den Subtropen
- Landwirtschaft im Spannungsfeld zwischen Ressourcengefährdung und Nachhaltigkeit

Inhaltsfeld 4: Bedeutungswandel von Standortfaktoren

- Strukturwandel industriell geprägter Räume
- Herausbildung von Wachstumsregionen
  - *Veränderung von Raumstrukturen im Kontext von Digitalisierung (Standortfaktor digitale Infrastruktur, Onlinehandel, Verlagerung von Arbeitsplätzen, digital vernetzte Güter- und Personenverkehre, Veränderung von Pendlerströmen)*

Inhaltsfeld 5: Stadtentwicklung und Stadtstrukturen

- Merkmale, innere Differenzierung und Wandel von Städten
- Metropolisierung und Marginalisierung als Elemente eines weltweiten Verstädterungsprozesses
- Demographischer und sozialer Wandel als Herausforderung für zukunftsorientierte Stadtentwicklung

- *Verlaufsmodell Gentrifizierung*
- *Veränderung von Raumstrukturen im Kontext von Digitalisierung (Standortfaktor digitale Infrastruktur, Onlinehandel, Verlagerung von Arbeitsplätzen, digital vernetzte Güter- und Personenverkehre, Veränderung von Pendlerströmen)*

Inhaltsfeld 6: Sozioökonomische Entwicklungsstände von Räumen

- Merkmale und Ursachen räumlicher Disparitäten
- Demographische Prozesse in ihrer Bedeutung für die Tragfähigkeit von Räumen
- Strategien und Instrumente zur Reduzierung regionaler, nationaler und globaler Disparitäten

Inhaltsfeld 7: Dienstleistungen in ihrer Bedeutung für Wirtschafts- und Beschäftigungsstrukturen

- Entwicklung von Wirtschafts- und Beschäftigungsstrukturen im Prozess der Tertiärisierung
- Wirtschaftsfaktor Tourismus in seiner Bedeutung für unterschiedlich entwickelte Räume

3 Leistungsanforderungen

Folgende Kompetenzen müssen Sie bei der Bearbeitung der Abituraufgabe im Fach Geographie nachweisen:

Inhaltsbezogene Kenntnisse und Fähigkeiten
Im Mittelpunkt der Abituraufgabe steht ein bestimmter Raum. Diesen müssen Sie lokalisieren und seine geographischen und topographischen Besonderheiten kennzeichnen können. Ebenso erwartet wird die sachkundige Analyse unter dem geforderten inhaltlichen Schwerpunkt. Hierbei müssen Sie im Unterricht erworbene Kompetenzen (Sach- und Urteilskompetenzen) anwenden.

Methodenbezogene Kenntnisse und Fertigkeiten
Sie sollten in der Lage sein, bezogen auf jede Teilaufgabe eine sinnvolle Auswahl aus den vorgelegten Arbeitsmaterialien zu treffen, alle wesentlichen Aspekte herauszuarbeiten und Ihre Erkenntnisse in Ihren Darstellungstext einzubauen. Wichtig ist eine eigene und sinnvolle Zuordnung der Materialien sowie gedankliche Strukturierung des Darstellungstextes.

Folgerichtige Gedankenführung und Argumentation zu den gestellten Teilaufgaben
Damit ist gemeint, dass Ihre Ausführung keine Gedankensprünge oder Widersprüche aufweisen darf und dass Sie die einzelnen Teile Ihrer Darstellung mithilfe sinnvoller Überleitungen oder Verbindungen miteinander verknüpfen.

Fach- und sachgerechte schriftliche Darstellung
Hierzu zählt der korrekte Gebrauch der deutschen Sprache ebenso wie die sichere Beherrschung der Fachsprache.

4 Anforderungsbereiche und Operatoren

Die für die gymnasiale Oberstufe wichtigen **Anforderungsbereiche (AFB) I–III** werden in den bundesweit gültigen Einheitlichen Prüfungsanforderungen in der Abiturprüfung (EPA) erläutert. Diese AFB sind sowohl für die Aufgabenstellung und die in ihnen enthaltenen **Operatoren** wichtig als auch für die Bewertung der Prüfungsleistungen. Diese drei Anforderungsbereiche entsprechen drei Leistungsstufen, die durch unterschiedliche Operatoren angesteuert werden. In der folgenden **Übersicht** werden die einzelnen Operatoren erläutert.

Operatoren	Definition	AFB-Bandbreite
nennen	Informationen/Sachverhalte ohne Kommentierung wiedergeben	I
beschreiben	Materialaussagen/Sachverhalte mit eigenen Worten geordnet und fachsprachlich angemessen wiedergeben	I–II
darstellen	aus dem Unterricht bekannte oder aus dem Material entnehmbare Informationen und Sachzusammenhänge geordnet (grafisch, verbal) verdeutlichen	I–II
lokalisieren	Einordnen von Fall-/Raumbeispielen in bekannte topographische Orientierungsraster	I–II

Beispiel:

Lokalisieren Sie den Landkreis Oder-Spree sowie den Standort Grünheide (GK 2022, Aufgabe 3).

Operatoren	Definition	AFB-Bandbreite
einordnen/zuordnen	einem Raum/Sachverhalt auf der Basis festgestellter Merkmale eine bestimmte Position in einem Ordnungsraster zuweisen	II
kennzeichnen	einen Raum/Sachverhalt auf der Basis bestimmter Kriterien begründet charakterisieren	II
erläutern	Sachzusammenhänge mithilfe ergänzender Informationen verdeutlichen	II

erklären	Begründungszusammenhänge, Voraussetzungen und Folgen bestimmter Strukturen und Prozesse darlegen	II
analysieren	komplexe Materialien/Sachverhalte in ihren Einzelaspekten erfassen mit dem Ziel, Entwicklungen/Zusammenhänge zwischen ihnen aufzuzeigen	II – III
vergleichen	Gemeinsamkeiten und Unterschiede zwischen (vergleichbaren) Strukturen/Prozessen erfassen und kriterienbezogen verdeutlichen	II – III
anwenden	Theorien/Modelle/Regeln mit konkretem Fall-/Raumbeispiel/Sachverhalt in Beziehung setzen	II – III

Beispiele:

Lokalisieren Sie Tansania und **kennzeichnen** Sie den Entwicklungsstand des Landes (GK 2021, Aufgabe 3).

Erläutern Sie die Entwicklung, Strukturen und Bedeutung der Automobilindustrie in der Region Zwickau-Mosel seit den 1990er-Jahren (LK 2021, Aufgabe 3).

Operatoren	Definition	AFB-Bandbreite
erörtern	einen Sachverhalt unter Abwägen verschiedener Pro- und Kontra-Argumente klären und abschließend eine schlüssige Meinung entwickeln	III
(kritisch) Stellung nehmen	unter Abwägung unterschiedlicher Argumente zu einer begründeten Einschätzung eines Sachverhalts/einer Behauptung gelangen	III
überprüfen	(Hypo-)Thesen/Argumentationen/Darstellungsweisen auf ihre Angemessenheit/Stichhaltigkeit/Effizienz hin untersuchen	III
beurteilen/bewerten	auf der Basis von Fachkenntnissen/Materialinformationen/eigenen Schlussfolgerungen unter Offenlegung/Reflexion der angewendeten Wertmaßstäbe zu einer sachlich fundierten, qualifizierenden Einschätzung gelangen/eine begründete, differenzierte eigene Meinung entwickeln	III

Beispiele:

Erörtern Sie die zukünftigen Perspektiven des Tourismus in Zermatt (GK 2021, Aufgabe 2).

Überprüfen Sie, inwieweit das Konzept der nachhaltigen Stadtentwicklung im Stadtteil Västra Hamnen umgesetzt worden ist (GK 2021, Aufgabe 1).

5 Tipps für die Anfertigung der Abiturklausur

5.1 Auswahl der Aufgabe

Am Tag der schriftlichen Prüfung können Sie aus **drei zur Wahl gestellten Aufgaben eine Aufgabe auswählen**. Hierfür haben Sie zusätzlich **30 Minuten** Zeit. Falls Sie für die Aufgabenauswahl weniger Zeit benötigen sollten, kommt Ihnen dies zugute, denn Sie dürfen auch bereits während der Auswahlzeit sofort mit der Bearbeitung beginnen. Deshalb sollten Sie sich darauf vorbereiten, nach einer sorgfältigen Prüfung von Arbeitsanweisungen und Materialteil aller gestellten Aufgaben eine zügige Entscheidung zu treffen.
Anhand der **Überschrift** wird bereits klar, um welchen **Untersuchungsraum** es sich handelt und welcher **Themenschwerpunkt** angesprochen wird (Landwirtschaft, Tourismus, Strukturwandel, Raumplanung, Stadtentwicklung etc.).
Auch wenn Sie spontan zu einer Aufgabe tendieren: Entscheiden Sie sich nicht vorschnell, **überprüfen** Sie in jedem Fall, ob Ihnen der Materialteil auch liegt!

Tipp: Überlegen Sie, ob ein ähnliches Thema – evtl. bezogen auf einen anderen Raum – bereits in einer Klausur oder in Ihrem Unterricht behandelt wurde oder ob eine der gestellten Abitur-Aufgaben einer Ihnen bekannten Übungsaufgabe in diesem Band ähnelt.

5.2 Zeiteinteilung

Beginnen Sie nicht zu früh mit der **Reinschrift**! Zunächst muss in Ihrem Kopf die Bearbeitung aller Teilaufgaben klar sein. Sie müssen anhand des Materialteils die gesamte Aufgabe gedanklich bewältigt haben und das Ergebnis muss, soweit ein solches in der letzten Teilaufgabe gefordert wird, für Sie feststehen.

Achten Sie auf die erreichbaren **Höchstpunktzahlen**, die hinter den Teilaufgaben angegeben sind, und verwenden Sie nicht zu viel Zeit auf die Teilaufgabe 1 – sie zählt bei der Bewertung meistens weniger als die anderen Teilaufgaben *(siehe Kap. 6!)*.
Je nachdem, wie viele Teilaufgaben zu bearbeiten und welche Arbeitsmaterialien auszuwerten sind, teilen Sie sich am besten die 3 ½-stündige (Grundkurs) bzw. die 4 ½-stündige Bearbeitungszeit (Leistungskurs) so ein, dass auch für die letzte Teilaufgabe ausreichend Zeit bleibt. Berücksichtigen Sie, dass Sie für Ihr abschließendes **Fazit** ebenfalls Zeit benötigen.

Für einen letzten **Korrekturgang** sollten Sie am Ende ca. 15 Minuten einplanen. Während dieser Zeit gilt es, formale Aspekte (Rechtschreibung, Zeichensetzung, Layout-Anforderungen wie Deckblattgestaltung, Seitenzahlen-Hinweise u. a.) zu überprüfen. Hier ist auch Gelegenheit, ggf. Lesehilfen in Form von Unterstreichungen und Zwischenüberschriften, soweit nicht schon beim Schreiben geschehen, nachträglich als Gliederungshilfen einzufügen *(siehe auch Kap. 5.4!)*.

5.3 Notizen beim ersten Sichten des Materialteils

Markieren Sie jeden **Operator**, rufen Sie sich ins Gedächtnis, welcher **Anforderungsbereich** hiermit gemeint ist, und halten Sie sich unbedingt daran! So vermeiden Sie Themaverfehlungen.
Arbeiten Sie beim **Sichten des Materials** mit Randanmerkungen und Textmarker, schreiben Sie sich zentrale Fachbegriffe neben das einzelne Material. Machen Sie sich eine Notiz, wo Sie den Atlas zur Unterstützung von Aussagen hinzuziehen. Markieren Sie, welches Material zu welcher Teilaufgabe passt (manche Materialien gehören zu mehreren Teilaufgaben).
Gehen Sie bei der Sichtung alle Materialien von Anfang bis Ende durch, aber arbeiten Sie die Einzelmaterialien in ihren späteren Ausführungen nicht einfach der Reihe nach ab! Denn das würde bedeuten, dass Sie keine **eigenständige gedankliche Strukturierung** vornehmen. Eine solche Strukturierung stellt jedoch eine der im Abitur geforderten Leistungen dar.
Es wird von Ihnen erwartet, dass Sie sich selbstständig im Material bewegen, entsprechend dem von Ihnen gewählten gedanklichen Argumentationsansatz. Das Material ist manchmal bewusst nicht sachlogisch aneinandergereiht, manchmal spielt auch das Format für die Unterbringung auf dem einen oder anderen Blatt eine Rolle. In jedem Fall müssen Sie Ihre methodischen, materialbezogenen Kompetenzen unter Beweis stellen, indem Sie sich von der vorgegebenen **Materialreihenfolge**, wo notwendig, lösen.

5.4 Strukturierung

Überlegen Sie, wie Sie Ihre Abiturklausur **einleiten:** Zu jeder Geographieklausur gehört eine räumliche Einordnung. Ein erster Bezug zum Thema sollte ebenfalls am Anfang stehen.

Folgende Fragen helfen beim Aufbau der Arbeit:
- Wo lassen sich innerhalb der Teilaufgaben *sinnvolle Abschnitte* bilden?
- Wie lassen sich *Überleitungen* zwischen den Teilaufgaben herstellen?
- Wie wollen Sie – mit Rückbezug zum Thema – den *Schlussteil* gestalten?

Die Abituraufgaben im Fach Geographie bestehen aus **mehrteiligen Arbeitsanweisungen**. Hinter deren Reihenfolge verbirgt sich eine sachlogische gedankliche Ordnung. Insofern haben Sie hierdurch bereits die gedankliche **Grobgliederung** vorgegeben. Halten Sie sich unbedingt daran – bei jedem Operator *(siehe Kapitel 4!)* sind ganz konkrete Arbeitsanweisungen zu befolgen!
Machen Sie die Bearbeitung einzelner Hauptgedanken durch **Zwischenüberschriften** und **Absätze** deutlich; fügen Sie auch an mehreren Stellen sogenannte **Spitzmarken** ein, einzelne mit Lineal (!) unterstrichene Kernbegriffe, die alleine in einer Zeile stehen, quasi als „Unter-Untergliederung".
Grundsätzlich verdeutlichen Zwischenüberschriften, Absätze und Spitzmarken, dass Ihrer Ausführung eine klare **gedankliche Ordnung** zugrunde liegt. Vermeiden Sie auch verschachtelte Endlossätze, die Ihre Ausführungen unübersichtlich machen.

Tipp: Vergewissern Sie sich in regelmäßigen Abständen, wie die Themenstellung lautet! Nicht selten passiert es, dass man sich so über das wie von alleine aus der Feder Fließende freut, dass man ganz aus den Augen verliert, was das eigentliche Ziel der Darstellung im Sinne von Thema und Arbeitsanweisung ist.

5.5 Hilfsfragen für die Arbeit mit dem Materialteil

Bei der Arbeit mit dem Materialteil können die folgenden Fragen hilfreich sein:

- *Aus welchem Jahr stammt die jeweilige Quelle?*
  Die Antwort macht deutlich, ob das Dargestellte noch aktuell ist oder ob eine Aussage aus einer früheren Zeit stammt.
- *Wer hat die Quelle verfasst?*
  Die Antwort hierauf kann für eine geforderte Bewertung wichtig sein, z. B. wenn eine politisch begründete Meinung gedanklich einzuordnen ist.
- *Welche Querverbindungen gibt es zwischen den einzelnen Materialien?*
  Jedes Klausur-Materialpaket gleicht einem Mosaik: Seine einzelnen Bausteine gehören thematisch zueinander, fügen sich durch Ihre Bearbeitung zu einem Gesamtbild. Arbeiten Sie diese Zusammenhänge heraus und machen Sie sie sprachlich deutlich.
- *Woher stammen meine eigenen Aussagen?*
  Belegen Sie, dass sich das von Ihnen Gesagte aus dem Material ergibt. Zitieren Sie, wo es wichtig ist, kurz und prägnant *(siehe Kapitel 5.6!)*.

5.6 Materialbelege und Zitate

Materialhinweise sind keine Satzglieder, schon gar keine Subjekte. Sie sind einfache Anhänge, in eine Klammer gesetzt, und gehören grundsätzlich an das Ende eines Satzes oder Abschnittes. Fügen Sie solche Belege immer dann ein, wenn Sie einen neuen Sachverhalt vorstellen oder ein neues Argument vortragen – der **Klammerzusatz** macht keine Mühe, beweist aber Ihr **methodisch richtiges Vorgehen** und stellt für Sie selbst eine Rückversicherung dar, dass Ihre Aussage aufgrund des Materials richtig bzw. möglich ist.
Schreiben Sie: „Im Zeitraum von 2018 bis 2022 ist die Bevölkerung um 30 % gestiegen (M 3)“. Nicht: „M 3 zeigt uns, dass die Bevölkerung …“ oder „Die Bevölkerungszunahme kann man an M 3 erkennen“. So vermeiden Sie die Vermischung von Inhalts- und Formebene.

5.7 Der Schluss

Lassen Sie, um im Bild des Hausbaus und Maurers zu sprechen, mit dem letzten Satz zur letzten Teilaufgabe nicht die Kelle fallen: Zwar ist das gedankliche Gebäude vom Grundsatz her fertig und die Argumentation dicht – aber zu einer Ausführung gehört nun einmal ein Abschluss wie zu einem Haus der äußere Verputz. Jede der Teilaufgaben hatte einen eigenen Arbeitsschwerpunkt – und alle hatten etwas mit dem Thema in der Aufgabenstellung zu tun. Dieses Thema ist quasi das Dach, das alle zwei oder drei Gebäudeteile überdeckt.
Deshalb: Formulieren Sie Ihren Schlussteil unter Rückbezug auf die Themenstellung und fassen Sie die **wesentlichen Teilergebnisse** zu einem **Fazit** zusammen, ohne hierbei bereits Gesagtes mit derselben Formulierung zu wiederholen! „Wie gesagt“ gehört grundsätzlich nicht in eine Ausführung, da Sie damit eine überflüssige Wiederholung auch noch selbst ankündigen!

6 Bewertung der Abiturklausur

6.1 Bewertungskriterien

Insgesamt sind maximal **100 Punkte** in einer Abiturklausur im Geographie-Zentralabitur erreichbar. 80 Punkte können Sie über die inhaltlich-methodisch richtige Bearbeitung der Teilaufgaben erreichen, die jeweils mit einer bestimmten Punktezahl bewertet werden und die Sie den Angaben in der Aufgabenstellung entnehmen können. Deshalb ist es unbedingt notwendig, dass Sie **alle Teilaufgaben bearbeiten**! 20 weitere Bewertungspunkte erhalten Sie für die **Darstellungsleistung** *(siehe unten!)*.

Bei der Bepunktung werden folgende **Bewertungskategorien** berücksichtigt *(siehe auch Kapitel 3!)*:

- inhaltliche Leistung,
- methodische Leistung,
- Gedankenführung/Argumentation, sprachliche Leistung/Darstellungsleistung.

Für jede der gestellten Abituraufgaben gibt es einen **exakten Bewertungsschlüssel**, nach dem die korrigierende Lehrkraft die einzelnen Punkte vergibt.

Anhand eines solchen Bewertungsschlüssels für die Aufgabe ***„Agrarwirtschaftliche Entwicklungen unter dem Einfluss des Weltmarktes – Das Beispiel des Sojaanbaus in Brasilien" (LK 2021, Aufgabe 1)*** in diesem Band können Sie sehen, wie eine Abitur-Aufgabe bepunktet wird. In der rechten Spalte ist die max. erreichbare Punktzahl angegeben.

6.2 Kriterien für die Bewertung der Schülerleistungen

a) Inhaltlich-methodische Leistung

	Anforderungen	max. erreichbare Punktzahl
	Teilaufgabe 1	
	Der Schüler/ die Schülerin	
1	ordnet die Sojaanbaugebiete Brasiliens **räumlich** ein: – etwa zwischen 5 und 30 Grad südlicher Breite, – zwischen den Tropen und den Subtropen, – in den Provinzen des Mittleren Westens und im Süden, – Hauptanbaugebiete in der Provinz Mato Grosso und den südlich und südöstlich angrenzenden Provinzen (M 1, M 2).	3
	Hinweis: *Im Zentralabitur NRW gibt es für die „Lokalisation/räumliche Einordnung" jeweils maximal 3 Punkte. Stereotype Einordnungen, z. B. nur mithilfe des Gradnetzes, verbieten sich hierbei. Denn eine aufgabenbezogene Einordnung verlangt, dass solche Lagemerkmale angeführt werden, die einen unmittelbaren Bezug zur Themenstellung bzw. zur Problemfrage aufweisen. Im vorliegenden Fall spielt neben der peripheren Lage das Klima im Hinblick auf die landwirtschaftliche Nutzung eine wichtige Rolle.*	
2	zeigt **Eigenheiten der Sojapflanze** und deren **Ansprüche an Wachstum und Anbau** auf, z. B.: – hoher Fett- und Eiweißgehalt, – leicht anzubauen, – hohe Ertragsleistung, – vor allem Verwendung als Viehfutter (75 %), – großer Wärmebedarf, optimale Temperatur 25°C, – muss vor Frost und Trockenheit geschützt werden (M 4).	6

3	führt Gründe für die **räumliche Verteilung** des Anbaus in Brasilien an, z. B.in klimatischer Hinsicht: – mit einem Jahresdurchschnitt von 25,6 °C bei ganzjährig hohen Temperaturen ideale klimatische Voraussetzungen in der Provinz Mato Grosso, – mit 1 353 mm ausreichend Jahresniederschläge in Cuiaba im Süden von Mato Grosso, vor allem in den 9 humiden Monaten von September bis Mai, – hiervon zu unterscheidende klimatische Gegebenheiten im Süden Brasiliens, u. a. reliefbedingt, z. B. im 923 m hoch gelegenen Curitiba im Bundesstaat Paraná: + deutlich niedrigere Jahresdurchschnittstemperatur mit 16,7 °C bei einem monatlichen Temperatur-Maximum im Jan./ Februar von 20 °C und einem Minimum im Juli/ August von < 15 °C, + ganzjährige Humidität bei einem etwas höheren Jahresniederschlag von 1 436 mm (M 2, M 3).	8
4	ergänzt weitere **Standortgegebenheiten**, z. B.: – umfangreiche Flächenverfügbarkeit sowohl auf ehemaligen Regenwald- als auch auf Savannenflächen, – Möglichkeit zur Anwendung intensiver landwirtschaftlicher Methoden durch Ergebnisse des landwirtschaftlichen Forschungszentrums EMBRAPA, u. a. im Hinblick auf den Einsatz genveränderter Pflanzen, – Möglichkeit zu großflächigem Anbau in Monokultur (M 1, M 2, M 4).	4
5	erfüllt ein weiteres aufgabenbezogenes Kriterium (max. 3 Punkte).	
	Hinweis: *Sie sollten Ihre Ausführungen durchgehend an dem geforderten Raumbeispiel ausrichten. Bezüge zu Inhalten und Vergleichsbeispielen aus dem Unterricht sollten Sie kurz und knapp darin integrieren. Schreiben Sie nicht zu ausführlich über Sachaussagen, die Sie nicht im Materialteil finden! Hierfür bekommen Sie maximal 10 von 80 Punkten.*	
	Summe erste Teilaufgabe	**21**
	Teilaufgabe 2	**max. erreichbare Punktzahl**
	Der Schüler/ die Schülerin	
1	zeigt die **quantitative Entwicklung** des brasilianischen Sojaanbaus auf: – stetige Zunahme der Produktionsmenge von 15 Mio. t auf 123 Mio. t von 1980 bis 2019, – Zunahme des Anteils genveränderter Sojasorten seit 2003 von ca. 10 % auf über 95 % bis 2017, – Schwerpunkt der Produktion in 5 Bundesstaaten des Mittleren Westens, v. a. in Mato Grosso mit 27 % Anteil an der Gesamtproduktion, – überstarker Anstieg der Sojaproduktion im Vergleich mit anderen Anbaufrüchten (M 1, M 2, M 5, M 8).	5

2	gibt das **flächenmäßige Wachstum** seit 1970 an: – Ausdehnung von ca. 1 Mio. ha auf 35 Mio. ha bis 2017, – dabei zunächst Steigerung bis 2005 auf ca. 23 Mio. ha, danach kurze Stagnation bzw. leichter Rückgang der Anbaufläche bis 2010 um 2 Mio. ha, anschließend Wiederanstieg im Zusammenhang mit wachsendem Anteil genveränderter Pflanzen, – Vordringen in die Savannengebiete im Süden Brasiliens durch großflächige Abholzung der Cerrado (M 5, M 6, M 9).	5
3	stellt die **Faktoren** heraus, **die die Entwicklung** des Sojaanbaus in Brasilien maßgeblich **beeinflusst** haben, z. B.: – agrarindustrielle Innovationen wie die Genveränderung im Zusammenhang mit FuE-Maßnahmen, – Veränderung der Betriebsgrößenstruktur von Klein- und Mittelbetrieben zu Großbetrieben, – zunehmender Fleischverbrauch in Industrie- und Schwellenländern, – steigende Nachfrage nach Soja als Tierfutter und für die Herstellung von Biodiesel (M 4, M 5, M 10).	7
4	weist auf die **strukturellen Entwicklungen** beim brasilianischen Sojaanbau hin, z. B.: – Mechanisierung und Technisierung, u. a. im Zusammenhang mit dem Erntevorgang, erkennbar am Rückgang der Arbeitskräfte trotz Produktionserweiterung, – Intensivierung und Spezialisierung im Zuge des monostrukturellen Anbaus, – Rückgang der Beschäftigtenzahlen im Zuge der Veränderung der Betriebsgrößenstruktur (M 4, M 5, M 7, M 8).	7
5	stellt die Entwicklung und gegenwärtige Bedeutung Brasiliens bei der globalen Sojaproduktion heraus, z. B.: – Steigerung des Exportanteils im Zuge der industriellen Massenproduktion von ca. 4 % auf 11,6 % seit 1994, – mit 123 Mio. t ca. 35 %-Anteil an der Weltsojaproduktion, – seit 1980 Rang 2 der führenden Sojaanbauländer, – 2019 erstmals Weltmarktführer beim Sojaexport vor den USA bei deutlich gestiegener Welterntemenge, – Exporte mit 77,2 Mio. t Sojabohnen überwiegend nach Asien, gefolgt von denen nach Europa mit 5,7 Mio. t Sojabohnen und 18,4 Mio. t Sojaschrot, – Soja als wichtiges Außenhandelsgut und Devisenbringer für Brasilien (M 4, M 8, M 10).	7
7	erfüllt ein weiteres aufgabenbezogenes Kriterium (max. 4 Punkte).	
	Hinweis: *Am Ende einer Teilaufgabe kann als Überleitung zum Folgeteil ein Zwischenfazit formuliert werden, das die Teilergebnisse mit einem Oberbegriff zusammenfasst. Am Ende dieser Teilaufgabe könnte die* ***Industrialisierung der Soja-Produktion für den Weltmarkt*** *angeführt werden.*	
	Summe zweite Teilaufgabe	**31**

	Teilaufgabe 3 Der Schüler/ die Schülerin	max. erreichbare Punktzahl
1	liefert **Pro-Argumente für eine ökonomische Zukunftsfähigkeit** des brasilianischen Sojaanbaus, z. B.: – global stetig gestiegene Nachfrage nach Soja, – führende Stellung als Hauptexporteur von Soja auf dem Weltmarkt seit 2019, – zu erwartende weiterhin steigende Nachfrage in den Hauptabnehmerländern im Zusammenhang mit deren starker Bevölkerungszunahme und wirtschaftlicher Entwicklung (M 8, M 10, Unterrichtswissen).	6
2	ergänzt **weitere Indikatoren bzgl. künftig positiver Absatzchancen** von brasilianischem Soja auf dem Weltmarkt, z. B.: – weltweit gestiegener Fleischkonsum seit 1998, besonders stark seit 2006 und vor allem in den bevölkerungsreichen Staaten China und Indonesien, – weltweite Steigerung der Fleischproduktion seit 1961, v. a. nach 1990 und überproportional im Hauptabnehmerland des Tierfutters Soja in China, das seine Sojaproduktion bis 2019 kaum steigern konnte (M 8, M 10).	5
3	führt **Argumente für eine kritisch-negative Bewertung** der industrialisierten Sojaproduktion in Brasilien an, z. B.: – große Konkurrenz der traditionell bäuerlichen Klein- und Mittelbetriebe durch die flächen- und produktionsmäßig dominierenden Großbetriebe, – Rückgang der Beschäftigtenzahlen im Sojasektor seit 1993, v. a. aber seit 2004 von 19 Mio. über 16 Mio. auf unter 10 Mio. bis 2019 als Beweis für abnehmende Beschäftigungsmöglichkeiten v. a. für Geringqualifizierte, – Gefahr zu starker Abhängigkeit von Hauptabnehmerländern und deren möglichem Preisdiktat auf dem Weltmarkt (M 7, M 8).	6
4	führt **ökologische Folgen und Risiken** im Zuge der bisherigen und etwaigen künftigen Ausweitung des Sojaanbaus in Brasilien an, z. B. – Zunahme von Monokulturen und damit des Risikos von Schädlingsbefall und negativen Ernteauswirkungen, – Inkaufnahme unklarer Risiken durch noch stärkeren Einsatz genveränderter Sojapflanzen, u.a. bei direktem Verzehr durch den Menschen, – Vordringen des Sojaanbaus in fast 90 % der 2 Mio. km^2 großen Flächen der artenreichen brasilianischen Cerrado, – Verlust von Flora und Fauna durch Abholzung der Cerrado-Flächen und damit starke Reduzierung der Biodiversität, – negative Auswirkung auf Temperatur und Niederschlagsmenge in regionaler und globaler Hinsicht im Hinblick auf die drohende Erderwärmung und den allgemeinen Klimawandel (M 4, M 9, Unterrichtswissen).	7

5	äußert sich abschließend begründet zur Entwicklung des Soja-anbaus in Brasilien.	4
	Hinweis: *Eine Wiederholung des bisher von Ihnen Geschriebenen ist hier nicht gemeint – es geht vielmehr darum, ein* ***schlüssiges Fazit*** *auf der Grundlage der von Ihnen gewichteten Argumente zu formulieren.*	
6	erfüllt ein weiteres aufgabenbezogenes Kriterium (max. 3 Punkte).	
	Summe dritte Teilaufgabe	**28**
	Summe inhaltliche Leistung (Teilaufgaben 1–3)	**80**

b) Darstellungsleistung

	Anforderungen Der Schüler/ die Schülerin	**max. erreichbare Punktzahl**
1	strukturiert seinen Text schlüssig, stringent sowie gedanklich klar und bezieht sich dabei genau und konsequent auf die Aufgabenstellung.	5
2	bezieht beschreibende, deutende und wertende Aussagen schlüssig aufeinander.	4
3	belegt seine Aussagen durch angemessene und korrekte Nachweise (Zitate u. a.).	3
4	formuliert unter Beachtung der Fachsprache präzise und begrifflich differenziert.	4
5	schreibt sprachlich richtig (Grammatik, Orthographie, Zeichensetzung) sowie stilistisch sicher.	4
	Summe der Darstellungsleistung	**20**
	Gesamtsumme Teil (a) und Teil (b)	**100**

6.3 Anforderungen an die Darstellungsleistung

Neben dem inhaltlich-sachlichen Ertrag kommt der sprachlichen Richtigkeit eine große Bedeutung zu. Hierbei sind folgende Kriterien wichtig:

- *Verwendung einer präzisen und differenzierten Sprache:* Missbrauchen Sie Hilfsverben nicht als Vollverben; benutzen Sie Synonyme statt Wiederholungen; variieren Sie beim Satzbau, wählen Sie Nebensatzkonstruktionen statt Hauptsatzketten.

- *Verwendung von Fachbegriffen:* Auch im Fach Geographie hat jedes Kind einen Namen: Belegen Sie also jedes Phänomen mit einem Fachbegriff. Zur Erinnerung: In Ihrem Geographiebuch gibt es, meist am Ende, ein Begriffs- oder Sachregister mit Erläuterungen. („City" heißt z. B. „City" und nicht „Stadt", denn „Stadt" ist anders definiert.)
- *Hypothesen/Vermutungen:* Kennzeichnen Sie ungesicherte Aussagen, Vermutungen und Hypothesen als solche, grenzen Sie diese gegen gesicherte Aussagen ab (z. B: „Es ist zu vermuten …", „Es könnte sein, dass …" oder „Für eine gesicherte Aussage fehlen folgende Informationen: …").
- *Syntaktisch korrekte Schreibweise:* Schreiben Sie in vollständigen Sätzen, achten Sie auf die richtige Wortstellung, variieren Sie Satzanfänge.
- *Stilistisch korrekte Schreibweise:* Unterlassen Sie umgangssprachliche Formulierungen, verwenden Sie ausschließlich Hoch- und Fachsprache.
- *Wissenschaftspropädeutik:* Stellen Sie Ihre Zitier- und Belegkompetenz unter Beweis.
- *Sachgerechte Strukturierung:* Zeigen Sie, dass Sie den Materialteil verstanden haben und die Einzelmaterialien gut in Ihre Argumentation einbauen können.
- *Rechtschreibung:* Beachten Sie die Vorschriften zur Rechtschreibung. Im Klausurraum liegt eine angemessene Anzahl von Rechtschreibduden aus: Schlagen Sie einfach darin nach, wenn Sie unsicher sind.
- *Zahlen:* Schreiben Sie die Zahlen von null bis zwölf aus und nicht als Ziffern.

6.4 Formale Anforderungen

Berücksichtigen Sie bei Ihrer Ausführung auch die Anforderungen an die äußere Form einer Klausur:

- *Deckblatt-Vorgabe:* Berücksichtigen Sie die Regelung, die an Ihrer Schule getroffen wurde.
- *Layout-Vorgabe:* Beachten Sie diese – an manchen Schulen darf z. B. nur eine halbe Seite je Bogen beschrieben werden, der Rest dient als halbseitiger Rand.
- *Zeilenende:* Respektieren Sie den Rand, trennen Sie Wörter, schreiben Sie nicht über den Rand hinaus.
- *Seitenzahlen:* Fügen Sie ab Seite 2 diese am Fuß jeder Seite bei – nummerieren Sie die Seiten erst am Schluss, wenn keine Einschübe mehr erfolgen.
- *Sauberkeit:* Streichen Sie sauber durch, setzen Sie zu Streichendes in eine Klammer oder fügen Sie eine entsprechende Fußnote zur Erklärung bei.

- *Nachträge:* Setzen Sie diese als Fußnoten durchnummeriert an den Schluss jeder Teilaufgabe oder einheitlich ganz an den Schluss, eventuell auf ein eigenes Blatt. Quetschen Sie solche Zusätze nicht nachträglich in den Text oder an den Rand.
- *Kopf- und Fußzeile:* Diese gehören zum Seitenaufbau – sie sind ebenfalls kein geeigneter Platz für Zusätze oder Nachträge.

7 Hinweise zur Benutzung dieses Buches

Zu Beginn aller in diesem Buch abgedruckten Lösungsvorschläge steht, auf welchen **inhaltlichen Schwerpunkt** des Kernlehrplans sich die Aufgabe bezieht. Vor jeder Teilaufgabe finden Sie **Hinweise**, wie Sie am besten an die Aufgabe herangehen.
Strukturierungshinweise in der **Marginalspalte** am Rand helfen Ihnen dabei, die vorgeschlagene Aufgabenlösung nachzuvollziehen, und erleichtern Ihnen so das Lernen. In den ausformulierten Lösungsvorschlägen werden wesentliche Fachbegriffe durch **Fettdruck** hervorgehoben.
Die **Bewertung** Ihrer Abiturklausur können Sie anhand der Aufgabe 1 des Leistungskurses 2021 ***„Agrarwirtschaftliche Entwicklungen unter dem Einfluss des Weltmarktes – Das Beispiel des Sojaanbaus in Brasilien“*** nachvollziehen.

Den besten Trainingserfolg werden Sie bei der folgenden Vorgehensweise erreichen:

1. Simulieren Sie die tatsächliche Klausursituation, indem Sie den vorgesehenen **Zeitrahmen** berücksichtigen und – ohne den Lösungsteil anzusehen – die Aufgabenstellung bearbeiten (GK: 3 ½ Zeitstunden, LK: 4 ½ Zeitstunden).
2. Überprüfen Sie die eigene Ausführung anhand des abgedruckten Lösungsvorschlages. Hierbei ist wichtig, dass Sie den Bezug zwischen der jeweiligen Materialaussage und Ihrer eigenen Auswertung kritisch nebeneinanderstellen.
3. Überarbeiten Sie die Passagen, die Ihnen beim ersten Mal nicht optimal gelungen sind. Dies kann u. a. bedeuten, dass Sie sich das eine oder andere Einzelmaterial noch einmal genau ansehen und dieses so intensiv wie nur möglich auswerten.

Eine mündliche Abiturprüfung gibt es in jedem Fall im 4. Abiturfach. Daneben werden weitere mündliche Prüfungen im ersten bis dritten Abiturfach angesetzt, wenn ansonsten das Bestehen der Abiturprüfung gefährdet ist, weil die Mindestbedingungen gem. §29 Abs. 4 APO-GOSt nicht erfüllt sind. Außerdem kann sich jeder zu freiwilligen mündlichen Abiturprüfungen melden, u.a. um seine Abiturdurchschnittsnote zu verbessern. Für mündliche Prüfungen im ersten bis dritten Abiturfach gilt, dass sie inhaltlich nicht dem Stoffgebiet der Abiturklausur oder Leistungsprüfungen der Qualifikationsphase entsprechen dürfen. Es gelten ansonsten grundsätzlich dieselben Kriterien für die Bewertung wie bei den schriftlichen Anforderungen, wobei der sprachlichen Darstellung aufgrund der Kommunikationssituation eine besondere Bedeutung zukommt.

Die Prüfung dauert ca. 30 Minuten und besteht aus zwei Teilen (jeweils 10 bis 15 Minuten). Inhaltlich ist der gesamte Stoff der Qualifikationsphase relevant. Im **ersten Prüfungsteil** wird Ihnen eine **materialgestützte Aufgabe** gestellt, die aus einer oder mehreren Teilaufgaben bestehen kann. Für die Bearbeitung in einem Vorbereitungsraum haben Sie genau 30 Minuten Zeit. Während dieser Zeit sollen Sie einen 10 bis 15 Minuten langen, geschlossenen Vortrag vorbereiten. Die Kürze der Vorbereitungszeit schließt aus, dass Sie Ihren Vortrag schriftlich ausformulieren; vielmehr ist es notwendig, ähnlich wie bei der Sichtungsphase in der Klausur, durch sinnvolles Markieren und knappe Anmerkungen im Materialteil sowie auf dem Aufgabenblatt den Vortrag vorzubereiten. Beim Vortrag können Sie sich auf die Materialien sowie auf Ihre stichwortartigen Aufzeichnungen beziehen.

Im **zweiten Prüfungsteil**, der als **Prüfungsgespräch** angelegt ist, werden Hintergrundwissen und die Kompetenz, größere Sachzusammenhänge darzustellen, gefordert.

8.1 Prüfungsteil 1: Der eigenständige Vortrag

Die größten Schwierigkeiten bei der mündlichen Abiturprüfung liegen erfahrungsgemäß im ersten Teil: Hier wird ein mindestens 10-minütiger, zusammenhängender, gegliederter Vortrag gefordert. Da es für solch lange Vorträge kaum echte Übungsmöglichkeiten im Unterricht gibt, zumindest nicht für jeden Einzelnen, fehlt es weitgehend an konkreten Vorerfahrungen.

Tipps für die 30-minütige Vorbereitung

- *Zügige Bearbeitung:* Beginnen Sie sofort konzentriert mit der Bearbeitung.
- *Themenstellung:* Was ist die Zielrichtung der geforderten Bearbeitung? Wie lautet das Thema?
- *Operatoren:* Welche konkreten Anforderungen werden gestellt? Bei Mehrteiligkeit: Welche Gliederungshilfe bieten die Teilaufgaben?
- *Einstieg:* Nehmen Sie die räumliche Einordnung vor und verdeutlichen Sie den Themenschwerpunkt.
- *Atlas:* Welche Karten sind für die räumliche Einordnung oder für einzelne Aspekte zusätzlich hilfreich?
- *Materialteil:* Fachbegriffe an den Rand schreiben, Quellen-Anmerkungen ergänzen, Stichworte für den Vortrag festlegen; im Material wichtige Stellen oder Zahlenwerte/Verläufe markieren. Wichtige Materialien müssen Sie u. U. bei mehr als nur einer Aufgabenstellung hinzuziehen. Denken Sie nie: „einmal benutzt = abgehakt".
- *Strukturierung:* Nummerieren Sie Ihre Markierungen, damit Sie anhand dieser Reihenfolge Ihren Vortrag gestalten können.
- *Thema/Fazit:* Themenformulierungen beinhalten häufig regelrechte Fragestellungen; bei anderen deutet die letzte Aufgabenstellung auf eine Lösung/Bewertung/Beantwortung hin. Gestalten Sie deshalb den Schluss Ihrer Ausführung mit einem klaren Fazit, in dem Sie eine eindeutig formulierte Antwort geben.

Tipps für den Vortrag

- *Zeitmanagement:* Legen Sie eine Armbanduhr neben Ihr Konzept, schreiben Sie, bevor Sie zu sprechen beginnen, den konkreten Zeitraum für Ihren Vortrag auf Ihr Konzept – so haben Sie klare zeitliche Anhaltspunkte.
- *Grobstruktur:* Nennung der Aufgabenstellung – Einleitung – Bearbeitung der Teilaufgaben – Schlussteil.
- *Leitfaden*: Nutzen Sie Ihre Anmerkungen aus dem Vorbereitungsraum.
- *Materialbezug:* Verdeutlichen Sie während des Vortrages, woher Sie Ihre Aussagen beziehen (z. B.: „Die Probleme des kernstädtischen Verkehrs werden besonders deutlich, wenn man anhand von M X das Straßennetz innerhalb der ehemaligen Stadtmauer betrachtet: Hier erkennt man …" usw.). Damit lenken Sie Blick und Gedanken aller Anwesenden so auf den Sachverhalt, wie Sie es wünschen.

- *Sprechweise:* Sprechen Sie möglichst frei und hinreichend laut. Sprechen Sie unbedingt klar und deutlich.
- *Satzbau:* Vermeiden Sie „Endlossätze“, an deren Beginn Sie sich beim Sprechen selbst nicht mehr erinnern.
- *Fachsprache:* Beweisen Sie, dass Sie Ihre „Vokabeln“ gelernt haben, indem Sie diese verwenden. Die Adressaten Ihres Vortrags sind Geographie-Lehrer bzw. -Lehrerinnen, also allesamt Fachleute – bedenken Sie dies!
- *Blickkontakt:* Ein gelegentlicher Blick zu den Lehrkräften, die Ihnen gegenüber sitzen, zeugt von souveränem Umgang mit Situation und Kommunikationsregeln.
- *Logische Verknüpfung:* Verbinden Sie Ihre Gedanken durch Konjunktionen und Subjunktionen, d. h., stellen Sie sprachlich unter Beweis, dass Sie in der Lage sind, kausale Beziehungen, Wechselbeziehungen, Abhängigkeiten, Folgen, Folgerungen, Widersprüche, zeitliches Nacheinander usw. im Rahmen Ihres Vortrages zu verdeutlichen („Und … und … und …“ sind hierfür ungeeignete Satzanfänge).
- *Training:* Üben Sie auch dieses Procedere mehrfach während der Qualifikationsphase – einen Teil dieser Verfahrensweisen können Sie ebenso bei Einzel- oder Gruppenvorträgen nutzen.

Training/Vorbereitung
Wenn Sie einzelne Teilaufgaben der Klausuren dieses Bandes nehmen und die hierzu passenden zwei bis vier Materialien (mehr werden es in der mündlichen Prüfung nicht sein), dann können Sie den ersten Prüfungsteil simulieren. Halten Sie die Vorbereitungszeit exakt ein, ziehen Sie zwei Kursmitglieder als fiktive Prüfungskommission hinzu und lassen Sie sich von diesen anschließend begründet rückmelden, ob sie Ihren Vortrag verstanden haben bzw. an welchen Stellen nicht.

8.2 Prüfungsteil 2: Das Prüfungsgespräch

Die zeitliche Dauer entspricht derjenigen des ersten Prüfungsteils: 10–15 Minuten je nach Verlauf. In diesem zweiten Teil der Prüfung muss der Prüfer/die Prüferin das Thema aus einem anderen Kurshalbjahr der Qualifikationsphase wählen. Meistens erfolgt durch die Lehrkraft eine Überleitung von Ihrem Vortrag zu diesem zweiten Teil. Im weiteren Verlauf sollen Sie Ihre Kommunikationskompetenzen im Rahmen eines Fachgespräches unter Beweis stellen: Zeigen Sie sich gesprächsgewandt, greifen Sie adressatengerecht und sachkundig Fragen und Impulse auf und gehen Sie möglichst selbstständig und tiefgründig damit um.

Tipps für das Prüfungsgespräch

- *Sprechanteil:* Je eigenständiger und umfassender Sie mit den Fragen und Impulsen umgehen, desto besser! Begnügen Sie sich nicht mit Kurzantworten, führen Sie länger aus.
- *Erfassen der Frageintention:* Achten Sie auf die Operatoren und auf fachliche Kernbegriffe! Führen Sie sinnvolle Beispiele oder Vergleiche aus dem Unterricht an, zeigen Sie Ihr Hintergrund- und Allgemeinwissen. Aber schweifen Sie nicht ab, bleiben Sie beim Thema.
- *Gesprächsaufbau:* In der Regel gestaltet der Prüfer/ die Prüferin ein solches Gespräch nach dem Prinzip „Vom Einfachen zum Schwierigen, vom Einzelfallbeispiel zum Allgemeinen/Modellhaften". Wenn Sie einen Bezug zu einer Ihnen passend erscheinenden Theorie oder zu einem aus dem Unterricht bekannten Modell selbst herstellen können: Tun Sie dies!
- *Unterrichtsbezüge:* Hintergrund aller Fragen und Impulse ist das aus dem Unterricht Bekannte. Stellen Sie also, wo möglich, Vergleiche zu dem im Unterricht Behandelten an, weisen Sie auf Gemeinsamkeiten und Unterschiede hin. Machen Sie somit deutlich, dass Sie den Gesprächsgegenstand der Prüfung in größere Zusammenhänge einordnen können.
- *Verständnisproblem:* Sollten Sie mit einer einzelnen Frage einmal nichts anfangen können: Verlieren Sie keine Zeit, bitten Sie an einer solchen Stelle um eine kurze ergänzende Erläuterung. Aber fragen Sie nicht bei jeder Frage nach!
- *Unterbrechungen:* Lassen Sie sich nicht irritieren. Ihre Lehrkraft möchte Ihnen entweder zurück auf den Haupt(frage)weg helfen oder den Themenschwerpunkt wechseln oder vielleicht wird die Prüfungszeit knapp: Werten Sie solche Unterbrechungen in jedem Fall als für Sie günstig und hilfreich.
- *Mimik und Gestik des Prüfers/ der Prüferin:* Lassen Sie sich nicht durch Äußerlichkeiten irritieren. Denken Sie daran, dass Ihr Lehrer/ Ihre Lehrerin i. d. R. eine Reihe von Prüfungen nacheinander abnimmt, was anstrengend ist. Nehmen Sie Blicke o. Ä. nicht persönlich.

Training/Vorbereitung

Nicht jede/r aus Ihrem Geographie-Grundkurs wird Geographie als 4. Fach gewählt haben. Vereinbaren Sie mit Ihrem Kurslehrer/ Ihrer Kurslehrerin mindestens einmal im Verlauf der Q2 die Simulation eines Prüfungsgespräches unter Abiturbedingungen. Ggf. können Sie mit anderen Kursmitgliedern wechselseitig üben; berücksichtigen Sie dabei die jeweiligen Kurshalbjahresthemen und die inhaltlichen Schwerpunkte des Kernlehrplans.

Viel Erfolg!

Grundkurs Geographie (NRW) – Abiturprüfung 2021
Aufgabe 1

Thema

Revitalisierung altindustrieller Räume im Kontext nachhaltiger Stadtentwicklung – Das Beispiel Malmö Västra Hamnen, Schweden

Aufgabenstellung

	Punkte
1. Lokalisieren Sie Malmö sowie den Stadtteil Västra Hamnen und kennzeichnen Sie die wirtschaftliche und demografische Entwicklung Malmös bis zum Ende der 1990er-Jahre sowie sich daraus ergebende Herausforderungen.	24
2. Erläutern Sie vor diesem Hintergrund die Entwicklung des Stadtteils Västra Hamnen.	28
3. Überprüfen Sie, inwieweit das Konzept der nachhaltigen Stadtentwicklung im Stadtteil Västra Hamnen umgesetzt worden ist.	28

Zugelassene Hilfsmittel

- der an der Schule in der Qualifikationsphase überwiegend verwendete Atlas, in einer für alle Prüflinge gleichen Auflage
- Wörterbuch zur deutschen Rechtschreibung
- Taschenrechner

Materialgrundlage

M 1 Atlaskarten nach Wahl

M 2 Malmö Västra Hamnen – Lage

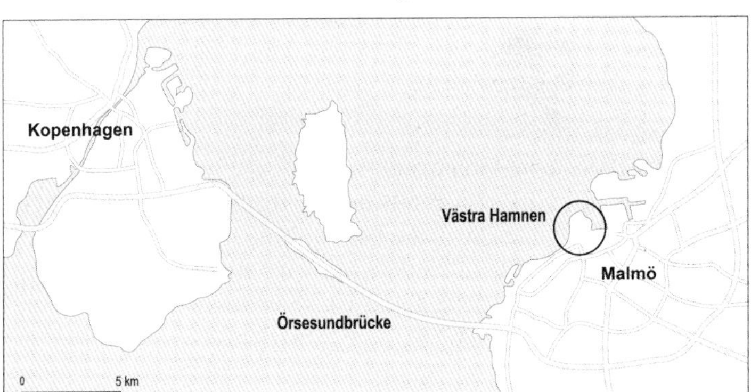

© cartomedia, Karlsruhe

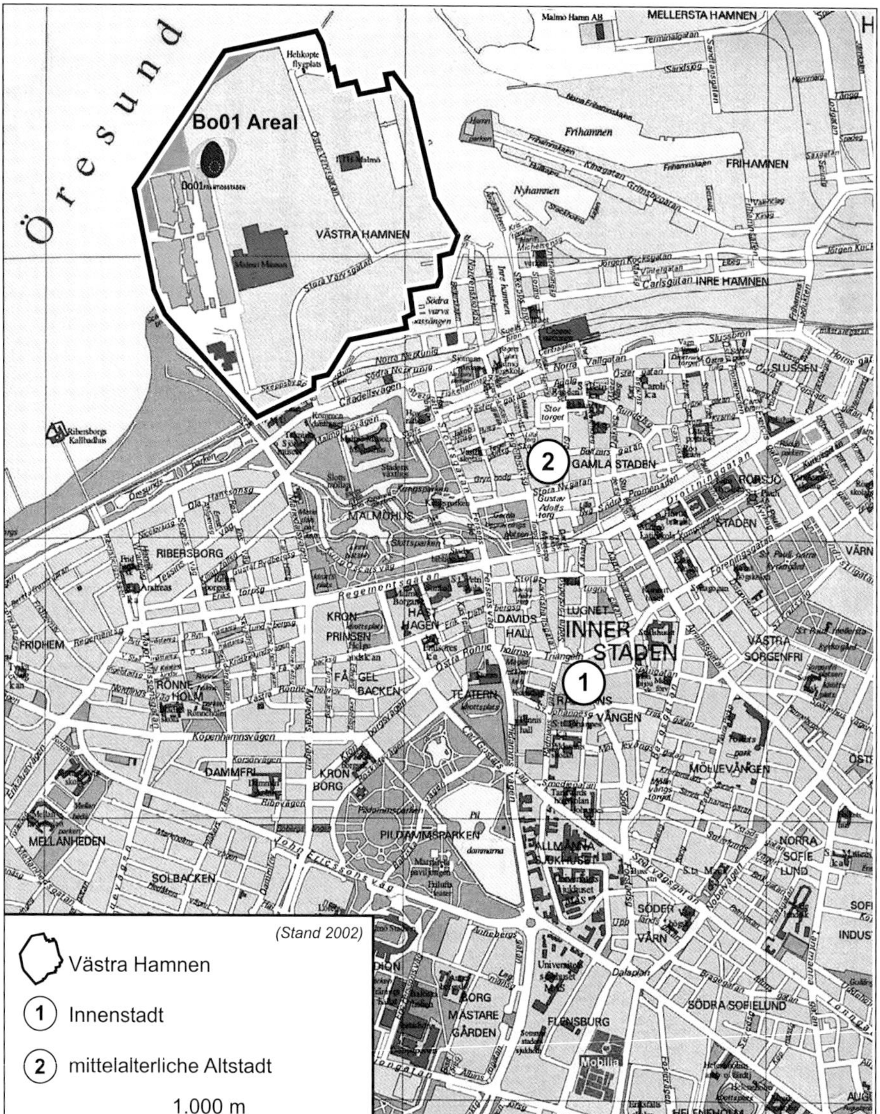

Malmö, https://www.orangesmile.com/common/img_city_maps/malmo-map-0.jpg

M 3 Malmö/Malmö Västra Hamnen – Steckbrief

- nach Stockholm und Göteborg drittgrößte Stadt Schwedens
- bis in die 1980er-Jahre bedeutender Schiffbaustandort
- Ende der 1980er-Jahre: Schließung der „*Kockums* Werft“, dem größten Arbeitgeber Malmös
- Ende 1990er-Jahre: Stadt Malmö kauft brachliegendes Werftareal und plant dort den neuen Stadtteil *Västra Hamnen*
- 1998: Gründung der Hochschule Malmö (heute 24 000 Studenten und 1 800 Mitarbeiter)
- seit Inbetriebnahme der Öresundbrücke (2000) schwedisches Zentrum der Öresundregion, der wichtigsten Wirtschaftsregion im Ostseeraum
- 2001: ökologische Bauausstellung Bo01 auf dem Westteil des ehemaligen Werftgeländes

nach: www.malmo.se/English/Sustainable-City-Development/Bo01---Western-Harbour.html; www.climateaction.org/climate-leader-papers/ilmar_reepalu_mayor_City_of_malmoe_sweden

M 4 Malmö – Bevölkerung und Wohnungsbau

Bevölkerung (in 1000)

1970	1980	1990	1995	2000	2005	2010	2015	2018	**Prognose 2030**
263	229	224	233	247	257	278	300	315	**354**

Wohnungsbau

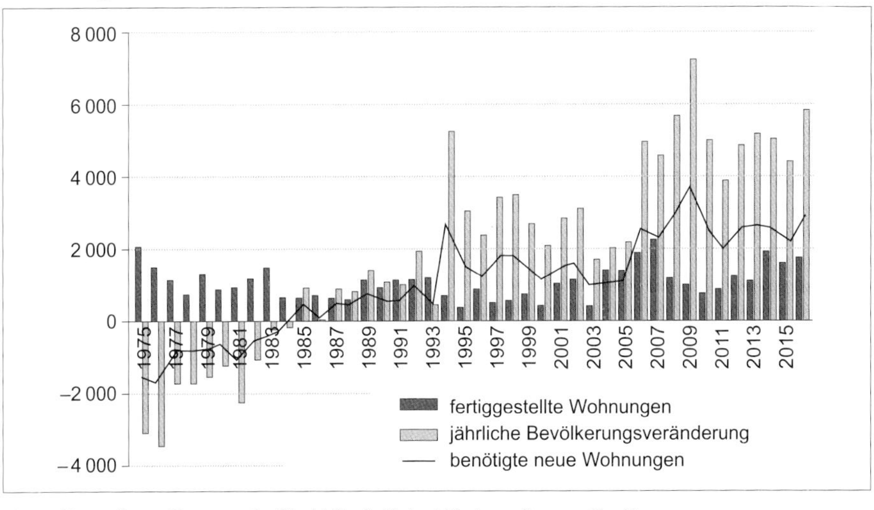

eigene Darstellung, Daten nach: World Bank, United Nations, Census, GeoNames

M 5 Malmö – Wirtschaft

Anzahl der Beschäftigten*

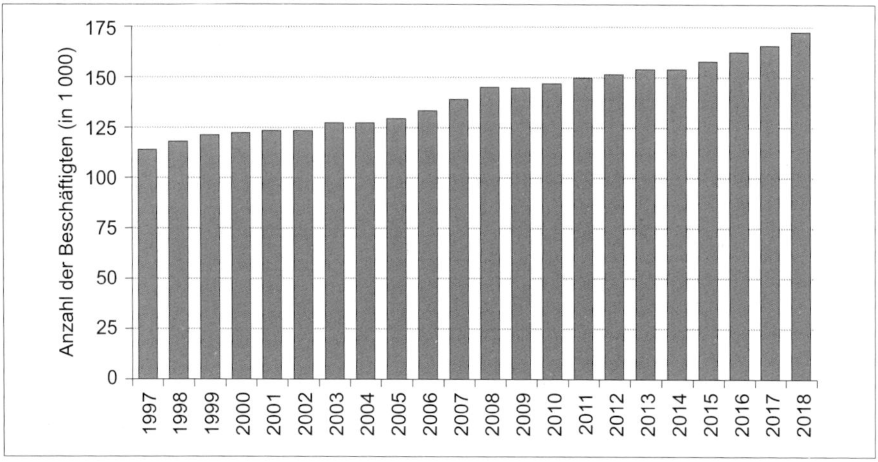

Firmengründungen**

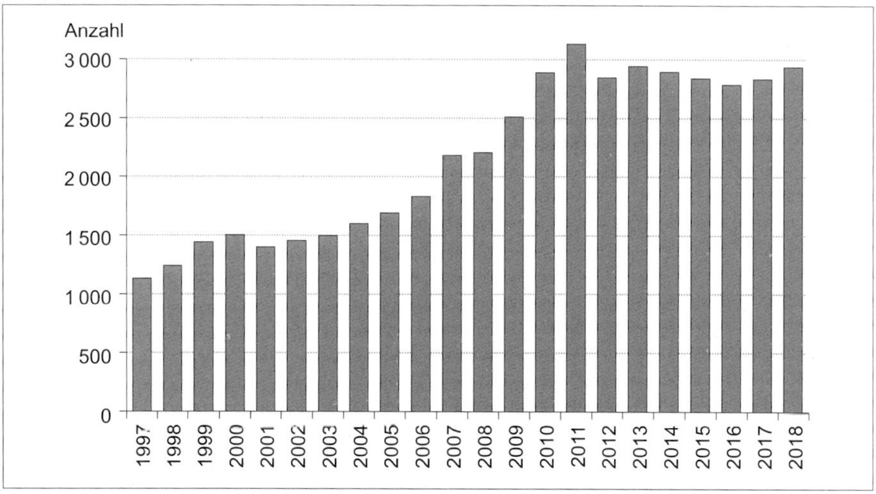

* Die meisten Beschäftigungsverhältnisse wurden in den Bereichen Unternehmensberatung, IT und Datensicherheit sowie Hotellerie und Gastgewerbe geschaffen. Dic Örcsundregion gilt als größtes IT-Cluster Europas.

** Die meisten Firmen wurden in den Bereichen Werbung und Marketing sowie Handel gegründet. Västra Hamnen ist wegen der Nähe zur Universität für Startups ein bevorzugter Standort

eigene Darstellung nach: City of Malmö: Malmö Snapshot – Annual Report 2019, S. 20/22

M 6 Västra Hamnen 2002/2018 *(Farbabb. zum Download auf MyStark!)*

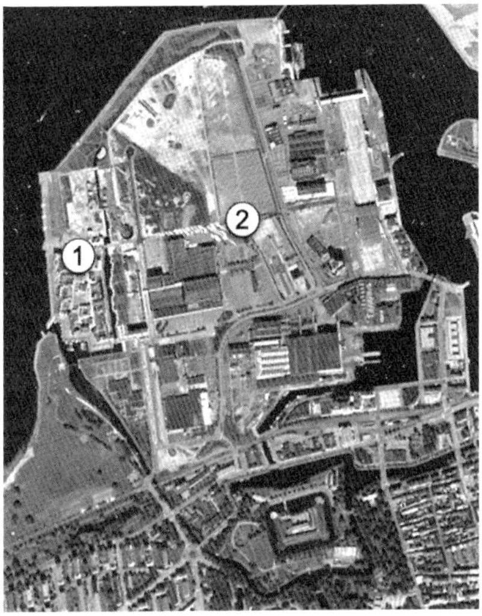

2002

1 Ökoquartier Bo01
2 ehemaliges Werftgelände

2018

1 Ökoquartier Bo01
2 Sport- und Freizeithafen
3 Park /Grünanlage
4 Turning Torso*
5 Uferpromenade mit Restaurants, Bars und Cafes
5 Uferpromenade mit Restaurants, Bars und Cafes
6 Dienstleistungszentrum
7 Neuer Campus der Universität Malmö
8 Industriehafen
9 Malmöhus, Burg aus dem 16. Jh. (tourist. Sehenswürdigkeit)
10 Skatepark „Stapelbäddsparken", beliebter Jugendtreff

* Turning Torso: höchstes Gebäude Skandinaviens (190 m); im unteren Teil Büros, im oberen Teil insgesamt 147 Wohnungen

Västra Hamnen 2018
(Schrägluftbild, Blickrichtung Nordosten)

Google Earth, www.google.com/intl/de_de/earth; Foto: Dcastor/Wikipedia

M 7 Västra Hamnen – Daten und Fakten

- Bau eines neuen Stadtviertels (Fläche: 175 ha) für 10 000 bis 12 000 Menschen sowie je 10 000 Arbeits- und Studienplätze
- Ökoquartier „Bo01“ wird zu 100 Prozent mit lokaler, erneuerbarer Energie versorgt (Wind, Sonne und Biogas aus Abfallverwertung); Elektrizitätserzeugung überwiegend aus Windkraft und Photovoltaik; Heizen durch Solarkollektoren (15 % der jährlich benötigten Wärme) und Wärmepumpen; Kühlen durch Grund- und Meerwasser
- zahlreiche Grünflächen, künstliche Fließgewässer, Springbrunnen und Teiche
- Verkehrskonzept: 35 km Spielstraßen und Fußgängerzonen; Radwegenetz von mehr als 8 km; Autos sind verboten oder dürfen nur sehr langsam fahren
- pro Haushalt steht ein Parkplatz zur Verfügung; umweltfreundliche Autos mit Elektro- oder Hybridantrieb bekommen einen Stellplatz direkt vor dem Wohnhaus

Öffentlicher Verkehr und Radwege

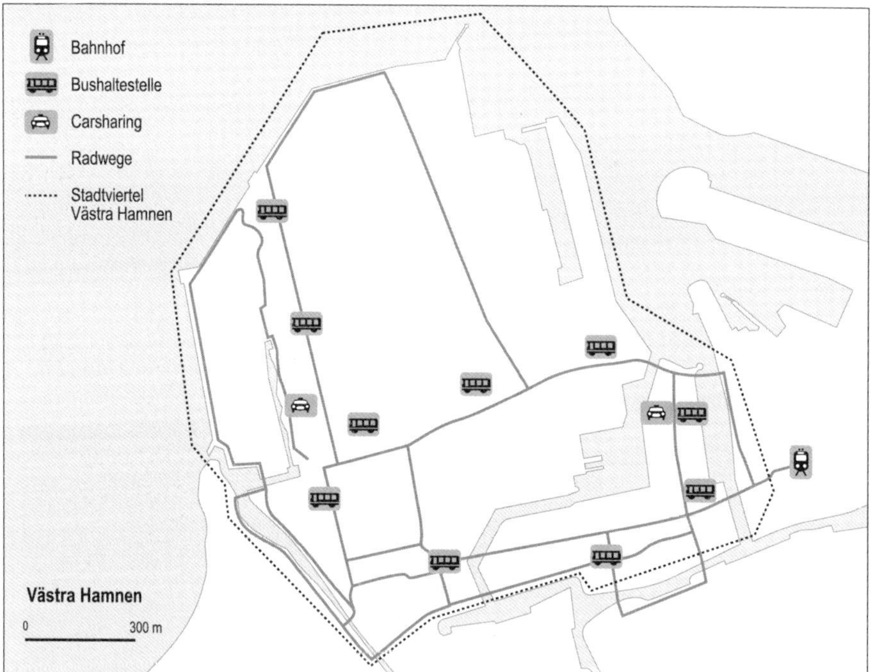

nach: http://wedocs.unep.org/bitstream/handle/20.500.11822/19375/25092211_ITDP_NED_Vastra.pdf?sequence=1&isAllowed=y; https://www.wien.gv.at/stadtentwicklung/studien/pdf/b008206h.pdf (Zugriff jeweils 20. 03. 2019); © cartomedia, Karlsruhe

M 8 Västra Hamnen und Malmö – Sozialstruktur

	Västra Hamnen (2018)	Malmö (2018)
Einwohner	10 203	314 700
Bevölkerungsdichte (Einwohner pro km²)	5 830	4 403
Bevölkerungsanteile (%)		
0–19 Jahre	18,1	23,2
20–64 Jahre	69,6	61,6
65 Jahre und älter	12,3	15,2
Anteil der Bezieher von staatlichen Hilfen (%)	2	7
im Ausland geborene Einwohner (%)	25,9	33,8
Haushalte (%) mit		
1 Person	42,0	43,2
2 Personen	33,8	27,1
3 Personen	13,4	12,1
4 Personen	8,2	10,7
5 und mehr Personen	2,6	6,9
Anteil der Einwohner mit Abitur oder höherem Abschluss (%)	67	48
durchschnittliches Jahreseinkommen pro Kopf (€)	43 029	34 131
Kaufpreis einer Wohnung (€/m²)	3 200–4 500	2 800

Obdachlose Personen in Malmö

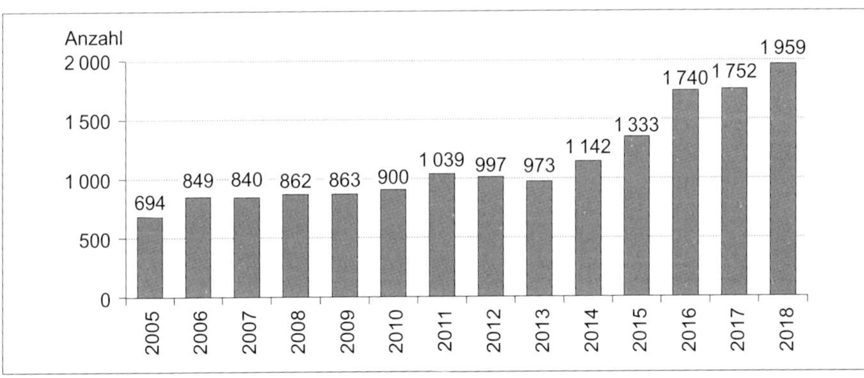

nach: https:/malmo.se/Service/im-Malmo-stad/Demokrati-beslut-och-paverkan/Fakta-och-statistik.html (verschiedene Seiten; Zugriff 20. 06. 2019)

Die Aufgabe bezieht sich auf die folgenden Elemente des Kernlehrplans und die Vorgaben 2021:

- **Inhaltsfeld 4:** Bedeutungswandel von Standortfaktoren
  - Herausbildung von Wachstumsregionen
- **Inhaltsfeld 5:** Stadtentwicklung und Stadtstrukturen
  - Merkmale, innere Differenzierung und Wandel von Städten
  - Demografischer und sozialer Wandel als Herausforderung für zukunftsorientierte Stadtentwicklung

Lösungsvorschlag

Teilaufgabe 1

Zuerst müssen Sie mithilfe des Atlas und der Karte (M 1, M 2) die geographische Lage Malmös bestimmen und den Stadtteil Västra Hamnen in der Stadt verorten (Operator „lokalisieren"). Berücksichtigen Sie dabei die für stadtgeographische Fragestellungen relevanten Aspekte wie Verkehrsanbindung, Entfernung zum Stadtzentrum oder zu anderen Städten. Der Operator „kennzeichnen" verlangt in dieser Teilaufgabe von Ihnen dreierlei: Zunächst müssen Sie die demografische und wirtschaftliche Entwicklung der Stadt bis Ende der 1990er-Jahre aufzeigen (M 3, M 4). Danach gilt es, die hieraus deutlich werdenden Probleme und Herausforderungen für die weitere Stadtplanung und -entwicklung aufzuzeigen, u. a. vor dem Hintergrund des Niedergangs der für Malmö einst wichtigen Werftindustrie (M 1–M 4).

Lage

Malmö liegt fast an der **südlichsten Spitze Schwedens am Öresund**, der Schweden von Dänemark trennt. Seit 2000 verbindet die Öresundbrücke das nur ca. 30 km entfernte Kopenhagen mit Malmö. Der **Stadtteil Västra Hamnen** ist etwa 1 km^2 groß und hat eine annähernd quadratische Grundfläche. Er befindet sich etwa 7 km nordöstlich der Öresundbrücke **auf einer Halbinsel** und ist zu fast drei Vierteln von Wasser umgeben. Der Stadtteil liegt auf dem **Gelände der früheren Kockums-Werft** und grenzt im Süden an die mittelalterliche Altstadt – die Innenstadt befindet sich weitere 500 m südlich davon –, sowie im Osten an den Hafen und das Industriegebiet (M 1–M 3).

Werftkrise und zwischenzeitlicher Niedergang

Die demografische und wirtschaftliche Entwicklung Malmös hing lange Zeit mit der Bedeutung der Stadt als **ehemaligem Zentrum des Schiffbaus** zusammen: Als Malmös **Kockums-Werft**, der wichtigste Arbeitgeber in der Stadt, Ende der 1980er-Jahre geschlossen wurde, verloren viele ihren Arbeitsplatz im Zuge des **Deindustrialisierungsprozesses** und wurden mangels Alternativen arbeitslos (M 3).

Mit dem Niedergang dieser **Altindustrie** verlor Malmö, die drittgrößte Stadt Schwedens, viele Einwohner seit den 1970er-Jahren. Den größten jährlichen **Wanderungsverlust** wies die Stadt 1976 mit fast 4 000 Weggezogenen auf; insgesamt ging die Bevölkerung von 263 000 (1970) auf den Tiefstwert von 224 000 (1990) zurück (M 4). Zum damaligen Zeitpunkt gab es ein Überangebot an Wohnraum und somit viele Leerstände. Die Steuereinnahmen gingen zurück und es drohten weitere Bevölkerungsverluste wie auch ein Abbau des Infrastrukturangebotes.

Stadtplanerischer Neuanfang

Die entstandene **Industriebrache** auf dem ehemaligen Werftgelände, in relativer Nähe zur Innenstadt und attraktiv am Wasser gelegen, kaufte die Stadt Malmö Ende der 1990er-Jahre – mit dem Plan, an dieser Stelle einen **neuen Stadtteil zu gründen**, nämlich Västra Hamnen. Das Ziel war es, im Zuge eines **Revitalisierungsvorhabens** die negative Stadtentwicklung zu stoppen und u. a. den drohenden Bevölkerungsrückgang und damit verbunden einen weiteren Bedeutungsverlust zu verhindern. Malmö sollte mit Blick auf die Fertigstellung der Öresundbrücke im Jahr 2000 zu einem wichtigen **Brückenpfeiler zwischen Skandinavien und dem europäischen Festland** ausgebaut werden.

Universitätsgründung und Trendwende

Im Zuge des geplanten **Strukturwandels** und der forcierten **Tertiärisierung** wurde im Jahr 1998 die Universität Malmö gegründet. Schon während der Bauphase kehrte sich der Bevölkerungstrend um: Die Einwohnerzahl nahm seit Mitte der 1990er-Jahre wieder zu und stieg über 233 000 (1995) bis zur Jahrtausendwende auf 247 000 Einwohner. Der vormalige Wohnungsleerstand verschwand, plötzlich fehlten Wohnungen (M 3, M 4).

Teilaufgabe 2

Der Operator „erläutern" verlangt von Ihnen, dass Sie unter Berücksichtigung der Teilergebnisse zu Aufgabe 1 die vorliegenden Materialien im Hinblick auf die Entwicklung des Stadtteils Västra Hamnen und den wirtschaftlichen Strukturwandel auswerten. Hierbei sollen Sie die Revitalisierung des ehemaligen Werftareals bei dieser Stadtteilneugründung aufzeigen, den zunehmenden Tertiärisierungsprozess sowie die geplante diversifizierte Nutzungsstruktur (M 2–M 7). Bei der Durchsicht der Materialien sollten Sie diejenigen kennzeichnen, die Sie für diese Aufgabe benötigen. Machen Sie sich Notizen zu Ihren Auswertungsergebnissen, die Sie später für Ihre Lösung verwenden können.

Ein gelungener „ökologischer Startschuss“

Västra Hamnen bot ausgezeichnete Voraussetzungen dafür, den notwendigen Strukturwandel zu realisieren und der gesamten Stadt neue Entwicklungsimpulse zu geben. Startschuss war die **ökologische Bauausstellung Bo01** im Jahr 2001, auf der die künftigen Prinzipien der Bebauung des ehemaligen Werftareals wahrscheinlich vorgestellt wurden. Der Ausstellungsbereich, das sogenannte „**Ökoquartier**“ am westlichen Ufer, besaß eine zu 100 % auf erneuerbaren Energien beruhende Energieversorgung, u. a. eine umfangreiche Ausstattung der Gebäude mit Sonnenkollektoren und Wärmepumpen. Das rundum **dominierende Element Wasser** wurde als auflockerndes Gestaltungs- und Freizeitelement (z. B. Hafen, Uferpromenade, künstliche Fließgewässer, Springbrunnen und Teiche) in die Stadtteilgestaltung integriert. Außerdem wird Grund- und Meerwasser zum Kühlen (z. B. der Wärmepumpen) benutzt (M 6, M 7).

Waterfront Development

Die attraktive Lage am Öresund in der Nähe der Stadtmitte bot ein überdurchschnittlich gutes Wohnumfeld für einen Neuanfang nach den Prinzipien einer **Waterfront Development-Entwicklung**. Der dringend benötigte Wohnraum wurde hier kurzfristig für mehr als 10 000 Bewohner geschaffen. Schon 2010 übertraf Malmö mit 278 000 Einwohnern den ehemaligen Höchstwert von 1970. Bis 2018 entwickelte sich die Einwohnerzahl stetig weiter bis auf den neuen Höchstwert von 315 000 (M 3, M 4, M 6).

Verkehrsberuhigung im Innern des Stadtteils

Da der Stadtteil Västra Hamnen völlig neu geplant wurde, konnte der Kernbereich möglichst autofrei und damit im besonderen Maße **verkehrsberuhigt** gestaltet werden. Geschaffen wurden Parkplätze vor dem eigenen Haus für Nutzer schadstofffreier Pkws, zwei Carsharing-Parkplätze am westlichen und östlichen Rand sowie zehn ÖPNV-Haltestellen in max. 400 m Abstand voneinander mit Anbindung an das überregionale Eisenbahnnetz, aber auch ein ausgedehntes acht Kilometer langes Radwegenetz sowie 35 km Spielstraßen und Fußgängerzonen (M 7).

Diversifizierung und Eigenständigkeit des Stadtteils

Die weitgehende **Eigenständigkeit des neuen Stadtteils** erreichte man durch die **diversifizierte Nutzungsstruktur:** So wurde in der Mitte ein großes Dienstleistungszentrum errichtet. Außerdem entstanden an allen Ufern zahlreiche Einrichtungen zur Freizeitgestaltung und Naherholung. Hierzu zählen z. B. der Sport- und Freizeithafen im Westen angrenzend an einen großen Erholungspark oder der Skatepark für die Jugendlichen in der Stadtteilmitte (M 6).

Den beabsichtigten **Tertiärisierungsprozess** unterstützte man durch die Einrichtung von jeweils ca. 10 000 Arbeits- und Studienplätzen im Bereich Hochschule. 2018 wurden dort bereits 24 000 Studenten mithilfe von 1 800 Hochschulmitarbeitern ausgebildet. Auch die Gesamtbeschäftigtenzahl stieg in Malmö im Zuge des **Strukturwandels** von Jahr zu Jahr deutlich: von unter 125 000 (1997) über ca. 150 000 (2008) auf den bisherigen Höchstwert von fast 175 000 (2018). Seit der Werftkrise Ende der 1990er-Jahre konnten somit 50 000 neue Arbeitsplätze geschaffen werden, was einem Plus von 40 % gleichkommt. Dem entspricht auch die Zahl der Firmengründungen, die von ca. 1 100 (1997) auf das Maximum von über 3 000 (2011) wuchs und sich seitdem nach einem kleinen Rückgang bei etwa 2 750 eingependelt hat (M 3, M 5, M 7). Strukturwandel

In der Hauptsache beteiligt an diesem **wirtschaftlichen Wachstumsboom** waren und sind die Branchen IT, Datensicherheit, Werbung und Marketing, dazu Handel, Tourismus und Unternehmensdienstleister. Auch dank der Fühlungsvorteile zur ansässigen Universität hat sich Malmö zusammen mit Kopenhagen und weiteren Standorten in der Öresundregion in relativ kurzer Zeit zum **größten IT-Cluster Europas** entwickelt. Die Nähe zur Universität bietet für Jungunternehmer günstige Start-up-Möglichkeiten (M 5). IT und Tourismus

Malmö hat in touristischer Hinsicht einiges zu bieten: Neben dem beeindruckenden Bauwerk der Öresundbrücke sind dies u. a. seine historische Bausubstanz im Stadtkern wie das Malmöhus aus dem 16. Jh., seine vielfältigen Wassersportmöglichkeiten, die Nähe zu dem dank der Öresundbrücke schnell erreichbaren Nachbarn Dänemark sowie die modernen städtischen Attraktionen des neuen Stadtteiles Västra Hämnen. Hierzu zählen insbesondere der 190 m hohe Turning Torso, das höchste Gebäude Skandinaviens als neue Landmarke, aber auch das architektonisch einheitlich geplante Stadtbild mit maximal 4-geschossiger Bebauung (M 7/Luftbild). Attraktiv ist auch der Universitätscampus, die zum Verweilen einladenden Uferpromenaden und die fast autofreie Mitte mit den Fußgängerzonen. Wegen dieser Anziehungspunkte ist auch die **Tourismusbranche** stark gewachsen (M 2, M 6, M 7).

Binnen 20 Jahren hat sich Malmö zum **schwedischen Zentrum der Öresundregion** entwickelt, der wichtigsten Wirtschaftsregion im Ostseeraum. Die deutliche Verbesserung der Verkehrsanbindung nach der Eröffnung der Öresundbrücke im Jahr 2000 war hierfür maßgeblich. Daneben haben die Entscheidungen der Stadt- und Wirtschaftsplanung den gelungenen Strukturwandel befördert. Zwischenfazit

Prognosen des staatlichen Planungsamtes sagen voraus, dass die Einwohnerzahl Malmös bis zum Jahr 2030 um weitere 39 000 auf dann 354 000 steigen wird (M 4).

Teilaufgabe 3

Der Operator der dritten Teilaufgabe („überprüfen“ = Anforderungsbereich III) verlangt von Ihnen, dass Sie die in Malmö und dem Stadtteil Västra Hamnen bis 2018 erfolgte Stadtentwicklung kritisch untersuchen. Nach einer kurzen Definition dessen, was „nachhaltige Stadtentwicklung“ bedeutet, sollen Sie anhand von Kriterien bewerten, ob und inwiefern Zielsetzungen und bisherige Maßnahmen diesem Leitbild entsprechen. Berücksichtigen Sie hierbei insbesondere die ökologische Gesamtausrichtung von Västra Hamnen, sein Verkehrskonzept und die Entwicklung der Sozialstruktur im Vergleich mit der Gesamtstadt (M 2, M 4, M 6 – M 8).

Was bedeutet „nachhaltige Stadtentwicklung“?

„Nachhaltige Stadtentwicklung“ bedeutet nicht das Von-alleine-Passieren und dessen Ergebnis, sondern das **bewusst gewollte, geplante räumlich-strukturelle Ausrichten** auf eine bestimmte Art von Stadt der Zukunft, die die Bedürfnisse der gegenwärtigen Generation berücksichtigt und diejenige der künftigen Generationen nicht gefährdet. Hierbei sind **kulturelle, ökologische, gesellschaftliche und wirtschaftliche Gesichtspunkte** zu berücksichtigen.

Kulturelle und bauliche Ausrichtung

Västra Hamnen passt sich durch seine **Bauweise und Physiognomie** in das skandinavische Städtebild ein, berücksichtigt z. B. im besonderen Maße die Lage am Meer und das Gestaltungselement Wasser. Dass der Wohnungsbau mit der gesamtstädtischen Nachfrage nach Wohnraum nicht Schritt hält, kann nicht der Struktur von Västra Hamnen angelastet werden, ebenso wenig die gewachsene Zahl von Obdachlosen: Die geplanten Wohneinheiten wurden wie vorgesehen im neuen Stadtteil realisiert (M 2, M 4, M 6 – M 8).

Ökologische Ausrichtung

Der neue Stadtteil ist ein gelungenes Beispiel **innerstädtischer Nachverdichtung** und damit von **ressourcenschonender** Stadterweiterung anstelle ausufernder Suburbanisierung. Seine **kompakte Bauweise** hat im Vergleich mit der Gesamtstadt zu einer um ein Drittel höheren Einwohnerdichte von 5 830 Einwohnern/km^2 geführt.

Mit Wasser und natürlichem Bewuchs als Gestaltungselementen sowie der Nutzung von Wind- und Sonnenenergie wurde die ehemalige industriell intensiv genutzte Fläche ökologisch aufgewertet.

Verkehrsberuhigung im Stadtteilkern sowie natur- und nahraumbezogene Freizeit- und Erholungsmöglichkeiten unterstreichen diesen Nachhaltigkeitsansatz. Nicht zuletzt die starke Ausrichtung auf erneuerbare Energien, v. a. im Ökoquartier, belegt die Ausrichtung auf Nachhaltigkeit (M 2, M 6, M 7).

Gesellschaftliche Strukturen 2018

Västra Hamnen weist einen deutlich überdurchschnittlichen Anteil an hochgebildeten und einkommensstarken Einwohnern im Vergleich mit der Gesamtstadt auf – **dem Anspruch einer sozialen Durchmischung entspricht dies nicht.** Zum einen ist dies das Ergebnis der deutlich höheren Wohnungspreise und vermutlich auch Mieten, zum anderen der Nachbarschaft des Universitätscampus. Der Anteil von Haushalten mit mehr als drei Personen ist deutlich niedriger als in Malmö: Diese geringere Kinderzahl ist für einen Stadtteil mit gehobenem Sozialstatus wie Västra Hamnen durchaus typisch. Ebenso, dass der Anteil der Bezieher staatlicher Hilfen und im Ausland Geborener in Malmö deutlich höher liegt als in Västra Hamnen. Insgesamt muss von Ansätzen einer **sozialen Segregation** gesprochen werden (M 8).

Fazit

Västra Hamnen ist ein Beispiel für einen Stadtentwicklungsansatz, der konsequent die **nachhaltige Durchmischung** städtischer Funktionen verfolgt. So finden sich neben den flächenbezogen dominierenden Wohnarealen solche, die auf die Daseinsgrundfunktionen „arbeiten", „sich versorgen", „sich bilden", „in Gemeinschaft leben", „am Verkehr teilnehmen" und „sich erholen" ausgerichtet sind. Alles in allem wurde in Västra Hamnen das **Konzept einer nachhaltigen Stadtentwicklung** weitgehend umgesetzt.

Haben Sie daran gedacht?

- *Auf den ersten Seiten dieses Buches finden Sie Hinweise zur Anfertigung Ihrer Lösung.*
- *Ihre Ausführungen sollten mithilfe von Zwischenüberschriften gegliedert sein.*
- *Sind Materialbelege in Klammern angegeben?*
- *Haben Sie auf eine allgemein- und fachsprachlich angemessene Darstellung geachtet?*

Grundkurs Geographie (NRW) – Abiturprüfung 2021
Aufgabe 2

Thema
Zukunftsfähige Entwicklung durch Tourismus? –
Das Beispiel der Gemeinde Zermatt

Aufgabenstellung Punkte

1. Lokalisieren Sie Zermatt und kennzeichnen Sie das touristische Potenzial des Ortes. 21
2. Erläutern Sie Entwicklung, Struktur und Bedeutung des Tourismus in Zermatt. 30
3. Erörtern Sie die zukünftigen Perspektiven des Tourismus in Zermatt. 29

Zugelassene Hilfsmittel
- der an der Schule in der Qualifikationsphase überwiegend verwendete Atlas, in einer für alle Prüflinge gleichen Auflage
- Wörterbuch zur deutschen Rechtschreibung
- Taschenrechner

Farbkarten zum Download auf der Plattform MyStark!

Materialgrundlage

M 1 Atlaskarten nach Wahl

M 2 Zermatt – Schutzgebiete und Tourismus *(Farbkarte zum Download!)*

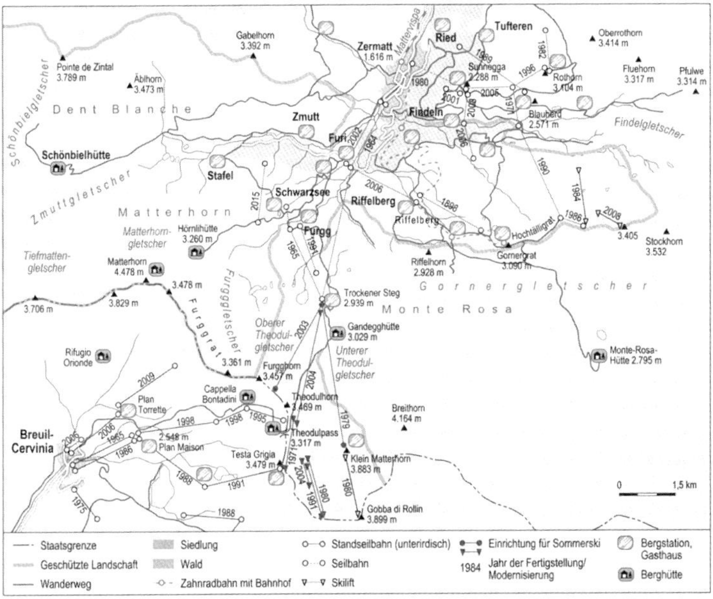

© cartomedia, Karlsruhe

M 3 Zermatt – Klima

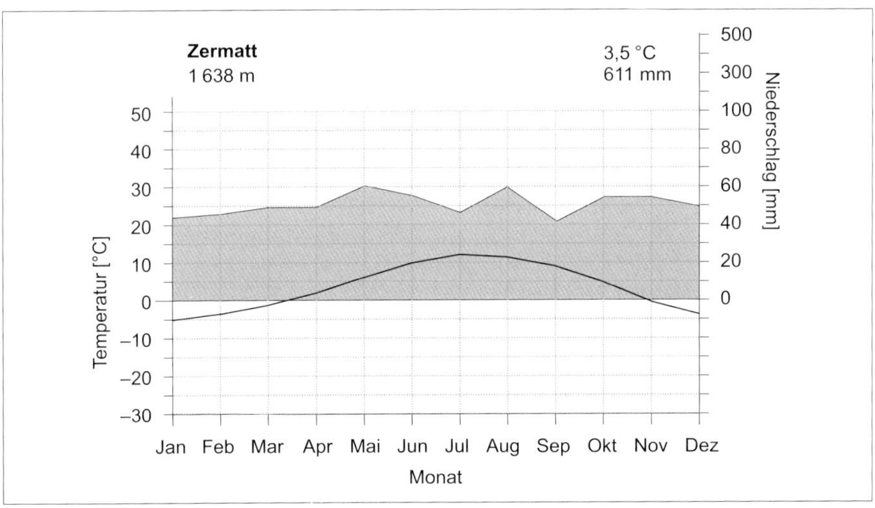

Bernhard Mühr, Klimadiagramme.de

Schneehöhenentwicklung *(Farbkarte zum Download auf MyStark!)*

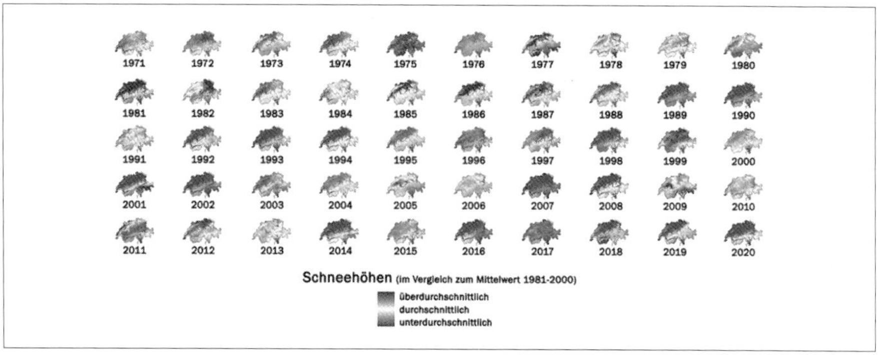

WSL-Institut für Schnee-und Lawinenforschung SLF

M 4 Geschichte und Entwicklung Zermatts

Zermatt ca. 1930

Zermatt heute

1898	Inbetriebnahme Gornergrat Bahn als erste elektrische Bergbahn für den Sommer
1928–1930	Visp-Zermatt-Bahn nimmt beschränkten Winterbetrieb auf. 1929 Elektrifizierung; Jungfernfahrt des Glacier Express St. Moritz-Zermatt am 26. 06. 1930
seit 1931	Verbot benzinbetriebener Privatautos, heute zentraler Parkplatz in Täsch (5 km vor Zermatt) und ca. 500 Elektrofahrzeuge im Einsatz
1942	Bau des ersten Skilifts (im Sommer Gehlift) Zermatt-Sunnegga
1955	Gründung Air Zermatt, Flotte verfügt aktuell über 9 Helikopter
1964	Müllverbrennungsanlage nimmt den Betrieb auf
1964–1967	Ausbau der Bergbahnen Zermatt-Furi und Sunnegga-Blauherd
1982	Eröffnung unterirdische Kläranlage

2006	Einweihung • vier neue Shuttle-Züge Täsch-Zermatt • vier neue Niederflurwagen auf den Gornergrat • Matterhorn Museum – Zermatlantis
2006	Fertigstellung Verbindungsbahn Furi-Riffelberg; so entsteht eines der größten und das am höchsten gelegene Skigebiet der Alpen mit 263 Pistenkilometern im Winter und 20 Pistenkilometern im Sommer
2008	Einschränkung des Erwerbs von Zweitwohnungen
2010	Zermatt Bergbahnen AG erhalten Schweizerischen Solarpreis für das Restaurant *Matterhorn glacier paradise* (Klein Matterhorn)
2011	Verkehrsclub (VCS) Schweiz wählt unter 14 Destinationen Zermatt zum nachhaltigsten Winterferienort der Schweiz
2017	4 km von Zermatt wird bei Randa die längste Fußgängerhängebrücke der Welt eröffnet, sie verbindet in schwindelnder Höhe den Europawanderweg von Grächen nach Zermatt
2020	Hotel „*The Omnia*" in Zermatt wird von einem Touristenprotal zum fünftbesten Hotel der Welt gekürt

Zermatt mit Matterhorn Lehrfilm Bildstreifen ca. 1930 © Archiv Gerd Kohler; Philippe Blättler vacanzas.com; eigene Zusammenstellung nach: https://gemeinde.zermatt.ch/pdf/Infobroschuere_Zermatt_2018.pdf, https://www.hochparterre.ch/nachrichten/planung-staedtebau/blog/post/detail/das-matterhorn-und-sein-dorf/1396873643/

M 5 Tourismus Zermatt – Daten

- 112 Hotels (90 % Familienbesitz); 1 221 Parahotelleriebetriebe*
- ca. 40 % saisonale Arbeitskräfte
- zwischen 2000 und 2014 ca. 110 Mio. CHF Investitionen der Gemeinde Zermatt in touristische Infrastruktur; 2017 erwirtschaftet die Gemeinde Zermatt 56,3 Mio. CHF

* Parahotellerie: Privatzimmer, Ferienhäuser, Ferienwohnungen, Pensionen, Zweitwohnungen

Übernachtungen nach Beherbergungsformen

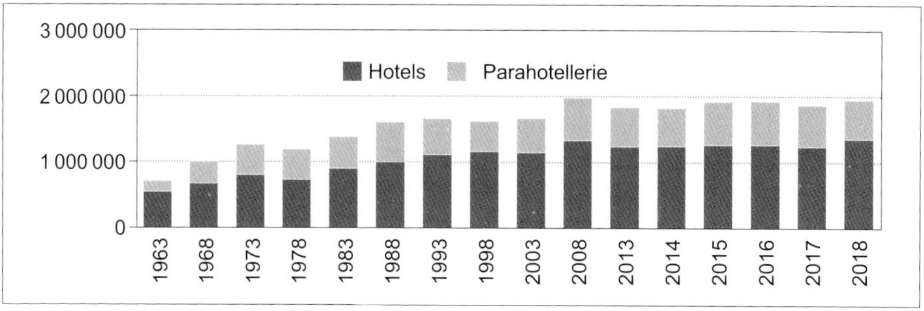

Herkunft Touristen (2010–2019) wichtigste Länder/Regionen

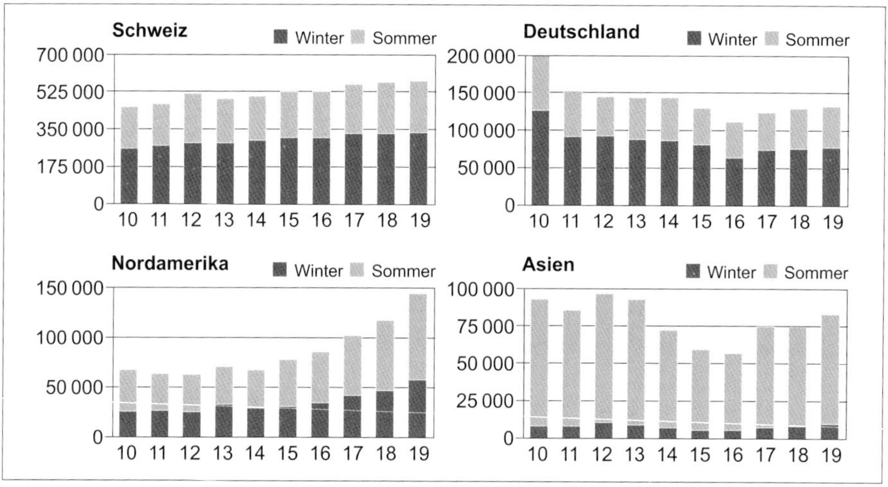

Auslastung Hotellerie (2010–2019)

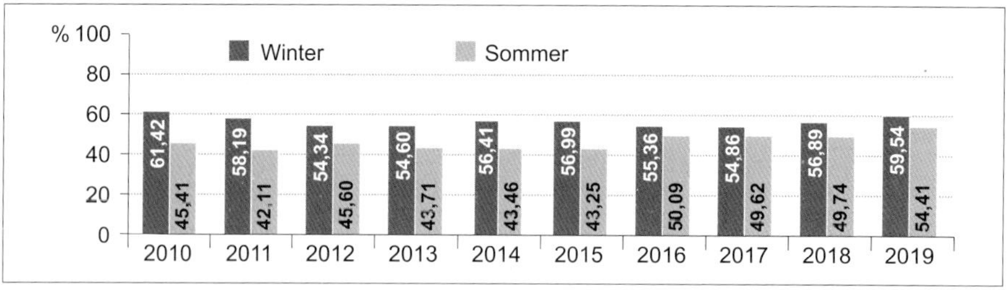

eigene Zusammenstellung, Daten nach: http://gemeinde.zermatt.ch/pdf/Infobroschuere_Zermatt_2018.pdf; http://gemeinde.zermatt.ch/unser-dorf; https://www.zermatt.ch/medien/ Jahresberichte-Zermatt-Tourismus; https://lds.geo.uzh.ch/dam/jcr:f6381f1a-7e32-4914-b718-0c83ecf3931a/Factsheet_Zermatt.pdf (Zugriff jeweils 10. 02. 2020)

M 6 Gemeinde Zermatt – Sozial- und Wirtschaftsstruktur

Herkunft der Einwohner

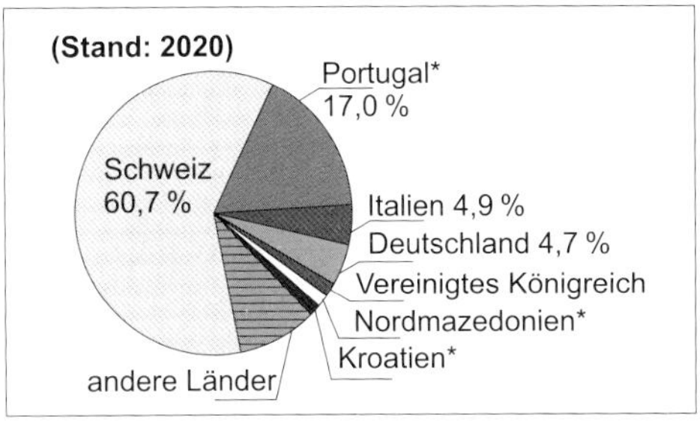

Wohnungen / Immobilienpreise	
Wohnungen insgesamt	5 669
davon Zweitwohnungen	1 528
Durchschnittsmiete (CHF**) 2-Zimmerwohnung/60 qm	
• Zermatt	1 682
• Schweiz	1 214

* überwiegend dauerhaft in Zermatt lebende Arbeitskräfte in Hotels und Gastronomie
** 1 CHF Schweizer Franken ca. 1,04 Euro

Beschäftigungszahl nach Branchen 2017

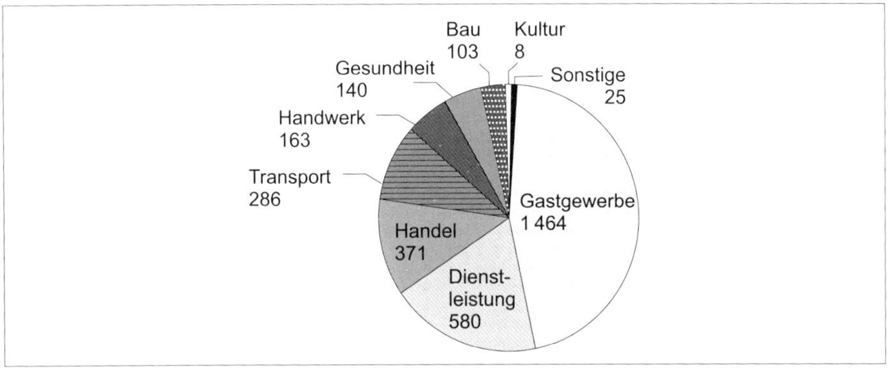

Bevölkerungsentwicklung

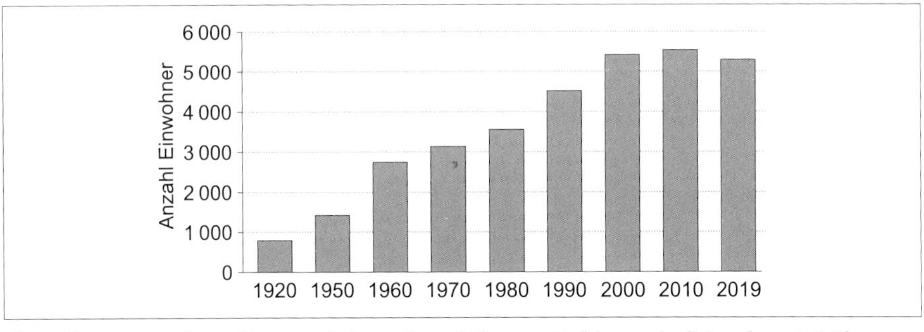

eigene Zusammenstellung, Daten nach: https://gemeinde.zermatt.ch/unser-dorf/einwohnerstatistik; https://www.bfs.admin.ch/bfs/de/home/statistiken/bau-wohnungswesen/wohnungen.assetdetail.7346199.html; https://www.ztnet.ch/de/aktuelles/Wohnungsdatenbank; https://gemeinde.zermatt.ch/pdf/Infobroschuere_Zermatt_2018.pdf (Zugriff jeweils 22. 05. 2020)

M 7 Meldung: Walliser Tourismus Observatorium

Chinesische Touristen verhalten sich anders als die Gäste, die unser Land traditionsgemäß besuchen. Chinesen unternehmen vor allem Gruppenreisen und besuchen generell mehrere europäische Länder anlässlich einer Reise in den Westen. Sie bleiben nicht lange am gleichen Ort; durchschnittlich dauert ihr Aufenthalt nur 1,4 Nächte (2017). Sie sind typische Hotelkunden, achten sehr genau auf den Preis der Übernachtung und der Mahlzeiten, sind dafür aber beim Shopping äußerst ausgabefreudig. Wie wichtig Einkaufen für Chinesen ist, geht aus den Zahlen von Schweiz Tourismus hervor: Mit Ausgaben von CHF 380,– pro Tag (2017) stehen die Chinesen an der Spitze aller Touristen in der Schweiz. […]

Chinesische Touristen im Wallis, Tourobs.ch vom 13. 08. 2013, https://www.tourobs.ch/de/artikel/makrotendenzen-im-tourismus-und-der-reisebranche/touristes-chinois-en-valais/

M 8 Zermatt – Naturgefahren

(Farbkarte zum Download auf MyStark!)

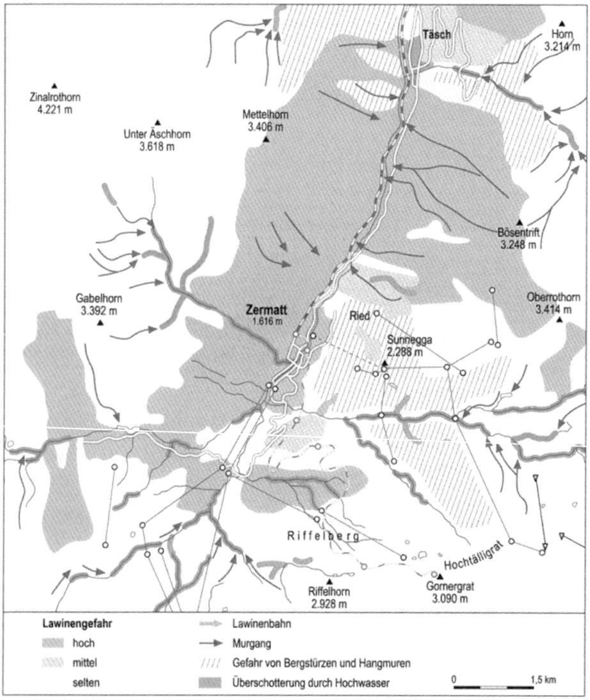

Anmerkung:
Muren / Hangmuren: Erdrutsche aus Schlamm und Gesteinsmaterial

Die Aufgabe bezieht sich auf die folgenden Elemente des Kernlehrplans und die Vorgaben 2021:

- **Inhaltsfeld 7:** Dienstleistungen in ihrer Bedeutung für Wirtschafts- und Beschäftigungsstrukturen
  - Entwicklung von Wirtschafts- und Beschäftigungsstrukturen im Prozess der Tertiärisierung
  - Wirtschaftsfaktor Tourismus in seiner Bedeutung für unterschiedlich entwickelte Räume

Lösungsvorschlag

Teilaufgabe 1

Zuerst müssen Sie mithilfe des Atlas sowie M 2 und M 4 die geographische Lage von Zermatt bestimmen (Operator „lokalisieren"). Berücksichtigen Sie dabei die Faktoren, die für touristische Fragestellungen eine Rolle spielen, u. a. die Reliefstruktur oder die Verkehrsanbindung. Der Operator „kennzeichnen" verlangt anschließend von Ihnen, dass Sie aufzeigen, welche Faktoren die Region um Zermatt für den Tourismus geeignet erscheinen lassen (M 1 – M 4). Es empfiehlt sich, ein kurzes Zwischenfazit zu ziehen.

Lage

Der Schweizer Ferienort Zermatt liegt auf ca. 1 600 m ü. NN in den **Walliser Alpen** unterhalb des Gabelhorns (3 392 m) am Fluss Mattervispa. Nachbarorte sind Täsch im Norden und Furi im Süden. Der nächste größere Ort in der Schweiz ist Brig-Glis im Tal der Rhône, ca. 50 km entfernt. Die italienische Grenze befindet sich in ca. 20 km Entfernung im Süden, ist aber wegen des **Hochgebirgsmassivs** außer zu Fuß oder per Lift nicht erreichbar (M 1, M 2, M 8).

Höhenlage und Klima

Die Haupturlaubsregionen von Zermatt liegen im Hochgebirge zwischen 1 600 und 3 500 m. Bergsteigen ist zudem bis zur Höhe von 4 500 m möglich (Dufourspitze 4 634 m, Matterhorn 4 478 m). Insgesamt gibt es viele Gipfel über 3 000 m Höhe. Das **Klima** in Zermatt ist für die Höhe von 1 616 m **relativ mild:** Im Sommer liegen die Temperaturen bei 12 °C, zwischen November und März zwischen dem Gefrierpunkt und –5 °C; die Jahresdurchschnittstemperatur beträgt 3,5 °C. Die Niederschläge fallen ganzjährig mit 40 – 60 mm pro Monat; insgesamt nur 611 mm durchschnittlich pro Jahr (M 2, M 3).

Das Naturpotenzial

Die Hochgebirgsregion rund um Zermatt ist aufgrund ihrer natürlichen Gegebenheiten attraktiv: Neben der **alpinen Flora und Fauna** ist die Bergwelt mit ihren Spitzen, Gletschern und Seen für Touristen interessant (M 1, M 2).

Zermatt liegt am Ende der Eisenbahnstrecke Matterhorn-Gotthard. Gäste müssen die letzten fünf Kilometer von Täsch, wo sie ihre Fahrzeuge parken müssen, bis Zermatt per Zug oder Taxi zurücklegen. Denn privater Autoverkehr ist in Zermatt nicht erlaubt. Eine dritte Verbindungsmöglichkeit besteht durch den Helikopterflugplatz am Ortseingang von Zermatt. Insgesamt befindet sich Zermatt in **günstiger zentraler Lage in Europa** und ist damit schnell erreichbar für Besucher aus mehreren benachbarten Ländern (M 1, M 2, M 4, M 8).

Verkehrsinfrastruktur

Ein **vernetztes System von Seilbahnen, Skiliften und Zahnradbahnen** erlaubt es Winter- wie Sommerurlaubern, ganzjährig im Umkreis von ca. 20 km sämtliche Höhenregionen bis Breuil-Cervinia auf italienischer Seite im Südwesten, die Gletscherbereiche bis zum Klein Matterhorn im Süden sowie die Bereiche bis zum Gornergrat, Hochfälliggrat, Sunnegga und Rothorn im Osten für unterschiedliche Freizeitbeschäftigungen zu nutzen. Neben der Möglichkeit zum Skisport gibt es lokale, regionale und überregionale Bergwander- und wahrscheinlich auch Mountainbike-Wege.

Touristische Infrastruktur

Nach ersten einzelnen Seilbahnen in den 1940er-Jahren wurde das touristische Angebot seit den 1960er-Jahren immer weiter ausgebaut und schwerpunktmäßig seit den 1990er-Jahren nach und nach erweitert. Seit 2008 mit der Fertigstellung der Verbindungsseilbahn Furi-Riffelberg verfügt die Region oberhalb von Zermatt über **das am höchsten gelegene Skigebiet der Alpen** und mit 263 Pistenkilometern im Winter sowie 20 Pistenkilometern im Sommer über eines der größten (M 2, M 4).

Mit 112 Hotels, die sich zu 90 % in Familienbesitz befinden, und 1 221 Parahotellerie-Betrieben weist Zermatt ein **umfangreiches Beherbergungsangebot** auf. Ein dichtes Netz an Bergstationen, Gasthäusern und Berghütten kann sowohl durch Tages- als auch durch Langzeittouristen sowie Bergwanderer, die diese Region durchqueren, genutzt werden (M 2, M 5).

Unterkünfte und Versorgung

Zermatt ist geeignet für vielfältigen Erholungs- und Aktivtourismus, und zwar das ganze Jahr hindurch.

Zwischenfazit

Teilaufgabe 2

Der Operator „erläutern" verlangt von Ihnen, dass Sie alle vorliegenden Materialien mit Blick auf die bisherige Entwicklung des Tourismus in Zermatt, seine Struktur sowie seine wirtschaftliche Bedeutung auswerten. Gehen Sie hierbei auch auf die „doppelte Saison", also die Möglichkeit zu Sommer- und Wintertourismus, und deren Besonderheiten ein (M 2, M 4–M 7).

Entwicklung des Tourismus seit 1898

In Zermatt hat der **Tourismus bereits Ende des 19. Jahrhunderts begonnen** und sich seitdem nach und nach weiterentwickelt. Die Erschließung durch verschiedene Eisen- und Bergbahnen spielte hierbei eine wichtige Rolle. So wurde z. B. die Visp-Zermatt-Bahn bereits 1929 elektrifiziert und der erste Skilift auf den Sunnega 1942 gebaut (M 4).

Früh schon schützte Zermatt Einwohner und Touristen vor der drohenden Verkehrslawine, indem der Ort seit den 1930er-Jahren weitestgehend zur **autofreien Zone** erklärt wurde. Diese Beschränkung des privaten Autoverkehrs tat der weiteren touristischen Entwicklung wegen der bestehenden Bahnverbindungen und Shuttle-Services aber keinen Abbruch. Die Gründung der Air Zermatt 1955 machte einen attraktiven und schnellen, allerdings auch kostspieligen **Transport durch Helikopter** möglich und ließ Zermatt zudem als **Touristenort mit hochpreisigem Niveau** erscheinen (M 4).

Doppelte Saison

Seit den 1960er-Jahren entwickelten sich die Besucherzahlen rapide. **Massentourismus** setzte ein. Die Übernachtungen in Hotels und in noch stärkerem Maße in Parahotellerie-Betrieben nahmen erst auf fast 1 Mio. (1968) und dann auf mehr als 1,6 Mio. pro Jahr (1988) zu.

Die **Möglichkeit der „doppelten Saison"** in der Region um Zermatt und das Angebot unterschiedlicher Urlaubsformen trugen zu diesem Besucheranstieg ebenso bei wie die besseren Lebensverhältnisse in den Herkunftsländern (M 5).

Veränderte Tourismusstrukturen

Die Touristenströme änderten sich aber nicht nur in quantitativer Hinsicht: Seit 2010 **gewann der Sommertourismus an Bedeutung**. Dieser wurde schwerpunktmäßig von Gästen aus Nordamerika und Asien (u. a. China) getragen; aus Nordamerika kamen in den letzten zehn Jahren deutlich mehr Touristen, aus Deutschland dagegen weniger. Neben diesem **saisonalen Bedeutungswandel** ließ sich auch der **Trend zu Kurzurlauben** beobachten. Hieran sind ebenfalls v. a. Touristen aus Asien mit nur 1,4 durchschnittlichen Übernachtungen beteiligt (M 5, M 7).

Nach einer 15-jährigen Phase der Stagnation wurde 2008 die 2-Mio.-Grenze bei den Übernachtungen erreicht; seitdem pendelt die Übernachtungszahl um die 1,9 Mio. pro Jahr. Mögliche Gründe für Schwankungen können in der jährlich unterschiedlichen Schneehöhe liegen, in den globalen Problemen der Weltwirtschaft (Krise 2008/2009) oder auch in sporadisch auftretenden Naturkatastrophen wie Muren- und Lawinenabgängen oder Überschwemmungen (M 3, M 5, M 8).

Quantitative Entwicklungen im 21. Jh.

Ein Vergleich der Ortsbilder von 1930 und 2018 zeigt, inwiefern der Tourismus Einfluss auf das Leben in Zermatt genommen hat. Die **Bebauung ist erkennbar dichter und höher** geworden und hat sich **flächenmäßig ausgedehnt**; bebaut sind inzwischen auch die unteren Talhänge, nicht mehr nur der Talboden. Flächen wurden in größerem Maße auch für die Errichtung von Verkehrsflächen versiegelt, wovon auch höhere Bergregionen betroffen wurden, v. a. im Zuge des Ausbaus des Lift- und Seilbahnnetzes. Im Ort selbst wurden notwendige Infrastruktureinrichtungen wie die Müllverbrennungsanlage oder die unterirdische Kläranlage geschaffen (M 2, M 4).

Physiognomische und bauliche Entwicklung

Gegenüber Landwirtschaft und Industrie **dominiert der tertiäre Sektor, insbesondere der Tourismus**, mit fast der Hälfte aller direkten Arbeitsplätze. Zählt man die nachgelagerten Arbeitsplätze hinzu, so sind in Zermatt mehr als 80 % der Beschäftigten direkt und indirekt vom Tourismus abhängig, wobei es ein **breit gefächertes Arbeitsplatzangebot** gibt. Gemeinde und Privatleute versuchen, durch **ständige Modernisierung, Attraktivitätssteigerungen des touristischen Angebotes** und die dafür notwendigen Investitionen diesen Wirtschaftssektor zu erhalten und zu stärken – schließlich sichert dies die kommunalen Einnahmen und Steuern. 110 Mio. Schweizer Franken (CHF) Gemeinde-Investitionen zwischen 2000 und 2014 sind hierfür ebenso ein Beweis wie neue Shuttle-Züge für die Strecke Täsch-Zermatt oder die neue und weltweit längste Fußgängerhängebrücke bei Randa (M 4 – M 6).

Wirtschaftliche Bedeutung des Tourismus

Zermatts Bevölkerung wuchs vor allem seit dem deutlichen Anstieg des Tourismus, und zwar von ca. 1 250 (1950) über 3 500 (1980) und 4 500 (1990) auf den bisherigen Höchstwert von über 5 500 Personen (2010). Seitdem ist die Bevölkerungszahl leicht rückläufig. Erstaunlich hieran ist, dass nur 61 % der aktuellen Einwohner aus der Schweiz stammen, aber 17 % aus Portugal. Bei Letzteren handelt es sich wie auch bei den anderen aus Kroatien und Nordmazedonien stammenden Arbeitskräften um **dauerhaft im**

Demografische Entwicklungen

Niedriglohnsektor tätige Arbeitskräfte, die meistens im Hotel- und Gaststättengewerbe beschäftigt sind. Da bereits 2008 der **Erwerb von Zweitwohnungen eingeschränkt** wurde, wird ein nicht unerheblicher Teil der Wohnungs- und Hausbesitzer hier einen **Zweitwohnsitz** haben und **nur periodisch in Zermatt anwesend** sein (M 4, M 6).

Teilaufgabe 3

Der Operator der dritten Teilaufgabe „erörtern" (Anforderungsbereich III) gibt Ihnen die Strukturierung Ihrer Ausführung vor: Sie müssen die Chancen und Risiken der bisherigen Entwicklungen und der zu beobachtenden neueren Entwicklungstendenzen aufzeigen, diese gegeneinander abwägen und abschließend ein eigenes begründetes Urteil zur Frage der Zukunftsfähigkeit des Tourismus in Zermatt formulieren. Beziehen Sie hierbei neben den Materialien Ihre eigenen Ausführungen mit ein (M 1–M 8).

Argumente für eine positive Prognose

Mit dem Matterhorn und der imposanten Hochgebirgsregion besitzt die Region um Zermatt **Naturpotenzial**. Aufgrund **hoher Investitionsbereitschaft** ist die Gemeindeverwaltung gewillt, durch die **Modernisierung und Erweiterung der Infrastruktur** und des touristischen Angebotes weitere Attraktionen zu schaffen. Als Beispiele hierfür kann die Modernisierung des ÖPNV-Angebotes, die Ausweitung nachhaltiger Tourismusangebote und der Bau der Fußgängerhängebrücke genannt werden. Die Auszeichnung mit internationalen (Touristenportal) und nationalen Preisen (VCS, Schweizer Solarpreis) ist ein Beleg für den Erfolg dieser Bemühungen (M 2, M 4).

Zermatts touristisches Angebot geht mit den Anforderungen der Zeit: Die **leichte Steigerung bei der Hotelauslastung** in der zweiten Dekade des 21. Jahrhunderts, vor allem beim Sommertourismus, und der Wiederanstieg der Gesamtübernachtungen nach einer kurzen Phase der Stagnation belegen zudem, dass dieses touristische Angebot angenommen wird (M 5).

Die verbreiteten Probleme von Wintersportgebieten im Hinblick auf mangelnde Schneesicherheit (ohne zusätzliche Investitionskosten für Kunstschnee u. a.) entfallen in Zermatt, da aufgrund der Hochlage der Skipisten etwaige **Probleme, die durch den Klimawandel bedingt sind, kaum eine Rolle spielen** (M 2, M 3, M 5).

Die **seit 2000 stagnierende und seit 2010 leicht rückläufige Bevölkerungsentwicklung** deutet zusammen mit der Beschränkung des Erwerbs von Zweitwohnungen seit 2008 auf ein **sozioökonomisches Problem** hin: Das Mietpreisniveau liegt in Zermatt mit durchschnittlich 1 682 CHF für eine 60 m^2 große Zweizimmerwohnung um fast 40 % über dem vergleichbaren Mietpreis in der Schweiz. Diese Miete können sich immer weniger Einwohner leisten, v. a. diejenigen nicht, die im Niedriglohnsektor beschäftigt sind, und das vielleicht nicht einmal das ganze Jahr über. Es ist zu vermuten, dass der **deutliche Anstieg der Parahotellerie-Angebote** (Privatzimmer, Ferienwohnungen, Zweitwohnungen) nur dadurch möglich war, dass frühere Wohnungen von Einheimischen umgewidmet worden sind, was nach und nach zu einer **Verdrängung der ansässigen Bevölkerung** geführt haben könnte wie auch zu einem **Mangel an für Durchschnittsverdiener bezahlbarem Wohnraum** (M 5, M 6).

Argumente für eine negative Prognose

Eine **zu starke Ausrichtung auf den Wirtschaftssektor Tourismus** führt zwangsläufig zu einer **großen Abhängigkeit** – der hohe Anteil der Arbeitsplätze im Gastgewerbe mit fast 50 % ist der Beweis hierfür. In Zeiten **wirtschaftlicher Krisen oder von Pandemien** wie der Covid 19-Pandemie mit Reisebeschränkungen und z. T. Reiseverboten besteht eine **Gefahr für die wirtschaftliche Existenz** vieler Tourismusunternehmen; ebenso fehlt dann ein sehr großer Teil der Steuereinnahmen (M 6).

Vor diesem Hintergrund nimmt auch die **Gefahr des Overtourismus** weiter zu, setzt man die rückläufige Einwohnerzahl in Relation zu der weiter steigenden Zahl der Touristen. Hierbei ist auch der Anteil der v. a. im Sommer stark gewachsenen Zahl der Tagestouristen in den Blick zu nehmen, deren Verhaltensweisen und Aufenthaltsmotive **kaum Bezug zur Nachhaltigkeit** aufweisen (M 7).

Das immer weiter **gestiegene Verkehrsaufkommen** in der Region stellt zudem eine **zunehmende ökologische Belastung** dar; hieran ändern auch das Verbot von Privatfahrzeugen in Zermatt (Verlagerung des Problems nach Täsch) und der weitere Ausbau des schadstoffarmen ÖPNV nur wenig. Mag auch die durchschnittliche Schneehöhe klimabedingt noch kein größeres Problem für Zermatt und seine Umgebung sein, so stellen doch die **Eingriffe in den Naturraum** durch Erschließung von Wegen, Pisten und Bahnen **ein Risiko** dar: Das Abgehen von Muren und Lawinen kann ebenso zu nehmen wie die Überschwemmungen im Tal, wenn Niederschlagswasser nicht in dem Umfang wie bisher durch wasserspeichernde Böden in Hanglagen aufgefangen wird. Dies gilt auch für Zermatt, das sich zwischen zwei Lawinenzügen befindet und dessen Lawinengefährdung als „hoch" eingestuft ist (M 8).

Fazit

Überlegungen zur touristischen **Tragfähigkeit** müssen bei der weiteren Entwicklung in Zermatt und den umgebenden Tourismusregionen eine wichtige Rolle spielen, soll die bisherige überwiegend positive Entwicklung nicht ins Gegenteil verkehrt werden. Erste Stopps wie die Zweitwohnungsbegrenzung oder die **Umsetzung von nachhaltigkeitsrelevanten Tourismusangeboten** sind hierbei ein Schritt in die richtige Richtung. Maßnahmen wie eine **Touristen-Obergrenze**, z. B. bei den Tagestouristen, könnte eine zu starke künftige Ausrichtung auf ökonomische Aspekte verhindern helfen.

Haben Sie daran gedacht?

- *Auf den ersten Seiten dieses Buches finden Sie Hinweise zur Anfertigung Ihrer Lösung.*
- *Ihre Ausführungen sollten mithilfe von Zwischenüberschriften gegliedert sein.*
- *Sind Materialbelege in Klammern angegeben?*
- *Haben Sie auf eine allgemein- und fachsprachlich angemessene Darstellung geachtet?*

Grundkurs Geographie (NRW) – Abiturprüfung 2021
Aufgabe 3

Thema
Infrastrukturausbau als nachhaltiger Entwicklungsimpuls? –
Das Stiegler's Gorge Staudammprojekt in Tansania

Aufgabenstellung Punkte

1. Lokalisieren Sie Tansania und kennzeichnen Sie den Entwicklungsstand des Landes. 22
2. Erläutern Sie das Potenzial des Rufiji-Beckens für eine hydroenergetische Nutzung sowie Anlage und Zielsetzungen des Stiegler's George Staudammprojektes. 29
3. Nehmen Sie zur Themenfrage kritisch Stellung. 29

Zugelassene Hilfsmittel
- der an der Schule in der Qualifikationsphase überwiegend verwendete Atlas, in einer für alle Prüflinge gleichen Auflage
- Wörterbuch zur deutschen Rechtschreibung
- Taschenrechner

Farbkarten zum Download auf der Plattform MyStark!

Materialgrundlage

M 1 Atlaskarten nach Wahl

M 2 Sozioökonomische Daten Tansania

		2000	2018
Bevölkerung	(Mio.)*	33,5	56,3
jährliches Wachstum	(%)	2,5	3,0
ländlich/städtisch	(%)	73/27	65/35
Lebenserwartung	(Jahre)	50,8	65,0
HDI (Rang)		0,395 (163)	0,528 (159)
Anteil Bevölkerung unter 2 US-$/Tag	(%)	86	45
Welt-Hungerindex		42,2 (sehr ernst)	28,6 (ernst)
Alphabetisierungsrate	(%)	71,1	77,9 (2015)
Energieverbrauch pro Kopf	(kWh)	59	124
BIP pro Kopf	(US-$)	410	1 051
BIP nach Sektoren	(%)		
primärer Sektor		29	23
sekundärer Sektor		23	29
tertiärer Sektor		48	48
Beschäftigung nach Sektoren	(%)		
primärer Sektor		75	63
sekundärer Sektor		3	7
tertiärer Sektor		22	30

Außenwirtschaft 2017	(Mrd. US-$)	Import: 8,5 Export: 5,7
Wichtigste Importgüter		Konsumgüter, Maschinen, Transportmittel, industrielle Rohmaterialien, Rohöl
Wichtigste Exportgüter		Gold, Kaffee, Cashewnüsse, Baumwolle

Wasser-/Stromversorgung (2017)		städtisch	ländlich	insgesamt
Zugang zu sauberem Trinkwasser	(%)	77,2	45,5	55,6
Anschluss an Stromversorgung	(%)	65,3	17,7	33,1

Energieträger zum Kochen (2016)		Petroleum	Holzkohle	Feuerholz	Gas	Elektrizität
ländlich	(Haushalte in %)	0,9	6,1	92,0	0,9	0,1
städtisch	(Haushalte in %)	1,3	79,3	8,4	10,0	1,0

* Bevölkerungsprognose bei gleichbleibender Wachstumsrate für 2030: 79,1 Mio.

eigene Zusammenstellung, Daten nach: Worldbank; Transparency; CIA World Factbook; Liportal; NBS; Länderdaten.info (Zugriff jeweils 22. 05. 2020)

M 3 Tansania physisch *(Farbkarte zum Download auf MyStark!)*

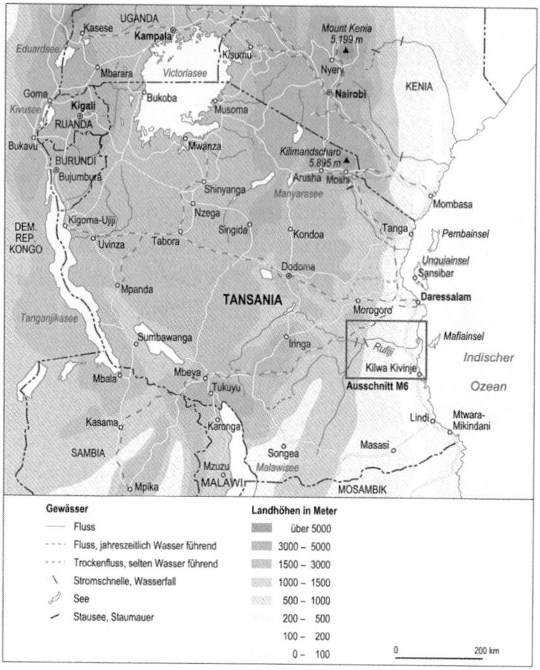

© cartomedia, Karlsruhe

M 4 Tansania – Niederschlag *(Farbkarte zum Download auf MyStark!)*

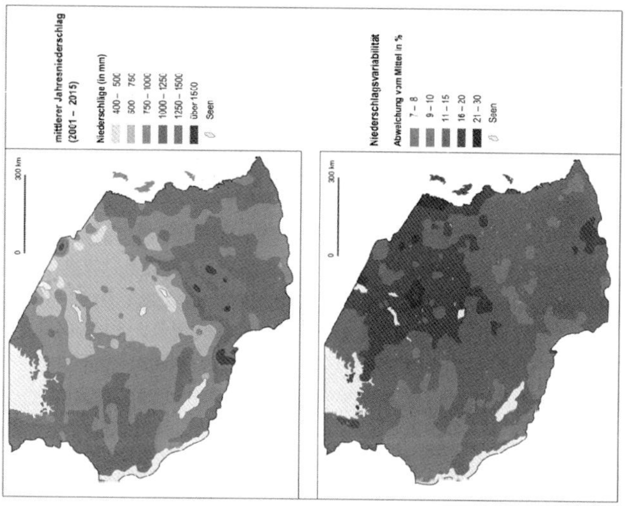

© cartomedia, Karlsruhe

M 5 Tansania – Stromerzeugung und Strombedarf

Stromerzeugung nach Energieträgern

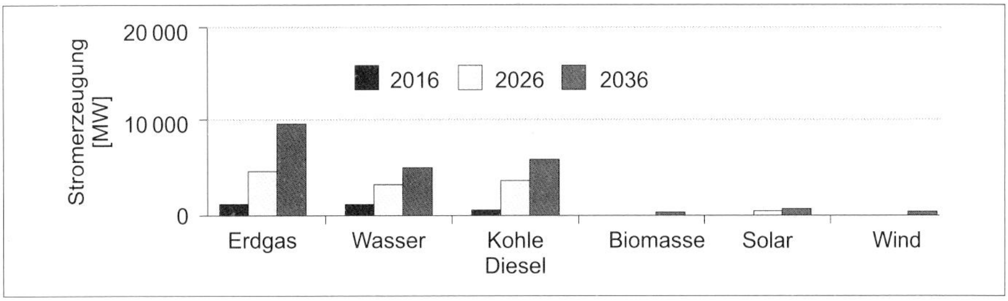

Strombedarf nach Verbrauchern 2015

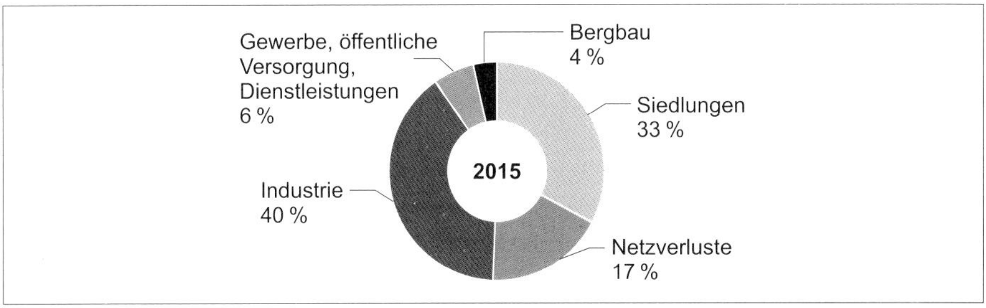

Prognose Strombedarf* nach Verbrauchern

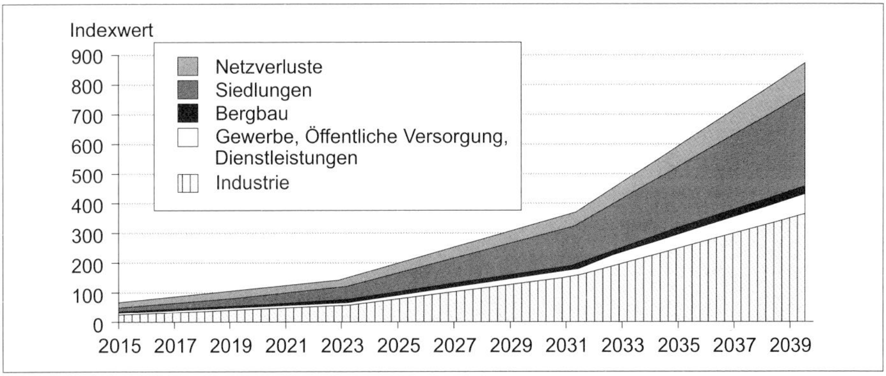

* gesamter Strombedarf (Indexwert) 2019 = 100

Anmerkung: Netzverlust bezeichnet die Differenz zwischen erzeugter Leistung und tatsächlich genutzter elektrischer Leistung. Zum Vergleich betragen Netzverluste in Mitteleuropa etwa 6 %.

eigene Darstellung, Daten nach: Tansania Power System Masterplan, 12.2016, https://www.german-energy-solutions.de/GES/Redaktion/DE/Publikationen/Marktanalysen/ 2019/zma_tansania_2019.pdf?__blob=publicationFile&v=3; https://de.wikipedia.org/wiki/%C3%9Cbertragungsverlust

M 6 Stiegler's Gorge Staudammprojekt – Daten und Informationen

Basisinformation	
1960	erste Studien zur Nutzbarmachung der Schlucht für die Stromgewinnung
1980er-Jahre	Plan wird nicht weiterverfolgt, u. a. weil die Weltbank Finanzierung ablehnt
2006	Wiederaufnahme der Planungen; Gründung der Rufiji Basin Development Authority (Rubada)
2018	Besorgnis des UNESCO-Welterbe-Komitees über Umweltauswirkungen des Projektes
2018	Ausschreibung und Planung der Abholzung von Waldflächen im Selous Game Reservat
26. 07. 2019	Grundsteinlegung zum Bau des Kraftwerkes durch Präsident Magufuli

Stiegler's Gorge

- Schlucht des Rufiji River
- Bau mehrerer Dammanlagen oberhalb des Reservoirs
- Überflutungsfläche: 1 200 km^2 (Vergleich Bodensee: 473 km^2)
- Kosten: 3,6 Mrd. Euro; Finanzierung: Entwicklungsbanken und internationale Investoren
- Baubeginn 2019, voraussichtliche Fertigstellung 2022; geplante Leistung: 2 100 Megawatt

Selous Game Reserve

- größtes Wildtierreservat Afrikas (Fläche: 51 200 km^2; Gründung: 1922)
- UNESCO-Weltnaturerbe seit 1982
- große Wildtierpopulationen, u. a. Elefanten, Löwen, Giraffen, Flusspferde, Krokodile
- Finanzierung: Jagdlizenzen (90 %) und Safaritouristen

eigene Zusammenstellung, Daten nach: www.grdc.sr.unh.edu/html/Polygons/P1286900.html; www.researchgate.net/figure/The-Lower-Rufiji-Valley_fig2_256191198; www.researchgate.net/publication/256482918_Jointly_thinking_the_postdam_future_Exchange_of_local_and_scientific_knowledge_on_the_lakes_of_the_Lower_Rufiji_Tanzania; www.dw.com/en/foundation-stone-laid-for-controversial-hydroelectric-dam-in-tanzania/a-49265447 (Zugriff jeweils 20. 05. 2020)

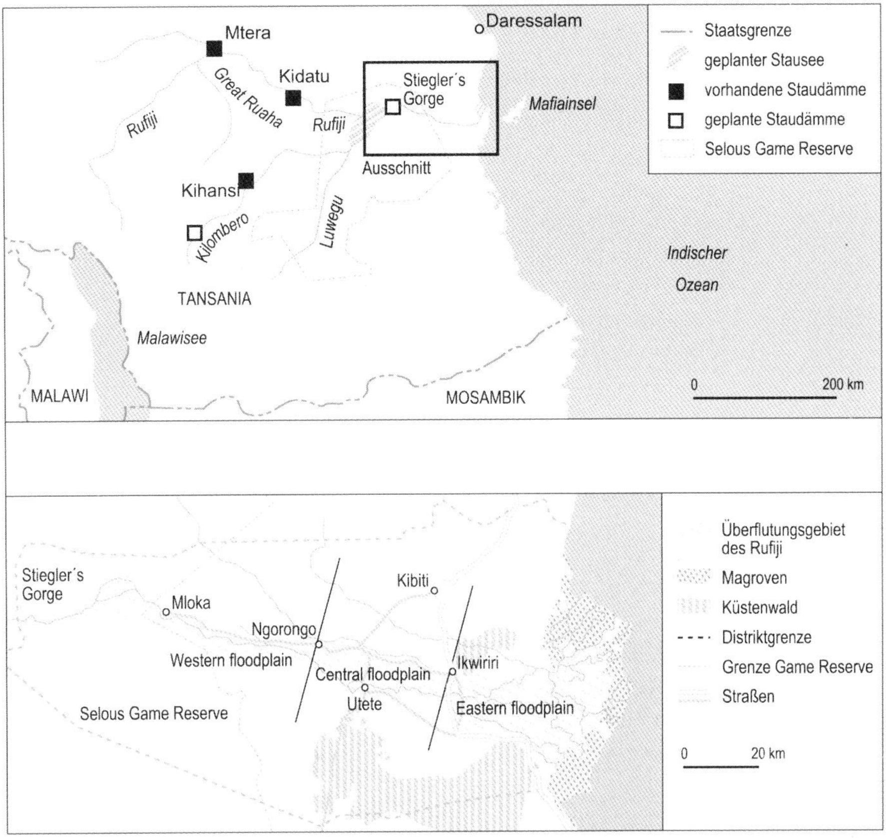

© *cartomedia, Karlsruhe*

M 7 Stromübertragungsnetz Tansania

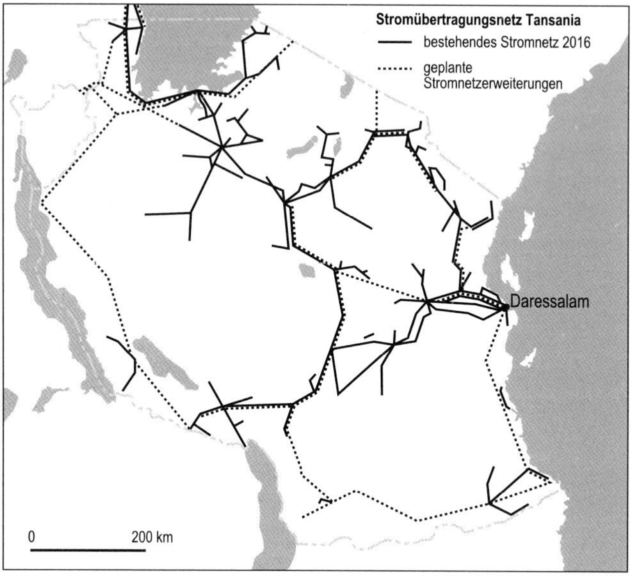

© cartomedia, Karlsruhe

M 8 Tanzania Development Vision 2025

(Veröffentlichung 2016)

Die *Tanzania Development Vision 2025* sieht vor, dass sich Tansania bis 2025 zu einem Land mittleren Einkommens entwickelt. Dies setzt eine Steigerung des BIP/Kopf [...] auf 3 000 US-$ im Jahr 2025 voraus. Um dieses Ziel zu erreichen, benötigen wir schnelles wirtschaftliches Wachstum, angetrieben von einer ausreichend verfügbaren, verlässlichen, bezahlbaren und umweltfreundlichen Stromversorgung. Deshalb muss die Stromerzeugungsleistung von derzeit 1 583 MW auf mindestens 10 000 MW bis 2025 gesteigert werden.

nach: Background, Tanesco; www.tanesco.co.tz/index.php/about-us/historical-background (übersetzt)

Die Aufgabe bezieht sich auf die folgenden Elemente des Kernlehrplans und die Vorgaben 2021:

– **Inhaltsfeld 6:** Sozioökonomische Entwicklungsstände von Räumen
  - *Merkmale und Ursachen räumlicher Disparitäten*
  - *Demografische Prozesse in ihrer Bedeutung für die Tragfähigkeit von Räumen*
  - *Strategien und Instrumente zur Reduzierung regionaler, nationaler und globaler Disparitäten*

Lösungsvorschlag

Teilaufgabe 1

Zuerst müssen Sie mithilfe des Atlas (M 1/Übersichtskarte Südliches Afrika) die geographische Lage von Tansania bestimmen (Operator „lokalisieren"). Berücksichtigen Sie dabei die Faktoren, die für die Raumplanung eine Rolle spielen, u. a. die Oberflächenstruktur, Klima und Verkehrsnetz. Der Operator „kennzeichnen" verlangt in dieser Teilaufgabe anschließend von Ihnen, dass Sie Kriterien gestützt darlegen, in welchem Entwicklungsstand sich das Land im Jahr 2018 befunden hat (M 2, M 3). Gehen Sie dabei auch auf die Struktur des Stromnetzes ein (M 7). Es empfiehlt sich, abschließend ein kurzes Zwischenfazit zu ziehen. Um über die Bevölkerungsverteilung und die räumlichen Disparitäten eine Aussage treffen zu können, müssen Sie neben M 3 Wirtschaftskarten zu Afrika nutzen.

Lage

Tansania, ein Staat in Ostafrika, liegt zwischen 1° und 11° s. Br. sowie 30° und 41° ö. L. an der Küste des Indischen Ozeans in den **wechselfeuchten Tropen**. Angrenzend an Uganda, Kenia, Mosambik, Malawi, Sambia, die D. R. Kongo, Burundi und Ruanda liegt Tansania zudem an drei großen Seen: dem Victoria-See im Norden, dem Malawi-See im Südwesten und dem Tanganjika-See im Westen. Die Hauptstadt Dodoma liegt ca. 450 km landeinwärts auf Höhe der Insel Sansibar, südlich der Massai-Steppe, im Mittelgebirgsraum auf über 1 000 m ü. NN (M 1, M 3).

Bevölkerungsverteilung und -entwicklung

Die **Bevölkerung** in Tansania ist **sehr ungleich verteilt:** Ein deutlicher Schwerpunkt ist in der Hafenstadt Daressalam und im Küstenstreifen nördlich davon vorhanden. Städtebänder finden sich an den Fernverkehrsstraßen, u. a. entlang der W-O-Achse Kigoma – Dodoma – Daressalam, an den Strecken Daressalam – Arusha – Nairobi/Mombasa und Daressalam – Mbeya – Lusaka/Sambia (M 1, M 3).

Das **Bevölkerungswachstum** war bereits im Jahr 2000 mit 2,5 % **sehr groß** und ist bis 2018 sogar auf 3 % gestiegen. Entsprechend wuchs die Gesamtbevölkerung in diesem Zeitraum von 33,5 auf 56,3 Mio. an. In diesen 18 Jahren stieg **der Anteil der städtischen Bevölkerung** um 8 Prozentpunkte von 27 % auf 35 %, sodass von einem nicht unerheblichen Anteil von Land-Stadt-Migranten ausgegangen werden kann (M 2).

Allgemeine Lebensbedingungen

Tansania bekleidet nach wie vor einen **hinteren HDI-Rang**; 2018 war dies der 159. Rang mit einem Wert von 0,528. Zwar ist es seit dem Jahr 2000 gelungen, den Anteil der Geringverdiener auf 45 % der Bevölkerung zu halbieren – dieser Anteil ist aber immer noch sehr hoch. Entsprechend wurde die Lage im Land 2018 zwar nicht mehr als „sehr ernst", aber immer noch als „**ernst**" eingestuft (28,6 im Welt-Hungerindex).

Die **Bildungsvoraussetzungen** waren auch 2015 noch mit einer Alphabetisierungsquote von nur 77,9 % **schlecht**, auch wenn sich die Situation seit 2000 etwas verbessert hat. **Zugang zu sauberem Trinkwasser hatten 2018 zu wenige:** nur drei Viertel der städtischen und sogar weniger als die Hälfte der ländlichen Bevölkerung. **Noch schlechter sah es in Bezug auf den Zugang zu elektrischer Energie aus:** 65 % der städtischen und lediglich 17 % der ländlichen Bevölkerung verfügten hierüber. Während in der Stadt zumindest ca. 80 % mit Holzkohle kochten, mussten hierfür auf dem Land 92 % Feuerholz benutzen. Vor diesem Hintergrund verwundert es nicht, dass das **BIP/Einwohner nur 1 051 US-$** betrug (M 2).

Ökonomische Situation

Mit einem hohen Beschäftigtenanteil von 63 % **dominierte 2018 der primäre Sektor eindeutig**. Er wies mit einem BIP-Anteil von nur 23 % jedoch eine **äußerst geringe Produktivität** auf im Unterschied zum sekundären und tertiären Sektor, die bei 7 % Beschäftigten einen BIP-Anteil von 29 % bzw. bei 30 % Beschäftigten einen BIP-Anteil von 48 % verzeichneten. Die **landwirtschaftlichen Strukturen und Methoden** müssen entsprechend rückständig gewesen sein.

Mit einem Exportvolumen von nur 5,7 und einem Importvolumen von 8,5 Mrd. US-$ war der **Handel Tansanias** für ein Land mit 56 Mio. Einwohnern **sehr schwach ausgeprägt**. Das deutliche **Jahreshandelsdefizit** von 2,8 Mrd. US-$ weist zudem auf eine nicht unerhebliche **Verschuldung des Landes** hin. Zudem zeigte sich die **Exportstruktur sehr einseitig** mit der überwiegenden Ausfuhr von Gold und landwirtschaftlichen Erzeugnissen. Die Rückständigkeit der allgemeinen Entwicklung unterstreicht die

Struktur der Warenimporte mit Konsumgütern, Maschinen, Transportmitteln und industriellen Rohmaterialien sowie Rohöl (M 2).

Große räumliche Disparitäten

Auffällig sind die großen **räumlichen Disparitäten:** Die **Zentren** mit der dichtesten Besiedlung und wirtschaftlich intensivsten Nutzung befinden sich **in der Tiefland- und Küstenregion** zwischen Mombasa (Kenia) und der größten Stadt Tansanias, Daressalam, sowie im Dreieck Dodoma – Victoria-See-Daressalam. Die **peripheren Räume der Mittel- und Hochgebirgsregionen**, die bis auf die Talungen und die Regionen an den Seen sehr dünn besiedelt und wenig erschlossen sind, stehen dem gegenüber.

Dies spiegeln auch die **Verkehrs- und Energienetze** wider: Bis auf die W-O-Achse Kigoma – Dodoma – Daressalam und deren N-S-Verbindung von Tabora nach Mwanza am Victoria-See verlaufen sie fast ausschließlich entlang der Küstenlinie sowie der Landesgrenzen und lassen den größten Teil des Binnenlandes unerschlossen (M 1, M 3, M 7).

Zwischenfazit

Die sozioökonomischen Daten weisen zwischen 2000 und 2018 bis auf die Zunahme des Bevölkerungswachstums positive Entwicklungen auf. Dennoch ist Tansania 2018 eindeutig der Gruppe der am wenigsten entwickelten Staaten (LDC) zuzuordnen, was vor allem der HDI-Rang belegt.

Teilaufgabe 2

Der Operator „erläutern" verlangt von Ihnen, dass Sie die vorliegenden Materialien mit Blick auf die Eignung des Rufiji-Beckens für eine hydroenergetische Nutzung auswerten. Anschließend sollen Sie Planung und Entstehung des Stiegler's Gorge Staudammes (M 4, M 6) und die mit dem Bau in Verbindung stehenden Zielsetzungen (M 5, M 7, M 8) aufzeigen.

Planung und Beginn des Staudammprojektes

Von den ersten Überlegungen bis zum Startschuss zum Bau des **Kraftwerks** am Ende der Rufiji-Bucht vergingen 59 Jahre. Da Tansania **von ausländischer Finanzierung abhängig** war bzw. ist und die Weltbank 1980 die Finanzierung ablehnte, gelang erst 2019 mithilfe ausländischer Investoren und Entwicklungsbanken der Baubeginn des 3,6 Mrd. EUR teuren Projektes.

Zur Vorbereitung des eigentlichen Staudammbaus werden oberhalb des geplanten Wasserreservoirs, dessen Fläche etwa zweieinhalbmal so groß ist wie die des Bodensees, kleinere Staudämme und Dammanlagen gebaut. Nach Aufbereitung des Reservoirbodens und Fertigstellung des Staudamms wird die Fläche geflutet. Nach der für

2022 geplanten Fertigstellung soll die **jährliche Stromleistung 2 100 Megawatt** betragen (M 6).

Vorzüge des Standortes für eine hydroenergetische Nutzung

Die ca. 200 km südwestlich von Daressalam und am Ende eines Plateaus in ca. 500 m ü. NN gelegene Schlucht des Rufiji River bietet aufgrund der **großen Reliefenergie** gute Voraussetzungen für die Stromgewinnung. Da die Gegend im Bereich der 1 200 km^2 umfassenden Überflutungsfläche weitgehend unbesiedelt war und das Einzugsgebiet des Rufiji zudem **überwiegend hohe Jahresniederschläge** aufweist, liegen positive Standortfaktoren vor (M 4, M 6).

Negative Standortvoraussetzungen

Allerdings ist die **Niederschlagsvariabilität recht hoch**. Schwerer wiegt aber der Umstand, dass weite Flächen des **UNESCO Weltkulturerbes „Selous Game Reserve"** mit großen Wildtierpopulationen betroffen sind. Dies war 2018 Grund für Widerstände gegen das Abholzen umfangreicher Waldflächen. Die in der südlichen Peripherie gelegene Region musste zudem für Bau und Nutzung überwiegend erst erschlossen und über relativ weite Strecken an das bestehende nationale Stromübertragungsnetz angeschlossen werden, was Zeit- und Kostenaufwand mit sich brachte. Hierbei ist mit **großen Netzverlusten** von fast 20 % zu rechnen, einem etwa dreimal so hohen Verlust wie u. a. in Mitteleuropa; dies **senkt die Rentabilität** deutlich (M 1, M 4 – M 7).

Zielsetzungen des Staudammprojektes

Das bedeutendste Ziel ist die deutliche **Steigerung der Stromproduktion**. Diese ist notwendig, weil die Bevölkerung schnell wächst und weil Tansania seine wirtschaftliche Weiterentwicklung in Richtung Industrialisierung beschleunigen möchte. Im nationalen Entwicklungsprogramm „Tanzania Development Vision 2025!" ist eine Steigerung der gesamten nationalen Stromerzeugung von zurzeit ca. 1 600 auf über 10 000 MW vorgesehen. Hierzu soll das Kraftwerk am Stiegler's Gorge Staudamm 2 100 der notwendigen 3 300 MW, die auf Wasserkraft beruhen, beisteuern (M 5).

Vorgesehen ist ebenfalls **die Erweiterung des nationalen Stromübertragungsnetzes** entlang der Landesgrenzen im SO, S und SW zu einem den gesamten Staat umspannenden Ringsystem. Hierfür werden auch die neuen Kapazitäten des Stiegler's Gorge Staudammprojektes benötigt. Außerdem erhofft man sich **Entwicklungsimpulse für** die bisher rückständigen **peripheren** und überwiegend ländlichen **Regionen im Süden** des Landes (M 1, M 2, M 5 – M 8).

Teilaufgabe 3

In der dritten Teilaufgabe sollen Sie dazu Stellung nehmen (AFB III), ob der im Zusammenhang mit dem Staudammbau geplante Infrastrukturausbau einen nachhaltigen Entwicklungsimpuls für das Land bedeuten kann. Hier bietet es sich an, den Begriff „Nachhaltigkeit" kurz zu definieren und die folgenden Ausführungen nach ökonomischen, ökologischen und sozialen Aspekten zu gliedern. Beziehen Sie für Ihre abschließende Bewertung, die zwingend erforderlich ist, neben den Materialien (M 2, M 5, M 7, M 8) Ihre eigenen Ausführungen zur zweiten Teilaufgabe mit ein.

Nachhaltigkeit

Unter nachhaltiger Entwicklung versteht man die gleichzeitige Entwicklung in ökonomischer, ökologischer und sozialer Hinsicht. Im Zusammenspiel dieser drei Aspekte soll die Leistungsfähigkeit von Gesellschaften sichergestellt bzw. weiterentwickelt werden.

Positive ökonomische Perspektiven

Der **Ausbau des nationalen Energienetzes** stellt eine wichtige Voraussetzung für die wirtschaftliche Weiterentwicklung Tansanias dar. Hierdurch lassen sich die vorhandenen **regionalen Disparitäten verringern** und die **Gesamtstromproduktion steigern**, was angesichts des prognostizierten Strombedarfs unbedingt notwendig sein wird. Die Stromgewinnung auf der Grundlage **regenerativer Energien** wie der Wasserkraft **reduziert den Anteil fossiler Energieträger** an der Gesamtstromproduktion. Letzterer wird allerdings 2036 mit ca. 15 000 MW voraussichtlich dreimal so hoch sein wie der von Wasserkraft. Der Import teuren Rohöls wird in dem Maße unnötig, wie es gelingt, mit heimischen Energien zumindest einen Teilbedarf zu decken. Das über ausländischen Finanz- und Wissensimport ins Land gelangende Potenzial kann ggf. auch in anderen Wirtschaftsbereichen genutzt werden (M 5).

Negative ökonomische Folgen

Die **Kosten** in Höhe von 3,6 Mrd. EUR – verteilt auf nur drei Jahre – sind im Vergleich zum Handelsvolumen (ca. 14 Mrd. EUR im Jahr 2017) hoch. Tansania kann diese Summe nur mithilfe internationaler Geldgeber aufbringen und macht sich für längere Zeit von diesen **abhängig**. Da Bereiche des Selous Game Reserves für das Rückhaltebecken benutzt werden und immer wieder Bau- und Instandhaltungsarbeiten anfallen dürften, könnten **Einbußen beim Tourismus** die Folge sein. Zudem werden sich im Deltabereich des Rufiji und im vorgelagerten Küstenbereich die Wasserführungsverhältnisse ändern, sodass in dieser Region **Land- und Fischereiwirtschaft in Mitleidenschaft** gezogen werden (M 2, M 6).

Positive ökologische Aspekte

Bis 2036 soll laut Prognose der Anteil regenerativer Energien, v. a. von Wasserkraft, bei ca. 25 % liegen. Dies **verhindert einen noch höheren Ausstoß von CO_2** durch die Nutzung fossiler Energieträger. Und der Anschluss ans Stromnetz ermöglicht es einem größeren Teil der Bevölkerung Tansanias, diesen Energieträger zu nutzen, was den **Holzeinschlag für die häusliche Energieversorgung deutlich reduziert**. Bis 2036 soll die für Siedlungen benötigte Strommenge etwa auf den 8-fachen Indexwert steigen (M 2, M 5).

Negative ökologische Begleit-erscheinungen

Die für den Bau der Damm- und Wehranlagen notwendigen **Eingriffe in das Ökosystem reduzieren die Biodiversität**. Dasselbe gilt für die Vorgänge und Auswirkungen des Flächenverbrauchs und der Flächenversiegelung durch Rückhaltebecken, Verkehrs- und Siedlungsflächen, insbesondere im Bereich des UNESCO Weltkulturerbe-Gebietes. Hinzu kommen Auswirkungen unterhalb des Rufiji-Staudamms am Unterlauf des Flusses im **Delta-Bereich**, wo sich die ökologischen Bedingungen für Flora und Fauna an vielen Stellen grundsätzlich ändern werden (M 6).

Soziale Perspektiven

Das **BIP/Kopf** soll von 1 051 (2018) auf 3 000 US-$ im Jahr 2025 gesteigert werden. Gelingt dies, sollten sich Armut, Hunger und Bildungsnachteile reduzieren und gleichzeitig **Lebensstandard und -erwartung** erhöhen lassen. Der Ausbau des Energienetzes und die Steigerung der jährlichen Stromproduktion stellen hierfür eine wesentliche Voraussetzung dar (M 2, M 8).

Fazit

Tansania, das über nur sehr geringe eigene fossile Energierohstoffe verfügt, ist darauf angewiesen, regenerative Energien – und dabei v. a. Wasserkraft – zur **Stromerzeugung** zu nutzen. Einen wichtigen Beitrag hierzu leistet in der dritten Dekade des 21. Jahrhunderts das Kraftwerk am neuen Stiegler's Gorge Staudamm. Vor dem Hintergrund der prognostizierten Verachtfachung des Strombedarfs bis 2039 bedarf es jedoch vieler weiterer Energieprojekte (M 1, M 8).

Haben Sie daran gedacht?

- *Auf den ersten Seiten dieses Buches finden Sie Hinweise zur Anfertigung Ihrer Lösung.*
- *Ihre Ausführungen sollten mithilfe von Zwischenüberschriften gegliedert sein.*
- *Sind Materialbelege in Klammern angegeben?*
- *Haben Sie auf eine allgemein- und fachsprachlich angemessene Darstellung geachtet?*

Leistungskurs Geographie (NRW) – Abiturprüfung 2021
Aufgabe 1

Thema
Agrarwirtschaftliche Entwicklungen unter dem Einfluss des Weltmarktes – Das Beispiel des Sojaanbaus in Brasilien

Aufgabenstellung Punkte

1. Lokalisieren und kennzeichnen Sie die Anbaugebiete von Soja in Brasilien vor dem Hintergrund der naturräumlichen Voraussetzungen. 21
2. Erläutern Sie die Entwicklung des Sojaanbaus in Brasilien. 31
3. Nehmen Sie kritisch Stellung zu dieser agrarwirtschaftlichen Entwicklung. 28

Zugelassene Hilfsmittel
- der an der Schule in der Qualifikationsphase überwiegend verwendete Atlas, in einer für alle Prüflinge gleichen Auflage
- Wörterbuch zur deutschen Rechtschreibung
- Taschenrechner

Farbkarten zum Download auf der Plattform MyStark!

Materialgrundlage

M 1 Atlaskarten nach Wahl

M 2 Brasilien – Sojaanbau

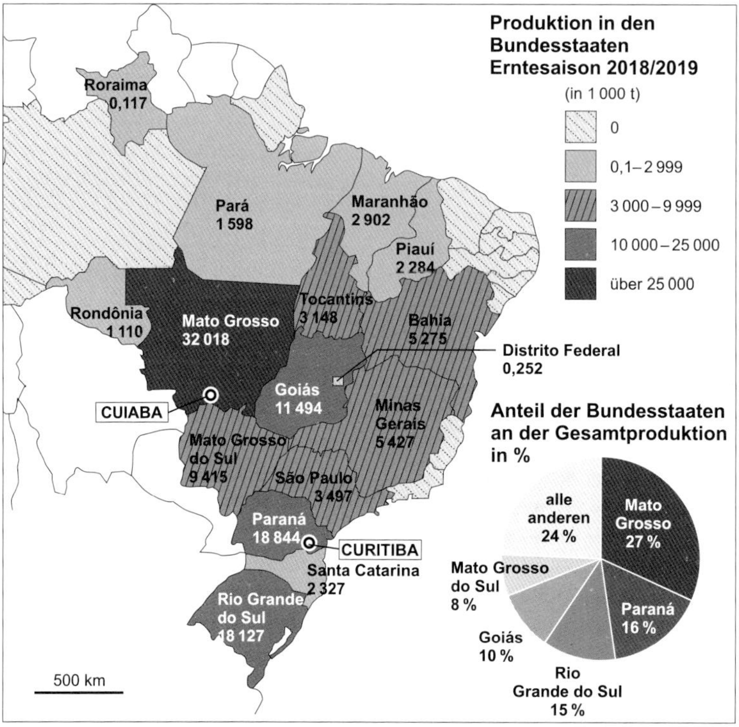

Brazilian Soybean Production by State/VAN Trump Report

M 3 Ausgewählte Klimadaten

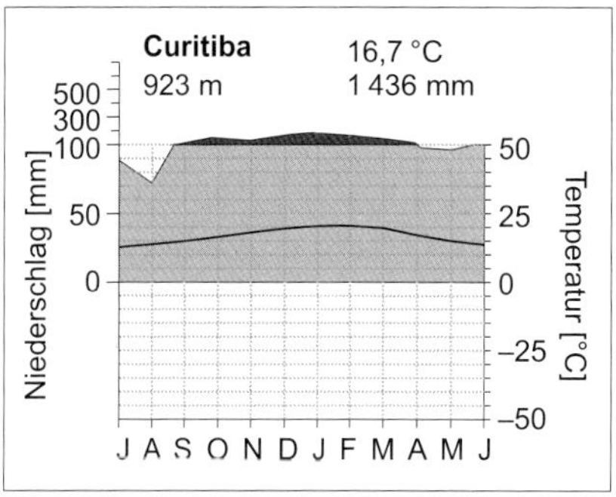

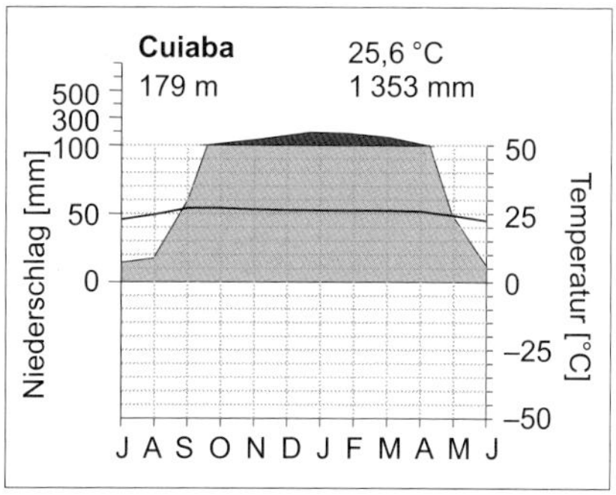

Bernhard Mühr (10.05.2000), Klimadiagramme.de

M 4 Informationen zum brasilianischen Sojaanbau

Eigenschaften	Hülsenfrucht mit 3–5 Bohnen; hoher Fett- (18 %) und Eiweißgehalt (38 %); leichter Anbau und hohe Ertragsleistung
natürliche Klimaansprüche	Klimazone: immerfeuchte Subtropen; die Sojabohne hat hohe Wärmeansprüche (optimale Temperatur 25 °C) und reagiert auf Kälteeinbrüche und Trockenheit mit empfindlichen Ertragseinbußen
Anteil Soja am Gesamtexportwert Brasiliens	1994: 4 % 2018: 11,6 %
Verwendung	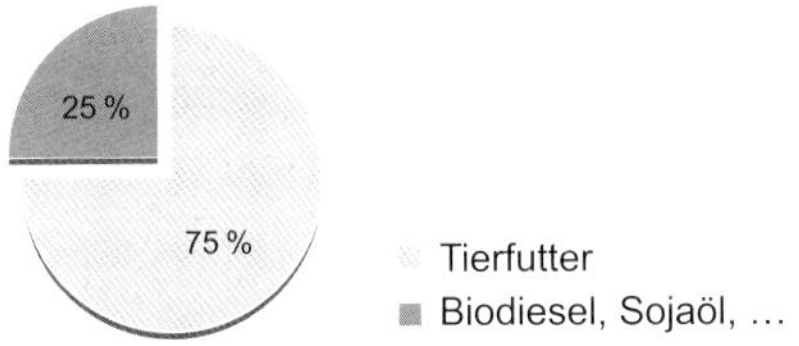
Forschung und Entwicklung	1973 Gründung des brasilianischen landwirtschafltichen Forschungszentrums *Empresa Brasileira de Pesquisa Agropecuária* (EMBRAPA); seit Mitte der 1980er-Jahre Entwicklung neuer (genveränderter) Sojasorten, die u. a. den klimatischen Verhältnisse in tropischen Regionen Brasiliens angepasst sind  Sojaernte in Mato Grosso (2018)

eigene Zusammenstellung, Daten nach: Blumenschein, Markus: Deregulierung in der brasilianischen Sojawirtschaft – Innovation oder Stagnation? In: Geographische Rundschau 56 (2004) H. 11, S. 34 ff.; Anec; Statistisches Bundesamt (Destatis), MCC-Berlin
Foto: Kelvin H. Haboski/Shutterstock.com

M 5 Sojaanbau in Brasilien – Flächenentwicklung und Betriebsgrößen

Anbauflächen

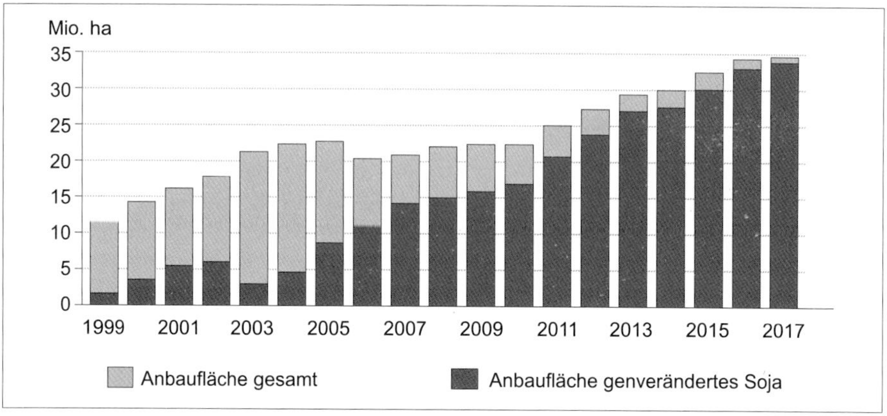

Betriebsgrößen (Stand 2015)

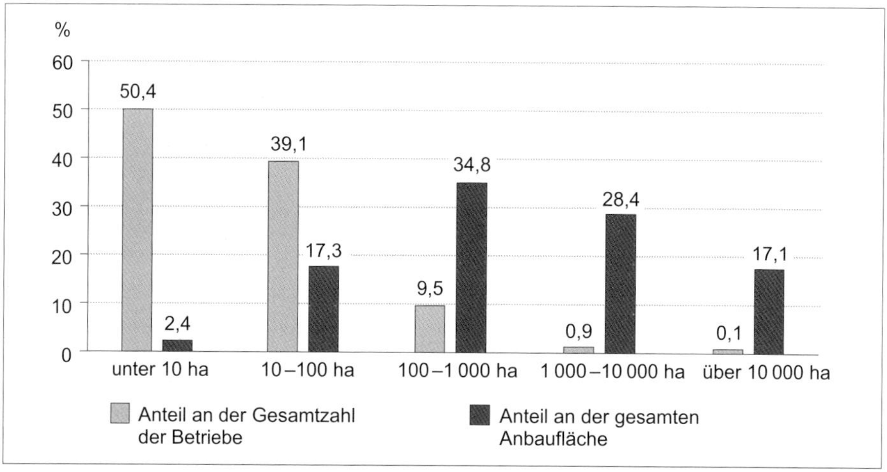

eigene Darstellungen, Daten nach: Öko-Institut e.V.; TopAgrar; Forum Bio- und Gentechnologie e.V.

M 6 Brasilien – Anbauflächen verschiedener Agrarprodukte

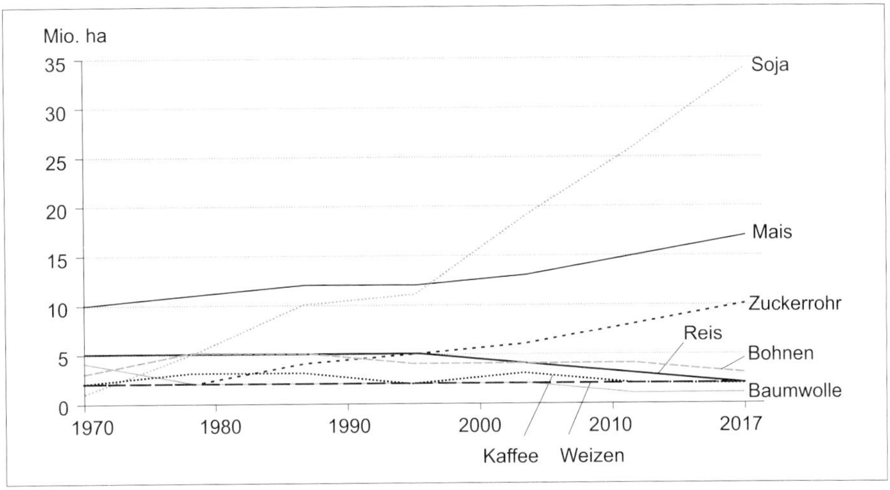

eigene Darstellung nach: https://www.ocl-journal.org/articles/ocl/full_html/2018/01/ocl170039/F3.html (verändert) (Zugriff 12. 10. 2020)

M 7 Brasilien – Arbeitsplätze im Agrarsektor

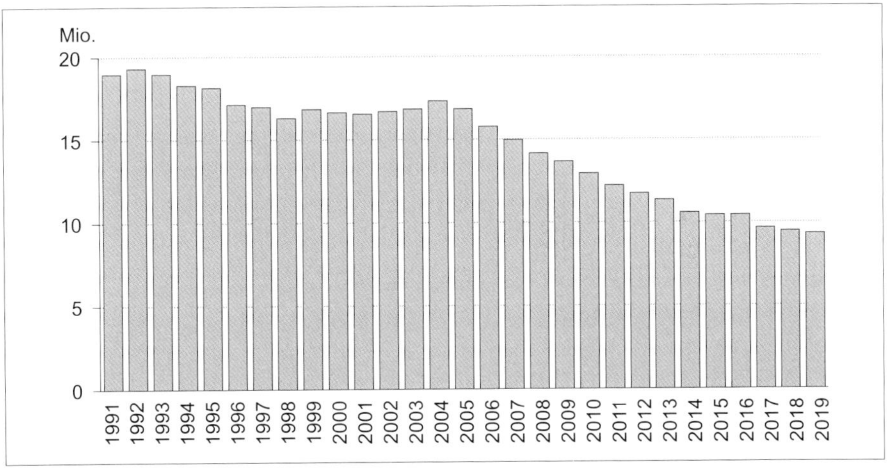

eigene Darstellung nach: https://www.theglobaleconomy.com/Brazil/Employment_in_agriculture/ (Zugriff 12. 10. 2020)

M 8 Soja – globales Handelsgut

Erntemengen der führenden Sojaanbauländer

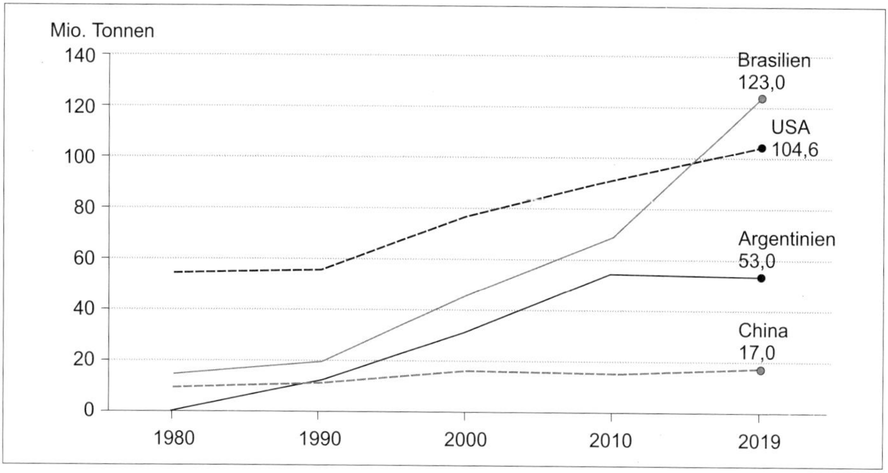

Anmerkung: Welterntemenge 2019: 335 Mio. Tonnen

Haupthandelsströme für Sojabohnen und Sojaschrot

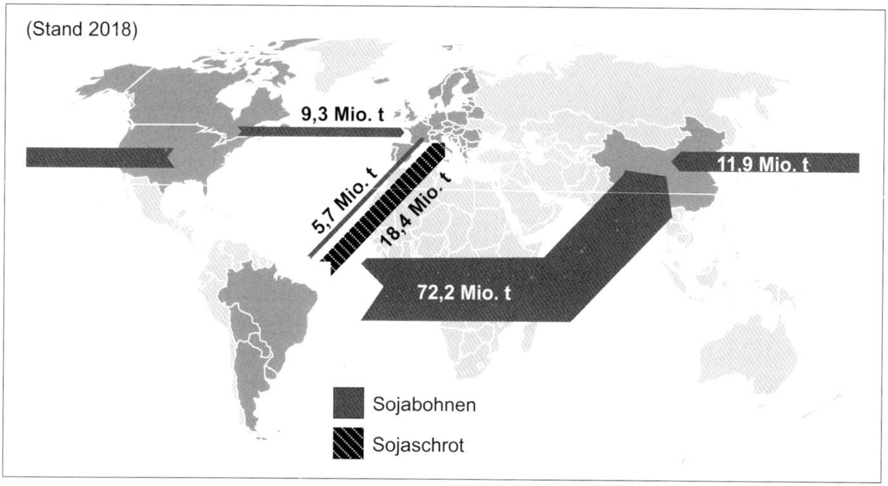

Anmerkung: Sojaschrot entsteht bei der Sojaölgewinnung durch Zerkleinerung von Sojabohnen

eigene Darstellung, Daten nach: Foreign Agricultural Service/USDA, EU-Kommission; www.transgen.de

M 9 Verbreitung der brasilianischen Cerrado

(Farbkarte zum Download auf MyStark!)

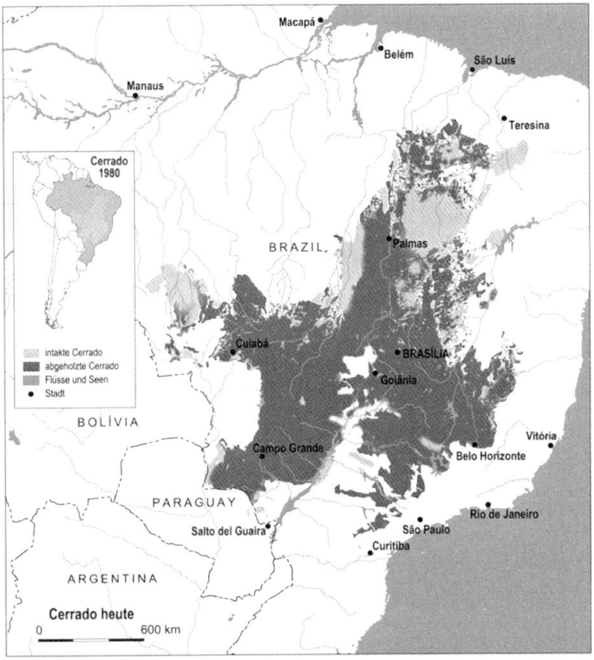

Anmerkung:
Als Cerrado bezeichnet man die Savannen in Südost-Brasilien mit einer Fläche von ursprünglich zwei Millionen Quadratkilometern. Die Cerrados gelten als eine der artenreichsten Savannen der Welt.

M 10 Fleischproduktion und Fleischkonsum weltweit

Weltfleischproduktion

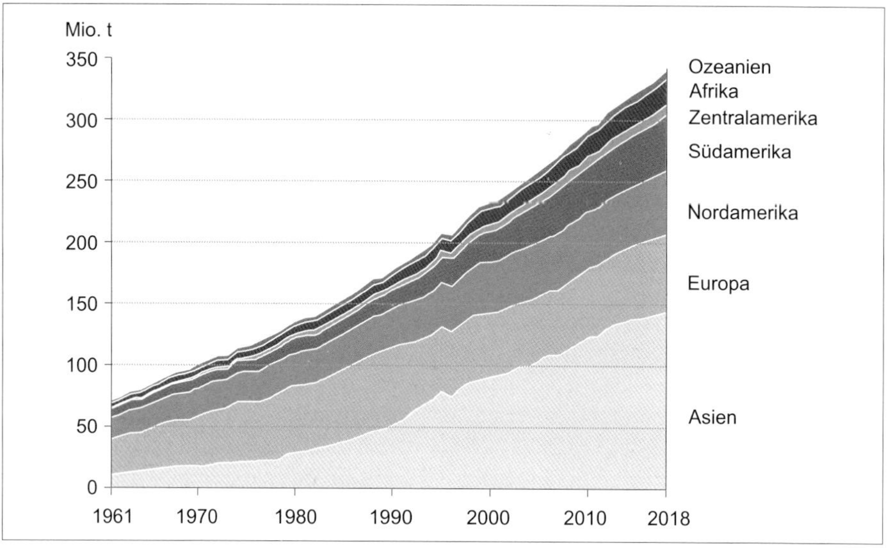

Fleischkonsum in ausgewählten Ländern (kg/Kopf/Jahr)

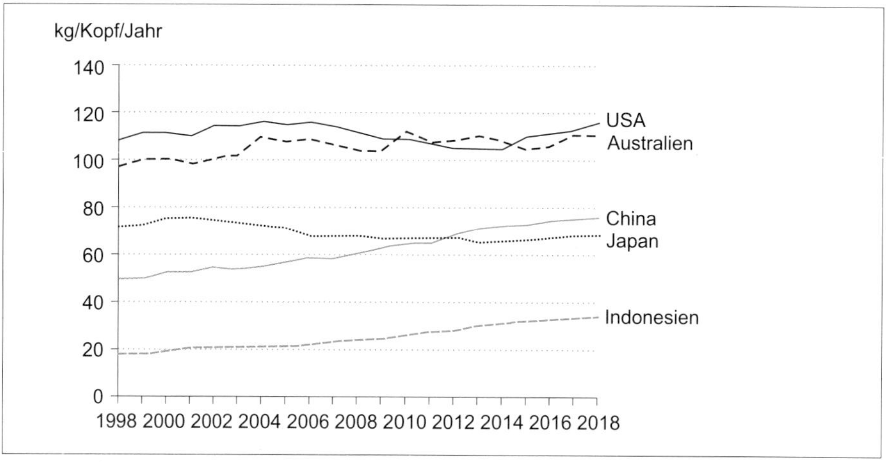

Ernährungs- und Landwirtschaftsorganisation der Vereinten Nationen (FAO) (2020), OurWorldInData.org/meat-production, CC BY 4.0; eigene Darstellung nach: www.agriculture.gov.au/abares/research-topics/agricultural-outlook/meat-consumption (Zugriff 12. 10. 2020)

Die Aufgabe bezieht sich auf die folgenden Elemente des Kernlehrplans und die Vorgaben 2021:
- **Inhaltsfeld 3:**
  - Landwirtschaftliche Strukturen in verschiedenen Klima- und Vegetationszonen
  - Intensivierung der landwirtschaftlichen Produktion in der gemäßigten Zone und in den Subtropen
  - Landwirtschaft im Spannungsfeld zwischen Ressourcengefährdung und Nachhaltigkeit

Lösungsvorschlag

Teilaufgabe 1

In dieser Teilaufgabe sollen Sie zunächst die Anbaugebiete von Soja in Brasilien verorten. Anschließend sollen Sie die Anbaugebiete im Hinblick auf das Klima sowie weitere naturräumliche Voraussetzungen kennzeichnen. Hierzu müssen Sie sowohl den Atlas als auch M 2 und M 3 verwenden. Die Klimadiagramme (M 3) können Sie mithilfe des Atlas lokalisieren. Informationen zu den Standortbedingungen von Soja entnehmen Sie M 4.

Lokalisierung

Die Anbaugebiete von Soja in Brasilien befinden sich in den Provinzen in der Mitte sowie im Süden und erstrecken sich zwischen den **Tropen** und den **Subtropen**, von etwa 5 Grad bis 30 Grad südlicher Breite. Der Schwerpunkt des Anbaus liegt in der Provinz Mato Grosso sowie in den daran angrenzenden Provinzen südlich und südöstlich davon. Die Provinzen Rondônia, Mato Grosso, Pará und Maranhão haben Anteil am **tropischen Regenwald,** die südöstlichen Anbaugebiete liegen in der **Savanne** (M 1, M 2).

Klimatische Voraussetzungen

Da die fett- und eiweißhaltige Sojabohne leicht anzubauen ist und eine **hohe Ertragsleistung** hat, wird sie in Brasilien großflächig in **Monokultur** dort kultiviert, wo die **klimatischen Bedingungen** den **Standortansprüchen** entsprechen. Die Pflanze benötigt eine hohe Temperatur, optimal sind 25 Grad Celsius, und sie verträgt weder Kälteeinbrüche noch Trockenheit. Im Norden in der Provinz Mato Grosso ist die **Temperatur ganzjährig hoch**, im **Jahresdurchschnitt** beträgt sie 25,6 Grad Celsius. Auch die Niederschläge sind hier vor allem in den **humiden Monaten** von September bis Mai ausreichend vorhanden, der Jahresniederschlag beträgt 1 353 mm. Im Süden in der Provinz Paraná sind sowohl die Temperaturen als auch die Niederschläge anders verteilt. Im Juni–Juli liegt das **Monatsmittel** bei 15 Grad Celsius, im Januar–Februar wird das

Maximum von 20 Grad Celsius erreicht. Der Jahresniederschlag liegt mit 1 436 mm etwas höher als in Mato Grosso und es ist hier **ganzjährig humid** (M 1, M 3, M 4).

Merkmale des Anbaus

Ein weiterer günstiger Faktor für den Anbau von Soja in den brasilianischen Provinzen ist die große **potenzielle Flächenverfügbarkeit**. Bereits heute gibt es Anbauflächen auf **ehemaligen Regenwald- und zunehmend Savannenflächen**. Um diesen Anbau zu ermöglichen und auch weiter auszudehnen, wurde das Saatgut bereits Mitte der 1980er-Jahre durch **Genveränderung** den Bedingungen in den tropischen Regionen angepasst. Insgesamt werden durch den **intensivlandwirtschaftlichen Anbau** hohe Erträge erzielt. Etwas mehr als drei Viertel der Gesamtproduktion findet in fünf Bundesstaaten statt. Allein in Mato Grosso wird ein Drittel der Gesamtproduktion generiert. Die Erträge lagen hier 2018/19 bei 32 Mio. t. Ein weiteres Drittel wird in den südlichen Bundesstaaten Paraná und Rio Grande produziert. Die Bundesstaaten Goiás, im Zentrum des Landes, und das daran südwestlich angrenzende Mato Grosso do Sul tragen weitere 18 % zur Sojaproduktion bei (M 1, M 2, M 4).

Teilaufgabe 2

In dieser Teilaufgabe sollen Sie die Daten zur Entwicklung des Sojaanbaus in Brasilien näher betrachten. Dazu entnehmen Sie den Materialien 5 und 6 Informationen über die Entwicklung der Flächen und Betriebsgrößen für den Sojaanbau und verknüpfen diese mit den Daten zu Arbeitsplätzen in Material 7. Außerdem müssen Sie diese Entwicklung vor dem Hintergrund der (welt-)wirtschaftlichen Bedeutung von Soja und der sich verändernden Konsumgewohnheiten analysieren. Dazu ziehen Sie die Materialien 4, 8 und 10 heran.

Einflussfaktoren

Agrartechnische Innovationen wie die **Forschung und Weiterentwicklung** von **genverändertem Saatgut** sowie eine erhöhte Nachfrage nach Soja auf dem Weltmarkt haben die Entwicklung des Sojaanbaus in Brasilien entscheidend beeinflusst. Da Soja u. a. als Tierfutter verwendet wird, beruht die veränderte Nachfrage einerseits auf einem **wachsenden Fleischkonsum** weltweit. In den Industrieländern ist der Pro-Kopf-Verbrauch von Fleisch fast unverändert hoch geblieben, in Schwellenländern wie China ist dieser in den letzten 20 Jahren um fast 30 kg gestiegen. Die Fleischproduktion in Asien liegt inzwischen bei ca. 130 Mio. t. Andererseits steigt die Nachfrage durch die Produktion von **Biokraftstoffen**. Infolgedessen entfallen drei Viertel der brasilianischen Sojaproduktion auf Tierfutter, ein Viertel auf die Verwendung für Biodiesel oder Sojaöl (M 4, M 8, M 10).

Entwicklung des Sojaanbaus

Seit 1994 hat sich der Anteil am **Gesamtexport** Brasiliens von 4 % auf 11,6 % fast verdreifacht, was sich auch in der Entwicklung der **Anbaufläche** von Soja zeigt, die sich stetig vergrößert hat. Zum Ende des Jahrtausends betrug die Anbaufläche ca. 12 Mio. ha. Bereits 2005 hatte sie sich verdoppelt. Nach einem leichten Rückgang und einer Stagnation in den Folgejahren ist die Fläche seit 2011 kontinuierlich auf 35 Mio. ha (2017) gewachsen. Diese **Flächenerweiterung** wurde u. a. durch die **Nutzbarmachung** großer Savannenflächen in der brasilianischen Cerrado durch **großflächige Abholzung** erreicht. Diese befindet sich im Südosten des Landes, wo einige der Gebiete liegen, in denen am meisten Soja produziert wird. Auffällig ist zudem, dass in den letzten rund zwei Jahrzehnten der Anteil von Flächen mit **genverändertem Soja** immer mehr zugenommen hat. 2017 wurde fast ausschließlich diese Form des Saatguts für den Anbau verwendet. Im Vergleich zum steilen Anstieg der Anbaufläche für Soja seit Mitte der 1990er-Jahre zeigt sich bei anderen Anbauprodukten ein deutlich geringeres Wachstum, z. B. bei Mais und Zuckerrohr, oder sogar ein Rückgang, z. B. bei Kaffee oder Reis. Beides ist ein Hinweis auf **Intensivierung** und **Spezialisierung** als Merkmale der **industrialisierten Landwirtschaft** (M 2, M 4 – M 6, M 9).

Der großflächige Sojaanbau spiegelt sich auch in den **Betriebsgrößen** wider. Zwar haben die Hälfte der Betriebe eine Größe von unter 10 ha, diese machen aber nur 2,4 % der Anbaufläche von Soja aus. 45,5 % der Anbaufläche gehören zu **Großbetrieben** zwischen 1 000 und 10 000 ha oder größer. Weitere 34,8 % der Anbaufläche liegen bei Betrieben mit einer Größe von 100 bis 1 000 ha. Allerdings stellen diese Großbetriebe nur einen Anteil von 9,5 % an der Gesamtzahl der Betriebe dar, was ein weiterer Beleg für die Industrialisierung der Landwirtschaft Brasiliens ist. Ein weiteres Merkmal dieser Form der Landwirtschaft ist die **Mechanisierung und Technisierung**, die an der Entwicklung der Arbeitsplätze deutlich wird, da der Einsatz von Maschinen und Technik Arbeitskräfte ersetzt. Ungefähr im gleichen Zeitraum, in dem die Anbaufläche vergrößert wurde, hat sich die Zahl der Arbeitsplätze halbiert: 1999 waren es noch ca. 17 Mio., 2019 nur noch ca. 9 Mio. Vor 1999 lag die Zahl sogar noch höher bei fast 20 Mio. (M 5, M 7).

Durch diese Entwicklungen hin zur **industriellen Massenproduktion** von Soja ist Brasilien der **führende Sojaproduzent** weltweit und hat seit 2015 die USA in der Produktionsmenge überboten. 123 Mio. t, d. h. ein Drittel der Welterntemenge von Soja werden aktuell in Brasilien produziert, weitere 105 Mio. t kommen aus den USA, während Argentinien und China eine vergleichsweise geringere Rolle spielen. Somit werden auch die **Haupthandelsströme** durch die Dominanz Brasiliens auf diesem Exportmarkt bestimmt. **Hauptimporteur** von Sojabohnen ist China, wo diese aufgrund des steigenden Fleischkonsums als Tierfutter benötigt werden. Sojaschrot und eine kleinere Menge von Sojabohnen werden nach Europa ausgeführt. Auf diese Weise stellt Soja ein wichtiges **Außenhandelsgut** für Brasilien dar, durch das Devisen ins Land fließen (M 8, M 10).

Wirtschaftliche Bedeutung

Teilaufgabe 3

Für diese Teilaufgabe sollen Sie unter Abwägung positiver und negativer Punkte kritisch Stellung zu dieser agrarwirtschaftlichen Entwicklung nehmen. Hierzu sollten Sie auf wirtschaftliche, soziale und ökologische Aspekte eingehen (M 4–M 10).

Es ist zu erwarten, dass sich die **wirtschaftliche Bedeutung** des Sojaanbaus für Brasilien noch weiter festigen wird. Hinweise hierauf geben die führende Stellung, die Soja in der brasilianischen Landwirtschaft einnimmt, aber auch das **Konsumverhalten** in anderen Regionen der Erde. Durch die wirtschaftliche Weiterentwicklung von Schwellenländern, insbesondere in Asien, wird der Fleischkonsum weiter zunehmen und die Handelsbeziehung zu China als Hauptabsatzmarkt Bestand haben bzw. ausgebaut werden können. Folglich ist ein **Ausbau der Produktion** durch **Ausweitung der Flächen** sowie **Steigerung der Ertragsmengen** zu erwarten. Andererseits begibt sich das Land durch die Spezialisierung auf dieses Anbauprodukt in eine **wirtschaftliche Abhängigkeit**, denn als Welthandelsgut unterliegen die Preise auf dem Weltmarkt Angebot und Nachfrage. Kommt es beispielsweise zu Ertragsrückgängen durch **Ernteausfälle**, weil in **Monokultur** angebaute Pflanzen anfälliger für Krankheiten sind, entsteht hieraus ein wirtschaftlicher Nachteil für Brasilien, der nicht so leicht aufgefangen werden kann, wenn andere Anbauprodukte kaum noch eine Rolle spielen (M 4, M 8, M 10).

Wirtschaftsfaktor Soja

Die stetige Ausweitung der Anbauflächen hat zudem weitreichende Folgen für **Ökosysteme** und **Biodiversität**. Durch den großflächigen Anbau in Monokultur werden die Artenvielfalt und ökologische Kreisläufe zerstört. Bis heute wurde beispielsweise bereits ein Großteil der Cerrado abgeholzt und so eine der **artenreichsten Savannen** der Welt für die industrialisierte Landwirtschaft und wirtschaftliche Interessen geopfert. Insgesamt umfasste die Cerrado 2 Mio. Quadratkilometer, sodass sich die Abholzung nicht nur auf das **Mikroklima** in Form von steigenden Temperaturen und geringeren Niederschlägen auswirkt, sondern auch Einfluss auf die **globale Erwärmung** und den **Klimawandel** hat (M 6, M 9). Ökologische Folgen

Ein weiterer kritischer Aspekt ist der vermehrte Einsatz von genverändertem Saatgut, durch das versucht wird, Pflanzen den Standortbedingungen optimal anzupassen. Ungeklärt ist jedoch einerseits, welche Folgen für die Umwelt dieses Saatgut mit sich bringt, und andererseits, welche Auswirkungen es auf die Menschen hat, wenn sie indirekt über den Fleischkonsum genveränderten Soja zu sich nehmen (M 4, M 10).

Nicht zuletzt sollten die Folgen für den **Arbeitsmarkt** und **landwirtschaftliche Strukturen** bedacht werden. Zum einen ist es positiv, dass die Sojaproduktion eine immer noch recht **hohe Zahl an Arbeitsplätzen** generiert. Zum anderen gibt ihre kontinuierliche Verringerung Anlass zur Sorge. Durch den hohen Grad an Technisierung gehen auf Dauer v. a. Arbeitsplätze für **gering Qualifizierte** verloren. Ebenso ist die Dominanz der Sojaproduktion durch **Großbetriebe** kritisch zu sehen, da **bäuerliche Kleinbetriebe** aus diesem Sektor verdrängt werden und nicht vom Export profitieren können. Dagegen nehmen die wenigen Großbetriebe in gewisser Weise eine **Monopolstellung** ein und können die Entwicklungen im Sojaanbau weitgehend bestimmen (M 4, M 5, M 7, M 8). Soziale Aspekte

Sicherlich bietet die industrialisierte Landwirtschaft mit Spezialisierung auf den Sojaanbau eine gute Chance für Brasilien, sich wirtschaftlich zu entwickeln, am Welthandel teilzuhaben und vielen Menschen ein Einkommen zu garantieren. Trotzdem geschieht dies auf Kosten der Umwelt mit weitreichenden lokalen und globalen Folgen. Der wirtschaftliche Gewinn ist ggf. bei sich verändernden Bedingungen auf dem Weltmarkt nur kurzfristig, die Zerstörung von Ökosystemen in den Tropen dagegen wirkt sich langfristig aus und ist irreversibel. Fazit

Leistungskurs Geographie (NRW) – Abiturprüfung 2021
Aufgabe 2

Thema
Neugründung multifunktionaler Zentren im Randbereich von Metropolen als Beitrag zu einer nachhaltigen Stadtentwicklung? – Das Projekt Seestadt Aspern, Wien

Aufgabenstellung	Punkte
1. Lokalisieren Sie Wien und kennzeichnen Sie die wirtschaftliche Bedeutung und demografische Entwicklung der Stadt sowie die daraus resultierenden Herausforderungen im Bereich der Stadtentwicklung.	25
2. Erläutern Sie vor diesem Hintergrund Lage, Entwicklung und Strukturen des neuen Stadtteils Seestadt Aspern.	30
3. Nehmen Sie kritisch Stellung zur Themenfrage.	25

Zugelassene Hilfsmittel
- der an der Schule in der Qualifikationsphase überwiegend verwendete Atlas, in einer für alle Prüflinge gleichen Auflage
- Wörterbuch zur deutschen Rechtschreibung
- Taschenrechner

Farbkarten zum Download auf der Plattform MyStark!

Materialgrundlage

M 1 Atlaskarten nach Wahl

M 2 Wien – administrative Gliederung

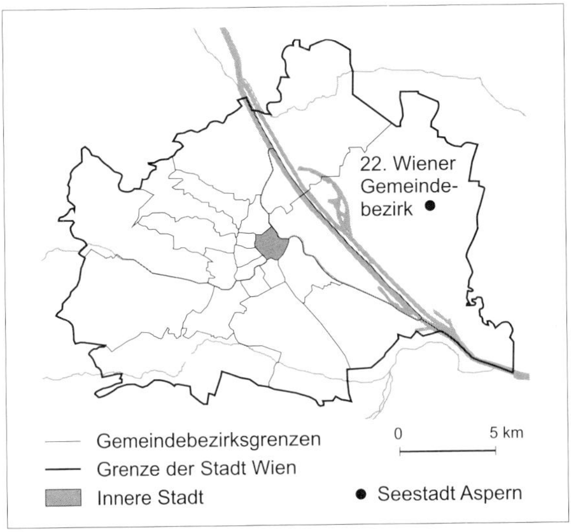

M 3 Wien – Wirtschaftsstandort

BIP / Kopf (in €)	**1991**	**2000**	**2010**	**2018**
Wien	24 871	37 200	46 100	51 000
zum Vergleich: Österreich	18 820	26 660	35 390	43 640

Anteil Wiens an der Bruttowertschöpfung Österreichs 2017 [%]	**Wien gesamt**	**Private Dienstleistungen**	**Öffentliche Dienstleistungen**	**Produzierender Bereich**
	25,4	31,3	28,7	13,4

Wirtschaftsstandort	• rund 100 000 Unternehmen, davon ca. 1 000 im Bereich Forschung und Entwicklung • über 200 internationale Firmenzentralen, häufig mit Zuständigkeit für Zentral- und Osteuropa • 20 Universitäten mit ca. 200 000 Studierenden
Internationale Bedeutung	• seit 1989 Brückenfunktion Wiens zwischen West- und Osteuropa • seit 1994 Sitz der OSZE (Organisation für Sicherheit und Zusammenarbeit in Europa) • seit 2003 Bestandteil der grenzüberschreitenden Europaregion CENTROPE

eigene Zusammenstellung, Daten nach: www.wien.gv.at/statistik/pdf/jahrbuch-2019.pdf; www.wien.gv. at/statistik/pdf/wirtschaftsstandort-2018.pdf; https://investinaustria.at/de/standort-oesterreich/bundeslaender/wien.php; www.wien.gv.at/wirtschaft/eu-strategie/centrope.html (Zugriff 12.06.2020)

M 4 Wien – Demografie

Räumliche Bevölkerungsentwicklung 2012 – 2017 *(Farbkarte zum Download!)*

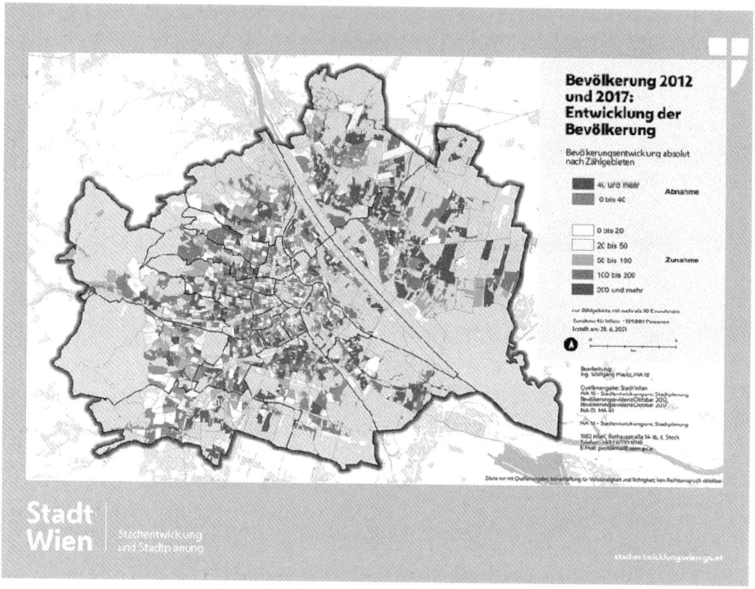

© Stadt Wien, Stadtentwicklung und Stadtplanung / Stand: 2020

Entwicklung der Gesamtbevölkerung

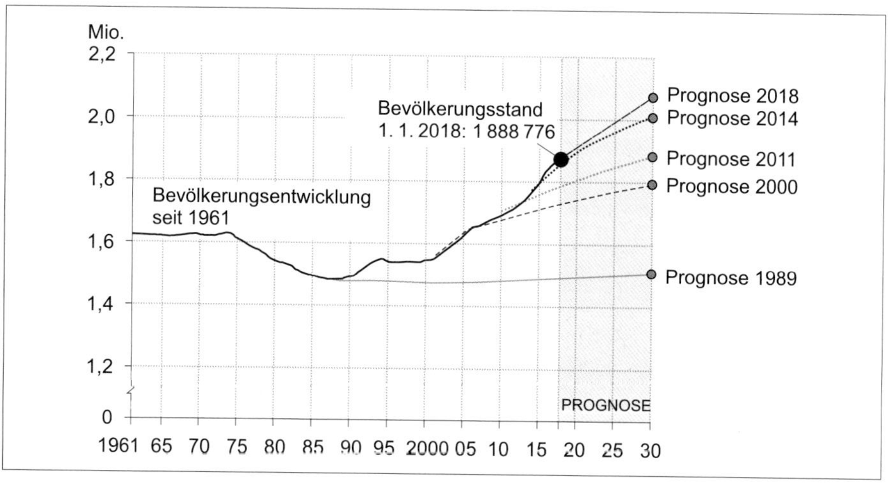

Statistik Austria, Lutz et al. (2003), Lebhart et al. (2014), S. 29, https://www.wien.gv.at/statistik/pdf/bev-prog-2018.pdf

M 5 Seestadt Aspern – Daten der Stadteilentwicklung

Vornutzung	1912–1977: Flughafen Wien-Aspern, einst größter österreichischer Flughafen und Vorgänger des heutigen Flughafens Wien-Schwechat	
Fläche	ca. 223 ha	
Investitions-volumen	5 Mrd. Euro	
Bevölkerungs-dichte	**Seestadt Aspern** ca. 8 333 EW/km² (geplant)	**Stadt Wien** 4 574 EW/km² (2019)
Klima- und Umweltschutz-ziele u. a.	• Reduktion des Energieverbrauchs der Gebäude durch energiesparenden Stadtgrundriss und höchstmögliche Energieeffizienz • Steigerung des Anteils des Bruttoendenergieverbrauchs aus erneuerbaren Quellen • Schaffung eines positiven Mikroklimas • Stärkung CO_2-armer Mobilität	
Zeitliche Entwicklung des Projekts	1992	erste Pläne für einen „innovativen Stadtteil" auf dem alten Flughafengelände
	2004	Gründung der Asperner Flugfeld Süd Entwicklungs- und Verwertungs-AG
	2009	Abbruch der Roll- und Landebahnen
	2012	Eröffnung des *aspern IQ* (Technologiezentrum) als erstes energieautarkes Gebäude in der Seestadt
	2013	Baustart für die ersten Quartiere südlich des Sees; Anteil an geförderten Mietwohnungen: 94 % Anteil an geförderten Eigentumswohnungen: 6 % Gründung der Forschungsgesellschaft *Aspern Smart City Research*: Seestadt Aspern wird zum Vorzeigeprojekt für die Erforschung der Energiezukunft von Städten
	2014	erste Bewohner ziehen in die Seestadt ein
	2015	Eröffnung Seepark, Einkaufsstraße im Süden, Bildungscampus (Kindergarten, Volksschule, allgemeinbildende und berufsbildende höhere Schule)
	2016	Auszeichnung des Forschungsprojektes *Aspern Smart City Research* mit dem *World Smart City Award*
	2017	Eröffnung Que[e]rbau-Seestadt-Haus (Wohnprojekt mit individuell geplanten Wohnungen für eine vielfältige, diverse Bewohner*-innenschaft)

Zeitliche Entwicklung des Projekts	2019 Baubeginn der ersten Ausbauphase nördlich des Sees mit 1 250 Wohnungen für 2 500 Menschen (davon 2/3 gefördert), Gewerbehof mit Lehrwerkstätten, Schulcampus, „Campus der Religionen“, Jugend- und Kultureinrichtungen, 5 000 m² Büroflächen sowie weiteren Gewerbe- und Einzelhandelsflächen; Teil der Internationalen Bauausstellung Wien 2022, Leitthema: „Neues soziales Wohnen“		
Bruttokaltmieten (2019)	**1 Seestadt Aspern** 2–14 EUR/m²	**22. Bezirk** 16 EUR/m²	**Wiener Innenstadt** 19 EUR/m²

eigene Zusammenstellung, Daten nach: Wikipedia; Caritas Wien; Transformplus; Aspern-Seestadt

M 6 Seestadt Aspern – Planung und Entwicklungsetappen
(Farbkarte zum Download auf MyStark!)

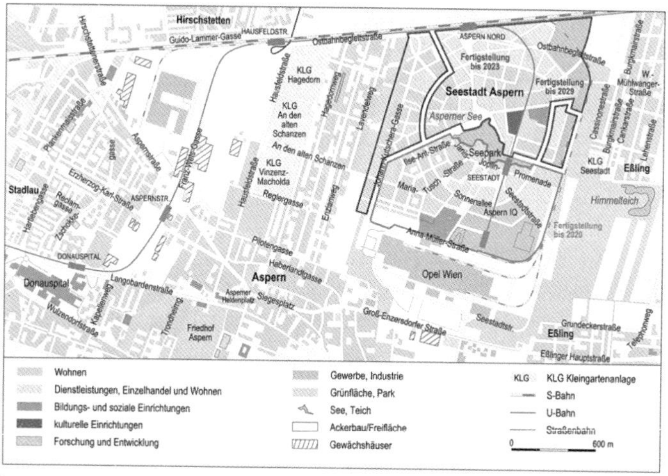

M 7 Seestadt Aspern – physiognomische Merkmale

(Farbkarte zum Download auf MyStark!)

© cartomedia, Karlsruhe, nach: Tovatt Architects and Planners AB/Stadt Wien

Schrägluftbild Seestadt Aspern 2019

© Stadt Wien/ Christian Fürthner

M 8 Seestadt Aspern – Bevölkerungsstruktur

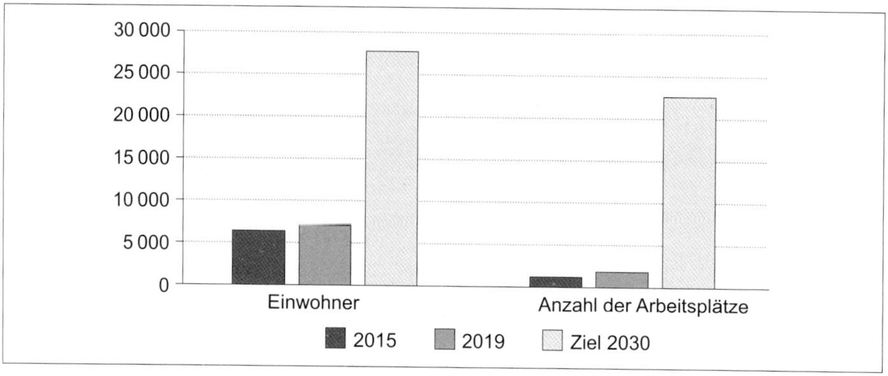

Personen pro Haushalt

Haushaltstyp	Seestadt Aspern	Wien
Einpersonen-Haushalt	22 %	45 %
Zweipersonen-Haushalt	42 %	30 %
Alleinerziehende	7 %	k. A.

Haushaltstyp	Seestadt Aspern	Wien
Eltern mit Kind/ern	25 %	k. A.
Wohn-gemeinschaft	3 %	k. A.
Sonstige	1 %	k. A.

(Angaben basierend auf der Stichprobe einer Befragung von 467 Bewohner*innen nach Besiedlung des ersten Quartiers im Südwesten der Seestadt 2015)

Altersstruktur (2016) [%]

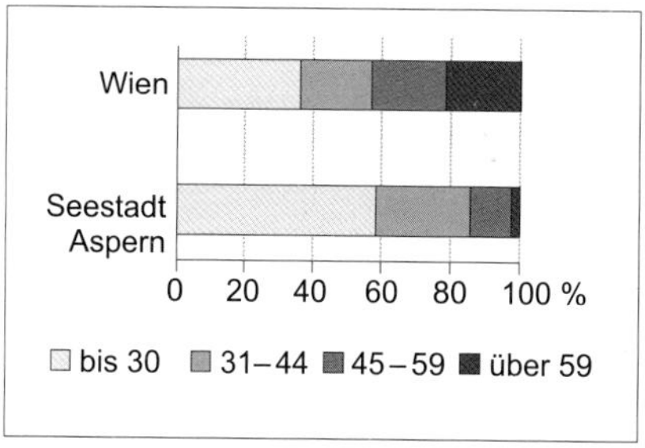

Bildungsniveau (2016)

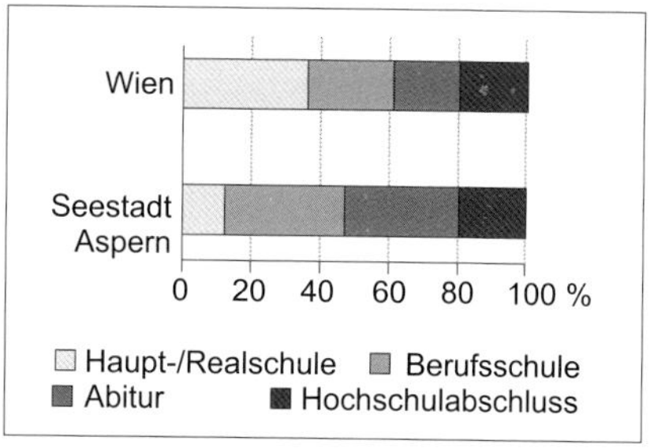

eigene Zusammenstellung, Daten nach: https://www.wohnbauforschung.at/index.php?inc=download&id=5808; https://www.stadtregionen.at/wien (Zugriff jeweils 22. 04. 2020)

M 9 Seestadt Aspern – Mobilitätskonzept

(Farbkarte zum Download auf MyStark!)

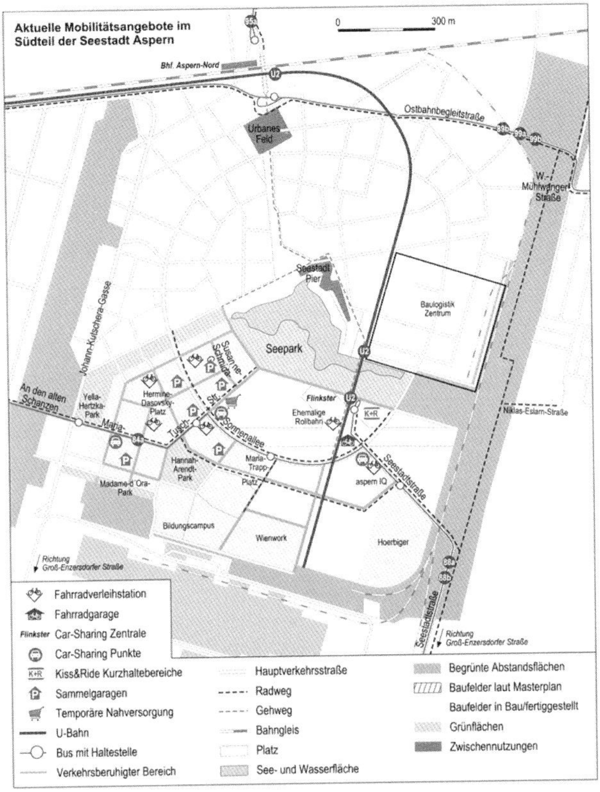

© cartomedia, Karlsruhe, nach: Mobilitätsangebote Aspern Seestadt (Stand 2016), https://www.wien.gv.at/stadtentwicklung/projekte/aspern-seestadt/verkehr/mobilitaet.html

Die Aufgabe bezieht sich auf die folgenden Elemente des Kernlehrplans und die Vorgaben 2021:

- **Inhaltsfeld 5:** Stadtentwicklung und Stadtstrukturen
  - Merkmale, innere Differenzierung und Wandel von Städten
  - Demografischer und sozialer Wandel als Herausforderung für zukunftsorientierte Stadtentwicklung
- **Inhaltsfeld 7:** Dienstleistungen in ihrer Bedeutung für Wirtschafts- und Beschäftigungsstrukturen
  - Entwicklung von Wirtschafts- und Beschäftigungsstrukturen im Prozess der Tertiärisierung

Lösungsvorschlag

Teilaufgabe 1

In dieser Teilaufgabe sollen Sie zunächst die Stadt Wien aufgabenbezogen räumlich einordnen. Berücksichtigen Sie hierbei verschiedene Karten sowie M 2. Im zweiten Teil der Aufgabe sollen Sie in einem ersten Schritt anhand von M 3 die wirtschaftliche Bedeutung der Stadt und mithilfe von M 4, M 5 und M 8 ihre demografische Entwicklung erarbeiten, um dann im zweiten Schritt auf die daraus resultierenden Herausforderungen in Bezug auf die Stadtentwicklung einzugehen.

Lokalisierung

Wien ist die **Hauptstadt** Österreichs und liegt im Osten des Landes in geringer Entfernung zur slowakischen Grenze im Osten und der tschechischen Grenze im Norden. Die Hauptstadt der Slowakei, Bratislava, ist die nächste größere Stadt im Umkreis von Wien und liegt etwa 60 km entfernt. Wien liegt am Fluss Donau, einer bedeutenden europäischen Wasserroute. Dieser fließt von Nordwesten nach Südosten durch die Stadt. Außerdem hat Wien durch zahlreiche Fernverkehrsstraßen, die sternförmig in alle Richtungen führen, eine Anbindung zu allen österreichischen Landesteilen sowie in die Nachbarländer Ungarn, Slowakei und Tschechien. Die Stadt ist eingeteilt in 22 Gemeindebezirke, die sich rund um die Innere Stadt nach außen ausdehnen. Die Nord-Süd-Ausdehnung beträgt ca. 23 km, von West nach Ost sind es ca. 30 km. Im 22. Gemeindebezirk östlich der Innenstadt liegt die Seestadt Aspern (M 1, M 2).

Wirtschaftliche Bedeutung

Der Stadt Wien kommt durch die **Funktion als Hauptstadt** des Landes auch in wirtschaftlicher Hinsicht eine besondere Bedeutung zu. Der Anteil der gesamten österreichischen **Bruttowertschöpfung** lag 2017 bei 25,4 %. Der wirtschaftliche Schwerpunkt liegt in den **öffentlichen** und **privaten Dienstleistungen**, die beide je ca. ein Drittel der Bruttowertschöpfung Österreichs ausmachen. Der

produzierende Bereich hat mit 13,4 % eine geringere Bedeutung. Der hohe Anteil an Dienstleistungen spiegelt sich in der Struktur des Wirtschaftsstandorts wider. Rund 100 000 Unternehmen insgesamt haben hier ihren Sitz. Etwa 1 000 davon sind im Bereich **Forschung und Entwicklung** tätig und können durch die Zusammenarbeit mit den ansässigen 20 Universitäten in Bezug auf den Austausch von Know-how und der Verfügbarkeit von Arbeitskräften profitieren. Außerdem ist Wien Standort von mehr als 200 Firmenzentralen internationaler Unternehmen, die für Zentral- und Osteuropa zuständig sind. Hier spielt sowohl die **Brückenfunktion** der Stadt zwischen Ost- und Westeuropa, die seit 1989 besteht, als auch die Lage in der **grenzüberschreitenden Europaregion** CENTROPE eine wichtige Rolle, um Unternehmen anzuziehen. Nicht zuletzt wird die wirtschaftliche Bedeutung der Hauptstadt durch das **BIP pro Kopf** hervorgehoben, das mit 51 000 Euro etwa 7 000 Euro über dem Österreichs liegt (M 3).

Demografische Entwicklung

Die **Bevölkerungszahl** lag 2018 mit 1 888 776 Mio. um etwa 300 000 höher als vor 50 Jahren. Dieser Anstieg verlief allerdings nicht kontinuierlich, ab Mitte der 1970er-Jahre sank vielmehr die Einwohnerzahl bis auf einen Tiefpunkt von ca. 1,5 Mio. um 1990. Davon ausgehend sagte eine Prognose bis 2030 nur ein leichtes Wachstum voraus. In der Realität war die Entwicklung jedoch gegenläufig. Insbesondere nach der Jahrtausendwende war ein **Bevölkerungszuwachs** von fast 400 000 innerhalb einer relativ kurzen Zeitspanne zu verzeichnen, was die Prognosen von 2000, 2011 und 2014 übertraf. Derzeitige Prognosen gehen von einem weiteren Anstieg auf über 2 Mio. Einwohner bis 2030 aus. Diese Entwicklung ist auch auf die wachsende Bedeutung Wiens als **Wirtschafts-** und **Dienstleistungsstandort** zurückzuführen (M 4).

Der Anstieg der Bevölkerung zeigt sich auch in der Bevölkerungsentwicklung im Stadtgebiet. Die **Bevölkerungsdichte** liegt bei durchschnittlich 4 574 Einwohnern pro Quadratkilometer, jedoch ist die Verteilung unterschiedlich. Es wird deutlich, dass es zwar in allen Stadtbezirken Zählgebiete gibt, in denen die Bevölkerung zwischen 2012 und 2017 abgenommen hat, z. B. im Zentrum. Auffälliger ist aber das Wachstum der Bevölkerung in weitaus mehr Zählgebieten. Diese verteilen sich über das gesamte Stadtgebiet, nordöstlich der Donau gibt es großflächige Zählgebiete, die einen Zuwachs zwischen 101 und 300 oder sogar darüber hinaus aufweisen (M 4, M 5).

Wien hat eine eher **junge Bevölkerung**. Die Altersgruppe der unter 30-Jährigen macht fast 40 % der Gesamtbevölkerung der Stadt aus, was u. a. auch auf die vielen Studierenden zurückzuführen ist. Die Altersgruppe der über 59-Jährigen ist mit etwas mehr als 20 % nur geringfügig größer als die mittleren Altersgruppen von 31–44 sowie 45–59 Jahren. Aufgrund der Altersstruktur ergibt sich ein hoher Anteil an **Einpersonen- und Zweipersonen-Haushalten**, die zusammen drei Viertel der Haushalte ausmachen (M 8).

Stadtplanerische Herausforderungen

Durch die starke Bevölkerungszunahme einerseits und die Bevölkerungsstruktur andererseits hat die Stadt Wien Herausforderungen in der **Stadtentwicklung** zu meistern. Diese bestehen vor allem darin, neuen **energieeffizienten Wohnraum** zu schaffen und Wohngebiete zu entwickeln, aber auch **Altbauten zu sanieren**, sodass alle Bevölkerungsgruppen berücksichtigt werden und Wohnen bezahlbar bleibt. Gleichzeitig muss auch die Entwicklung und Optimierung der **Verkehrsinfrastruktur** in den Blick genommen werden. Insbesondere, wenn neue Stadtteile und Wohngebiete erschlossen werden, stellt die Anbindung an den **ÖPNV** sowie die Entwicklung eines **Radwegenetzes** im Hinblick auf den **Umwelt- und Klimaschutz** eine besondere Herausforderung dar (M 4, M 8).

Teilaufgabe 2

In dieser Teilaufgabe sollen Sie basierend auf den Ergebnissen von Teilaufgabe 1 den neuen Stadtteil Seestadt Aspern genauer untersuchen. Mithilfe von M 2 und M 6 soll zunächst die Lage des Stadtteils erarbeitet werden. Außerdem soll seine Entwicklung erläutert werden. Für die Entwicklung bis heute verwenden Sie M 5, für weitere zukünftige Planungen M 6. Zur Erarbeitung struktureller Merkmale sind M 5 bis M 9 zu berücksichtigen. Während der Prüfung hilft es Ihnen, wenn Sie bei der Durchsicht des Materialteils notieren, welche Karten, Diagramme und Informationen Sie für welche Aufgabe benötigen. Ihre Notizen und Hervorhebungen zu ausgewerteten Materialien können Sie dann für Ihre Lösung verwenden.

Lage des Stadtteils

Die Seestadt Aspern liegt im 22. Wiener Gemeindebezirk östlich der Donau auf dem ehemaligen **Flughafengelände Wien-Aspern** nördlich des Standorts von Opel Wien. Er befindet sich in **randstädtischer Lage** ca. 8 km Luftlinie vom Stadtzentrum Wiens entfernt. Er liegt **verkehrsgünstig** in der Nähe verschiedener Eisenbahnlinien, u. a. an der Verbindung Wien-Bratislava, sowie an der nach Norden ausfallenden Schnellstraße A 23 und ist auch an den ÖPNV angebunden (M 1, M 2, M 5, M 6).

Begonnen wurde mit den Planungen für einen „innovativen Stadtteil“ auf einer Fläche von 223 ha Anfang der 1990er-Jahre. Erst mehr als ein Jahrzehnt später wurde zum Zweck der Entwicklung des Geländes die Asperner Flugfeld Süd Entwicklungs- und Verwertungs-AG gegründet und in den Folgejahren der Abbruch der Flughafenanlagen durchgeführt. Ab 2012 wurde das Technologiezentrum *aspern IQ* als erstes energieautarkes Gebäude des Stadtteils eröffnet. Infolgedessen wurden nach und nach weitere Bauabschnitte, unter anderem für Wohnbebauung im südlichen Teil der Fläche, realisiert (M 5, M 6). Entwicklung des Stadtteils

Das Herzstück und gleichzeitig namensgebend ist der Seepark mit einem künstlich angelegten See im Zentrum der Entwicklungsfläche. Um den See herum sieht die Planung eine **funktionale Mischung** von Wohnen, Dienstleistungsangeboten (z. B. Einzelhandel, Bildungs- und sozialen Einrichtungen), aber auch in den östlichen Randbereichen Gewerbe bzw. Industrie vor. Im Süden sollen Einrichtungen aus Forschung und Entwicklung angesiedelt werden, u. a. hat seit 2013 die Forschungsgesellschaft *Aspern Smart City Research* hier ihren Sitz, um die Energiezukunft von Städten zu erforschen (M 5, M 6). Funktionale Mischung

Der Schwerpunkt der **Wohnbebauung** soll sich im Westen des Geländes ringförmig um den Seepark erstrecken und in drei Bauabschnitten bis 2029 realisiert werden. Fertiggestellt ist bereits die Wohnbebauung im Südwesten, die zu 94 % aus **geförderten Mietwohnungen** und 6 % **geförderten Eigentumswohnungen** besteht. Sie ist durch eine **kompakte Bauweise** mit mehrgeschossigen Gebäuden auf kleiner Fläche gekennzeichnet. Einige ähneln einer **Blockrandbebauung**. Nur in wenigen Baufeldern sollen die Gebäude weniger als drei Geschosse bekommen. Der Großteil der Gebäude aller Nutzungsformen soll zwischen drei und neun Geschossen liegen, vereinzelt, vor allem im für Dienstleistungen vorgesehenen Bereich im Norden nahe der Bahnlinie sind auch höhere Gebäude mit acht bis zwölf Geschossen oder sogar mehr geplant. Der Baubeginn des Bauabschnitts nördlich des Sees mit 1 250 Wohnungen für 2 500 Menschen war 2019 (M 5, M 6, M 7). Wohnbebauung

Die **Einwohnerzahl** lag bereits 2015, also nur zwei Jahre nach Baubeginn, bei mehr als 5 000. Bis 2019 ist sie um weitere ca. 1 000 Einwohner gewachsen. Bis 2030 sollen hier 28 000 Menschen wohnen. In etwa gleichem Maße soll das **Arbeitsplatzangebot** steigen, das zurzeit noch ca. 2 000 Arbeitsplätze beträgt, 2030 aber bei 23 000 liegen soll (M 8). Im Gegensatz zur Stadt Wien ist die Zahl Bevölkerung der Einpersonen-Haushalte mit 22 % nur halb so hoch, aber dafür der Anteil der unter 30-Jährigen mit 60 % um ca. ein Drittel höher. Eltern mit Kindern machen ein Viertel der Haushaltstypen aus, was sicherlich auf ein im Vergleich zum 22. Bezirk oder zur Wiener Innenstadt **geringeres Mietniveau** von 12–14 € Kaltmiete pro Quadratmeter zurückzuführen ist. Die Hälfte der Einwohner hat einen **höheren Bildungs- oder Hochschulabschluss**, der Anteil dieser Gruppe in Wien insgesamt ist rund 10 % kleiner (M 5–M 8).

Mobilitätskonzept

Außer dem Seepark sind weitere **Grünflächen** vorhanden, die z. T. auch dazu dienen, Flächen mit unterschiedlicher Nutzung voneinander abzugrenzen. Die Bebauung orientiert sich entlang des Straßennetzes, das dem Gebiet eine klare Struktur gibt. Die **Ringstraße** Sonnenallee, von der mehrere **Hauptverkehrsachsen** in alle Richtungen abzweigen, setzt sich von den kleineren Straßen ab, die vor allem das Wohngebiet erschließen. Ergänzend zum **Individualverkehr** gibt es eine Anbindung an den **ÖPNV**. Die Abzweigung der vom Wiener Stadtzentrum nach Osten führenden U-Bahnlinie verläuft von Norden kommend in die Seestadt. Diese Verkehrswege sind Teil des **Mobilitätskonzeptes**, das für die Seestadt Aspern u. a. vor dem Hintergrund des Klima- und Umweltzieles, die CO_2-arme Mobilität zu stärken, entwickelt wurde. Dieses sieht neben der Vernetzung von Bus und U-Bahn weitere **Entlastungen des fahrenden und stehenden Verkehrs** vor. So gibt es Angebote für Car-Sharing oder Sammelgaragen als Parkflächen, aber auch die Fahrradmobilität wird durch ein Radwegenetz, den Bau einer Fahrradgarage und das Angebot von Leihfahrrädern berücksichtigt. Fußgängerwege und verkehrsberuhigte Zonen ergänzen das Verkehrskonzept für Fußgänger und Kinder (M 5, M 6, M 9).

Teilaufgabe 3

Für diese Teilaufgabe sollen Sie unter Abwägung positiver und negativer Punkte Stellung zu der Themenfrage der Klausur nehmen. Im Mittelpunkt steht dabei die Frage, ob die Entwicklung des Stadtteils Seestadt Aspern zur nachhaltigen Stadtentwicklung beiträgt. Um zu einem begründeten Urteil zu gelangen, müssen Sie sowohl sozioökonomische als auch ökologische Aspekte berücksichtigen. Zur Bearbeitung sind außer M 1 alle Materialien notwendig.

Leitbilder einer nachhaltigen Stadtentwicklung

Die Entwicklung des Stadtteils Wien Aspern ist sowohl vor dem Hintergrund der eingangs beschriebenen **stadtplanerischen Herausforderungen** Wiens als auch im Hinblick auf Kriterien der

nachhaltigen Stadtentwicklung zu bewerten. **Leitbilder** einer nachhaltigen Stadtentwicklung zielen darauf ab, die Dimensionen der Nachhaltigkeit im Rahmen der Stadtplanung in Einklang zu bringen. In Bezug auf den Wohnraum spielt das **Konzept der kompakten Stadt** eine wichtige Rolle. Um einer ausufernden **Wohnsuburbanisierung** vorzubeugen, werden **innerstädtische Freiflächen** bebaut und **multifunktional** genutzt. Ziel ist es auch, verschiedenen Bewohnergruppen **Wohn- und Freizeitraum** auf gemeinschaftlich genutzten Flächen zu bieten und so den Prozess der **Gentrifizierung**, der häufig steigende Mieten nach sich zieht, einzudämmen. Ökologische Gesichtspunkte wie **Ressourcenschonung**, z. B. in Bezug auf die Energieversorgung, sowie zeitgemäße Mobilitätskonzepte zur **Reduzierung des motorisierten Individualverkehrs** und der **CO_2-Emissionen** sind ebenfalls relevant.

Nachhaltige Stadtentwicklung in der Seestadt Aspern

In der Seestadt Aspern sind viele dieser Leitlinien in die Planung eingeflossen und wurden zum Teil auch schon realisiert. Zunächst befindet sich die Seestadt auf einer nicht mehr genutzten Freifläche im Wiener Stadtgebiet, die durch das Planungskonzept einer **vielfältigen Neunutzung** zugeführt wird. Durch die **Nachverdichtung** wird innerstädtischer Wohnraum geschaffen. Die geplante Bevölkerungsdichte soll nach kompletter Realisierung 8 333 Einwohner pro Quadratkilometer betragen, was deutlich über der Bevölkerungsdichte der Stadt Wien mit 4 574 Einwohnern pro Quadratkilometer liegt. Zudem wurden im Planungskonzept zentrale **Klima- und Umweltschutzziele** formuliert, die sowohl eine **energieeffiziente Bauweise** als auch die Nutzung **regenerativer Energiequellen** beinhalten. Darüber hinaus soll die Schaffung von Freiflächen, die z. B. als **Frischluftkorridore** dienen, das **Mikroklima** verbessern. Im Mobilitätskonzept wird durch die Förderung des Radverkehrs und des ÖPNV sowie durch Car-Sharing-Angebote versucht, die **CO_2-Bilanz** zu optimieren (M 5 – M 9).

Neben ökologischen Gesichtspunkten wird in der bisherigen Realisierung auch die **soziale Dimension** berücksichtigt. Die Tatsache, dass hier geförderter Wohnraum geschaffen wurde und die Mietpreise unter dem Niveau der Innenstadt Wiens liegen, macht das Quartier attraktiv für alle Einkommensgruppen. Aufgrund der Anlage von Grün- und Erholungsflächen sowie einem breiten Angebot an Bildungseinrichtungen, aber auch der guten Anbindung ans Wiener Zentrum zieht es aber insbesondere Familien in den neuen Stadtteil (M 5 – M 9).

Dieser positiven Entwicklung sind jedoch auch einige negative Punkte entgegenzusetzen. Der bereits fertiggestellte Teil der Wohnbebauung weist Merkmale einer **Großwohnsiedlung** auf und die **hohe Wohndichte** widerspricht dem Wunsch vieler Menschen nach dem Wohnen im Grünen. Bei zunehmender Bebauung und Bevölkerungszahl könnte dies zu Problemen führen, wenn die Infrastruktur nicht schrittweise angepasst wird. Insbesondere müssen Bildungsangebote, Erholungsflächen und das Verkehrskonzept mitentwickelt werden. Zurzeit ist das Arbeitsplatzangebot im Stadtteil noch relativ gering. Gelingt es nicht, wie geplant, dieses auszubauen, würde die Chance verpasst, einen **Stadtteil der kurzen Wege** zu gestalten und die **Abhängigkeit vom ÖPNV und funktionierenden Pendlerrouten** bliebe groß. Ein weiterer Aspekt ist, dass bisher – trotz des Ziels, eine soziale Mischung der Bevölkerung zu erreichen – eher **Besserverdienende** mit höheren Bildungsabschlüssen in die Seestadt gezogen sind, und es bleibt abzuwarten, ob sich dies über den relativ **langen Zeitraum der Projektrealisierung** bis 2029 noch verändern lässt (M 5, M 7 – M 9). Nachteile

2016 wurde das von der seit 2013 in der Seestadt Aspern ansässigen Forschungsgesellschaft durchgeführte Forschungsprojekt *Aspern Smart City Research* mit dem ***World Smart City Award*** ausgezeichnet. Im Jahr 2022 soll das Projekt Seestadt Aspern Teil der **Internationalen Bauausstellung** Wien mit dem Leitthema „Neues soziales Wohnen“ sein. Dies sind Belege dafür, dass die Neugründung des multifunktionalen Zentrums im Sinne einer nachhaltigen Stadtentwicklung realisiert wurde und wird. Dennoch birgt der weitere Ausbau der Fläche auch einige Risiken und es ist notwendig, dass die gesetzten Klima- und Umweltziele sowie die Leitlinien sozialen Wohnens nicht verwässert, sondern konsequent umgesetzt werden. Fazit

Haben Sie daran gedacht?

- *Auf den ersten Seiten dieses Buches finden Sie Hinweise zur Anfertigung Ihrer Lösung.*
- *Ihre Ausführungen sollten mithilfe von Zwischenüberschriften gegliedert sein.*
- *Sind Materialbelege in Klammern angegeben?*
- *Haben Sie auf eine allgemein- und fachsprachlich angemessene Darstellung geachtet?*

Leistungskurs Geographie (NRW) – Abiturprüfung 2021
Aufgabe 3

Thema

Zukunftsfähige Regionalentwicklung unter dem Einfluss sich wandelnder Industriebranchen? – Das Beispiel der Automobilproduktion in Zwickau-Mosel

Aufgabenstellung

	Punkte
1. Lokalisieren Sie Zwickau-Mosel und kennzeichnen Sie die Eignung der Stadt als Standort für ein zu Beginn der 1990er-Jahre neu anzusiedelndes Automobilwerk.	22
2. Erläutern Sie die Entwicklung, Strukturen und Bedeutung der Automobilindustrie in der Region Zwickau-Mosel seit den 1990er-Jahren.	30
3. Nehmen Sie unter Einbezug von aktuellen Produktinnovationen in der Automobilindustrie kritisch Stellung zur Themenfrage.	28

Zugelassene Hilfsmittel

- der an der Schule in der Qualifikationsphase überwiegend verwendete Atlas, in einer für alle Prüflinge gleichen Auflage
- Wörterbuch zur deutschen Rechtschreibung
- Taschenrechner

Farbkarten zum Download auf der Plattform MyStark!

Materialgrundlage

M 1 Atlaskarten nach Wahl

M 2 Automobilstandort Zwickau-Mosel

Verkehrsanbindung

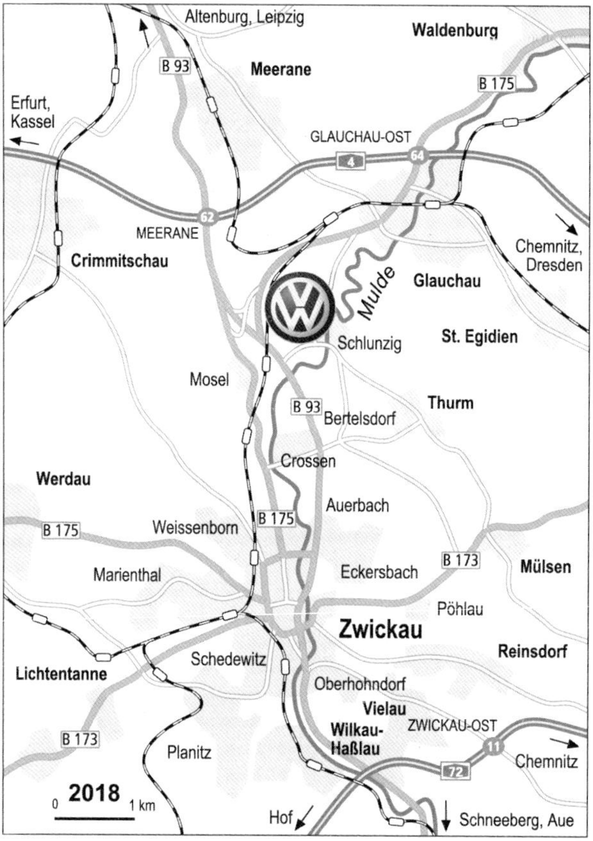

Karte: © cartomedia, Karlsruhe; Chronik: eigene Zusammenstellung nach Angaben und Daten aus: Volkswagen Sachsen GmbH (Hrsg.): Ideen, die bewegen. Volkswagen. Informationen. Zwickau 2002; Statistisches Jahrbuch für das Ausland 1997. Stuttgart: Metzler-Poeschel Verlag 1997, S. 328

Chronik

1904	Beginn des Automobilbaus in Zwickau
seit 1948	Automobilbau durch Audi Zwickau und Volkseigenen Betrieb (VEB) Horch Zwickau
1958–1989	VEB Sachsenring Automobilwerke Zwickau (Bau des wichtigsten Automobils der DDR, des „Trabant“); Ansiedlung zahlreicher Zulieferer in der Region
Juli 1990	Abwicklung des VEB Sachsenring und Ausgründung von Sachsenring Automobilwerke GmbH; Weiterbau des Trabant, nach 7 Monaten Produktionseinstellung
September 1990	Gründung des Volkswagenwerkes Sachsen GmbH in Zwickau-Mosel; Bau eines neuen Automobilwerks; Lohnkosten in der Automobilindustrie in Ostdeutschland: 12 €/Std. (in Westdeutschland: 29 €/Std.)
15. 02. 1991	Beginn der Fahrzeugproduktion des Modells *Golf* im neuen Automobilwerk
1991–2006	Zufluss von ca. 100 Mrd. Euro öffentlicher Fördermittel in die ostdeutschen Bundesländer, insbesondere zum Ausbau von Industrie und Infrastruktur
2018	VW beschließt die Umstellung der Fahrzeugproduktion in Zwickau vom Verbrennungsmotor auf Elektromotor; Zwickau soll das größte und leistungsfähigste E-Auto-Werk des Konzerns werden; Investitionsvolumen: 1,2 Mrd. EUR
04. 11. 2019	Produktionsstart des Elektroautos *ID.3*

M 3 Zwickau-Mosel 1988/2018 *(Farbkarte zum Download!)*

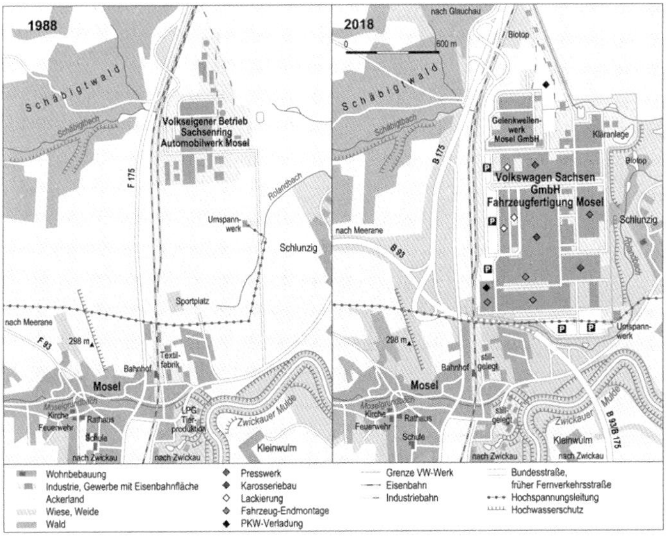

© *cartomedia, Karlsruhe*

M 4 Volkswagen Zwickau-Mosel

Fahrzeugproduktion

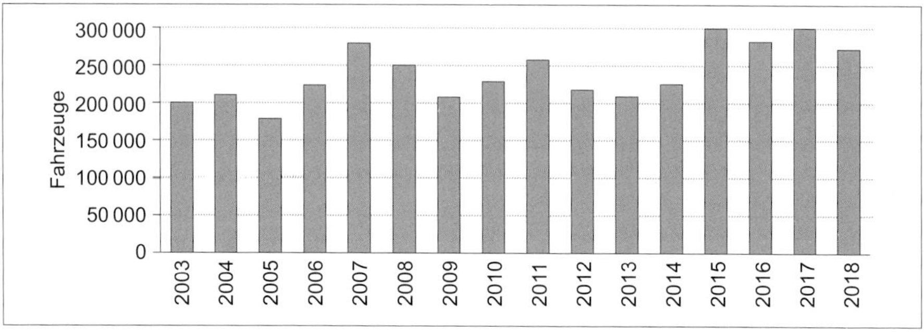

Beschäftigung

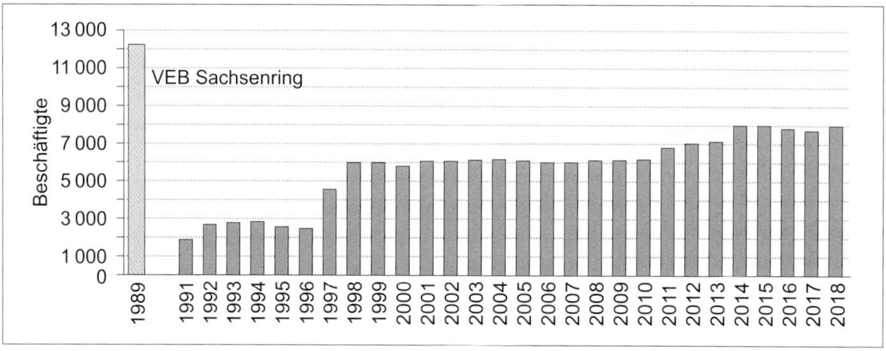

Anmerkung: insgesamt 9 850 Beschäftigte an den drei sächsischen VW-Standorten Zwickau, Dresden und Chemnitz (2018); ca. 30 000 weitere indirekt Beschäftigte (Zulieferindustrie, Handel und Service)

Unternehmenspräsentation Volkswagen Sachsen, Volkswagen Sachsen GmbH 08/2018, S. 9/19, www.volkswagen-sachsen.de/content/dam/companies/de_vw_sachsen/dokumente/pressemitteilungen/Unternehmenspr%C3%A4sentation.pdf

M 5 Zwickau – Daten und Fakten

	1990	2001	2006	2018
Bevölkerung	123 641	101 726	96 786	90 105
Sozialversicherungspflichtig Beschäftigte	k. A.	52 831	44 362	52 492

Bruttoinlandsprodukt je Einwohner

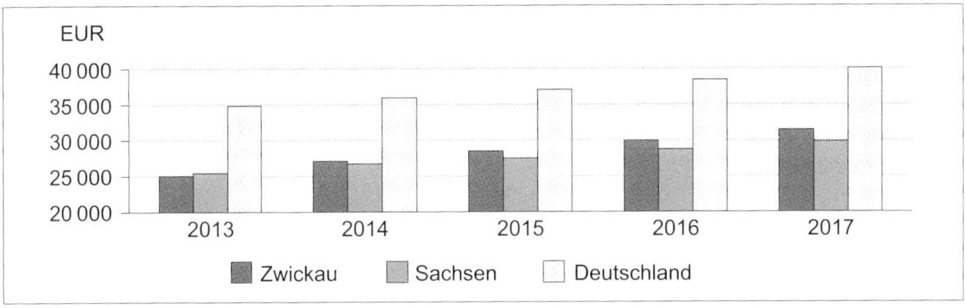

	Zwickau	zum Vergleich: Sachsen
Steuereinnahmen/Einwohner 2017	994 €	834 €

Öffentliche Einrichtungen

- Bildungseinrichtungen
  - Westsächsische Hochschule Zwickau (FH-Neugründung 1992) Ausbildungsschwerpunkte: Kraftfahrzeugtechnik, Maschinenbau, Verkehrssystemtechnik, Wirtschafts-Ingenieurwesen
  - berufliche Schulzentren; Schulen aller Schulformen
- Gesundheits- und Sozialwesen
  - Städtisches Klinikum (bis 2017 Ausbau zum überregionalen medizinischen Zentrum)
  - 48 Kindertagesstätten und Horte, 3 Kinderheime; 8 Senioren- und Pflegeheime
- Kultur, Sport, Freizeit und Erholung
  - Stadthalle mit 6 000 Plätzen (Neubau 2000); mehrere Theater; Konzerthaus (Sanierung 2016–2020 für 14 Mio. €); 7 Kinos; Museen (u. a. Automobilmuseum, Neueröffnung 2004), Bibliotheken; Parkanlagen; 3 Freibäder, 2 Schwimmhallen; Sportanlagen u. a. für Pferdesport, Tennis, Golf, Kanu

Daten nach: Statistisches Landesamt des Freistaates Sachsen/Kommunale Statistikstelle; eigene Darstellung, Daten nach: Bruttoinlandsprodukt, Arbeitskreis „Volkswirtschaftliche Gesamtrechnungen der Länder"; www.zwickau.de/de/wirtschaft/standort/faktoren/wirtschaftsdaten.php; eigene Zusammenstellung, Daten nach: Zahlen · Daten Ansprechpartner 2018, Stadtverwaltung Zwickau Büro für Wirtschaftsförderung, S. 16/17/21/27, www.zwickau.de/media/downloads/image/02_wirtschaft/publikationen/Z-ZahlenDatenAnsprechpartner2018_neu2.pdf

M 6 Sachsen – Automobilindustrie und Automobilzulieferer

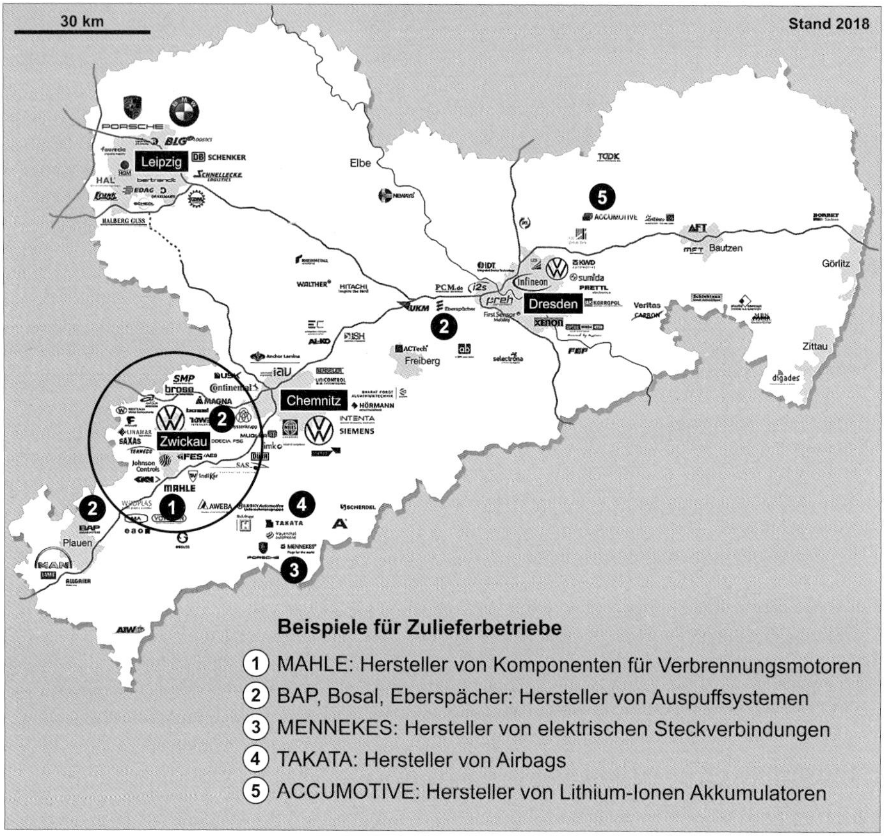

Wirtschaftsförderung Sachsen GmbH

M 7 Sachsen – Industriestruktur

(Farbkarte zum Download auf MyStark!)

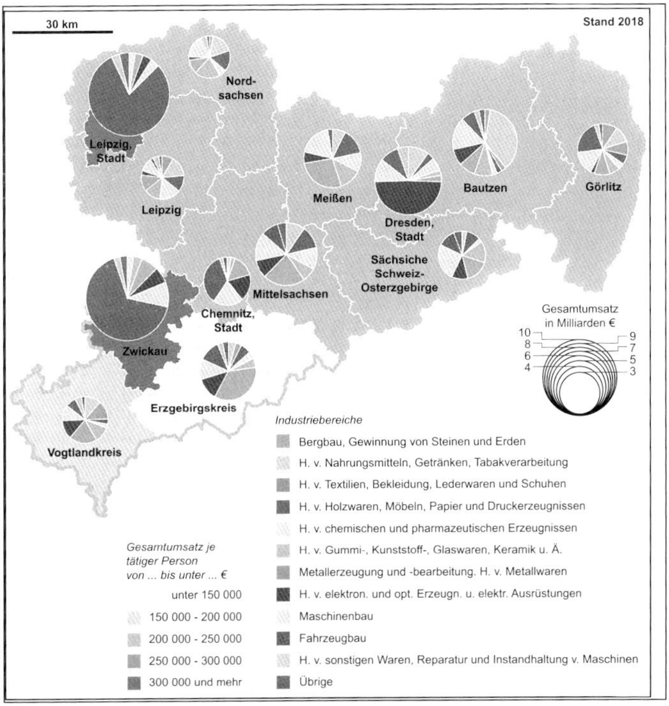

Gesamtumsatz in Bergbau - Gewinnung von Steinen und Erden sowie Verarbeitenden Gewerbe 2017, https://standort-sachsen.de/de/kaeufer/sachsens-wirtschaft/industrie © Statistisches Landesamt des Freistaates Sachsen, Kamenz, 2021

M 8 Volkswagen Zwickau-Mosel – aktuelle Standortentwicklung

Pressemeldung (04. 11. 2019)

VW startet Elektro-Offensive in Zwickau

Der VW-Konzern will Elektroautos für die Massen verkaufen und beginnt jetzt in Zwickau die Serienproduktion seines ersten vollelektrischen Fahrzeugs. [...] Im Zwickauer VW-Werk hat am Montag im Beisein von Bundeskanzlerin Angela Merkel offiziell die Großserienproduktion von Elektroautos mit dem Modell ID.3 begonnen.

Produktionsentwicklung am Standort Zwickau

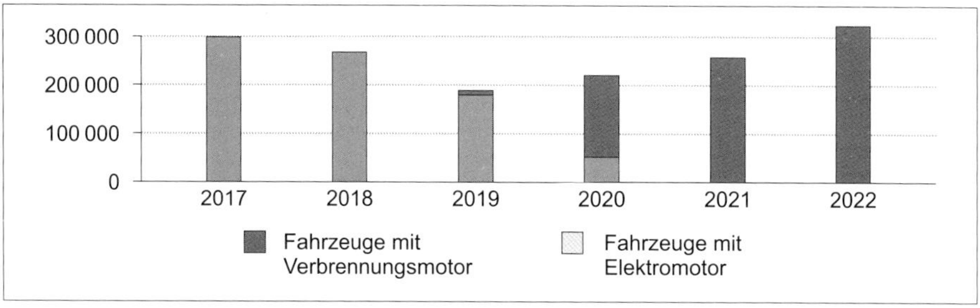

nach: www.mdr.de/sachsen/chemnitz/zwickau/vw-massenproduktion-elektro-autos-100.html; nach: Volkswagen Sachsen, Standort Zwickau, 09.01.2020, www.volkswagen-sachsen.de/content/dam/companies/ de_vw_sachsen/200113_Unternehmenspraesentation.pdf

M 9 Entwicklung der Elektromobilität

Marktanteilsprognose über neu zugelassene Elektro-Pkw nach Ländern/Regionen

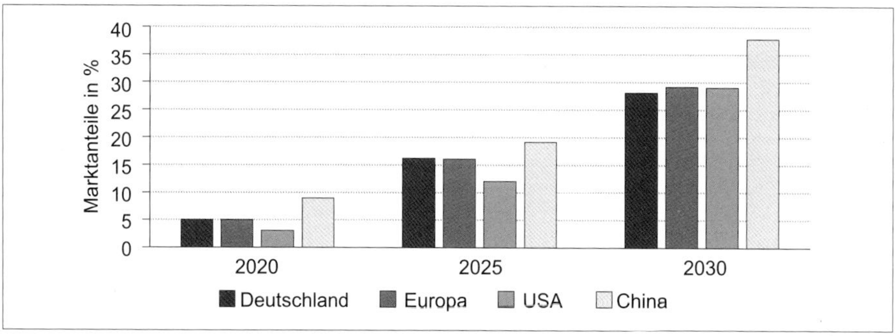

eigene Darstellung, Daten nach: Center of Automotive Management

M 10 Pressemeldung

Automobilindustrie (02. Februar 2020)

Mehr Elektroautos, weniger Jobs?

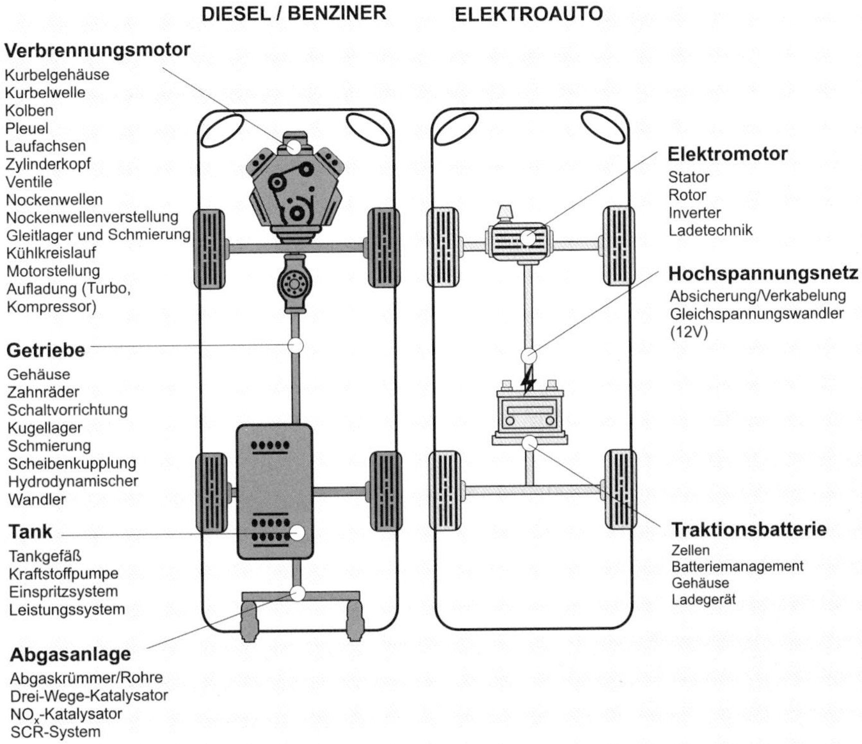

Aus komplex wird einfach, BMVIT/Kleebinder, Semmer 2019/DERSTANDARD, www.derstandard.at/story/2000114037789/mehr-elektroautos-weniger-jobs

Die Aufgabe bezieht sich auf die folgenden Elemente des Kernlehrplans und die Vorgaben 2021:

- **Inhaltsfeld 4:** Bedeutungswandel von Standortfaktoren
  - Herausbildung von Wachstumsregionen
  - Strukturwandel industriell geprägter Räume
  - Modell des Produktlebenszyklus in seiner räumlichen Dimension
- **Inhaltsfeld 6:** Sozioökonomische Entwicklungsstände von Räumen
  - Merkmale und Ursachen räumlicher Disparitäten

Lösungsvorschlag

Teilaufgabe 1

In dieser Teilaufgabe sollen Sie zunächst die Stadt Zwickau-Mosel aufgabenbezogen räumlich einordnen. Berücksichtigen Sie hierbei verschiedene Atlaskarten sowie M 2. Im zweiten Teil wird gefordert, dass Sie den Raum auf der Grundlage von Gunstfaktoren für die Ansiedlung eines Automobilwerkes zu Beginn der 1990er-Jahre untersuchen und diesen begründet charakterisieren. Hier ist es erforderlich, dass Sie neben den Materialien 2, 3 und 4 auf Ihr Hintergrundwissen zu Standortanforderungen von Industrieunternehmen zurückgreifen.

Lokalisierung

Die Stadt Zwickau-Mosel liegt im Osten Deutschlands im Bundesland Sachsen. Die nächstgrößere Stadt Chemnitz liegt ca. 30 km nordöstlich hiervon, ungefähr 100 km in gleicher Richtung entfernt ist die **Landeshauptstadt Dresden**. Nordwestlich in 70 km Entfernung liegt die Stadt Leipzig. Zwickau-Mosel ist sowohl ans **Eisenbahnnetz** als auch ans **Autobahnnetz** angebunden, sodass **Fernverkehrsverbindungen** in alle Richtungen Deutschlands bestehen, insbesondere aber auch in die bereits genannten Städte Chemnitz, Dresden und Leipzig (M 1, M 2).

Standortfaktoren der Automobilproduktion

Eine gut ausgebaute **Verkehrsinfrastruktur** ist ein wichtiger **Standortfaktor** für die Automobilindustrie, um den Transport von unterschiedlichsten **Zulieferern** zum Standort der Fertigung zu gewährleisten. Darüber hinaus müssen **Flächen** verfügbar sein, die gegebenenfalls bei sich verändernden Produktionsbedingungen anpassungs- bzw. ausbaufähig sind. Ebenso bedeutend ist das Vorhandensein qualifizierter **Arbeitskräfte** sowie eine gute Lage zu Absatzmärkten mit Potenzial zur Erschließung **neuer Märkte**. Diese Faktoren dürften zu Beginn der 1990er-Jahre maßgeblich für die Ansiedlung eines neuen Automobilwerks von VW gewesen sein (M 2).

Gunstfaktoren in Zwickau-Mosel

Zwickau-Mosel blickte 1990 bereits auf eine 86-jährige **Geschichte als Standort der Automobilproduktion** zurück. Ende der 1950er-Jahre wurden Audi Zwickau und die VEB Horch Zwickau zur **VEB** Sachsenring Automobilwerke auf einem Gelände nördlich des Stadtteils Mosel zusammengeschlossen. Hier wurde der Trabant, das wichtigste Fahrzeug der DDR, produziert. Dies zog die **Ansiedlung von Zulieferern** nach sich, u. a. eine im Norden von Mosel in unmittelbarer Bahnhofsnähe gelegene Textilfabrik.

1989 war der volkseigene Betrieb (VEB) mit etwas mehr als 12 000 Beschäftigten ein wichtiger **Arbeitgeber** in der Region. Außerdem verfügte dieser Standort über eine für die Größe des Werkes gut ausgebaute **Infrastruktur**. Ein zweigleisiger Bahnanschluss, der in Nord-Süd-Richtung am Werk vorbeilief, gehörte ebenso dazu wie eine dazu parallel verlaufende Fernverkehrsstraße (M 2–M 4).

Situation zu Beginn der 1990er-Jahre

Die **politische Umbruchsituation** Ende der 1980er- und zu Beginn der 1990er-Jahre machte eine **Umstrukturierung** notwendig. Der bisher volkseigene Betrieb wurde im Juli 1990 abgewickelt und die Weiterproduktion des Trabant schließlich nach sieben Monaten eingestellt. Von den vorhandenen Strukturen und dem **Know-how** durch in der Automobilproduktion **erfahrene Arbeitskräfte** profitierte der VW-Konzern, der im September 1990 die Werksfläche der VEB Sachsenring mit der Gründung des Volkswagenwerkes Sachsen GmbH übernahm und dort ein **neues Automobilwerk** errichtete. Bereits im Februar des folgenden Jahres wurde mit der Produktion des Golf begonnen. Weitere Anreize für die **Standortentscheidung** waren die **niedrigen Löhne** in Ostdeutschland, die mit 12 € Stundenlohn deutlich unter dem Niveau von 29 €/Stunde in Westdeutschland lagen, sowie eine **unternehmensfreundliche Politik**, die ab 1991 **Fördermittel**, insbesondere für den Aufbau von Industrie und Infrastruktur in den östlichen Bundesländern bereitstellte (M 2, M 3, M 4).

Teilaufgabe 2

In dieser Teilaufgabe sollen Sie basierend auf den Ergebnissen von Aufgabe 1 die Entwicklung, Strukturen und Bedeutung der Automobilindustrie seit den 1990er-Jahren erläutern. Unterscheiden müssen Sie zwischen räumlichen Entwicklungen, die vor allem in M 3 deutlich werden, und sozioökonomischen Entwicklungsprozessen, die in M 4 und M 5 verdeutlicht werden. Weiterhin müssen Sie wirtschafts- und industriestrukturelle Aspekte untersuchen. Hierbei sollten Sie die wirtschaftliche Bedeutung der Automobilindustrie genauso wie die Anpassung von Produktionsprozessen erarbeiten. Die nötigen Informationen entnehmen Sie M 6, M 7 und M 8.

Entwicklung des Automobilstandortes

Im Jahr der Schließung der VEB Sachsenring 1990 wird deutlich, dass diese einen gravierenden Einschnitt in die **regionale Wirtschaftsstruktur** bedeutete. Innerhalb des folgenden Jahres sank die Zahl der Beschäftigten um mehr als 10 000. Trotz leichten Anstiegs in den Folgejahren blieben die **Beschäftigtenzahlen** bis 1996 auf einem niedrigen Niveau (M 2, M 4).

Die Übernahme durch VW hat zunächst eine **räumliche Entwicklung** ausgelöst, in deren Folge auch **sozioökonomische und wirtschaftliche Auswirkungen** festzustellen sind. Das ursprüngliche Gelände der VEB ist insbesondere nach Süden deutlich erweitert worden und erstreckt sich nun bis zum Siedlungsgebiet des Stadtteils Mosel. Die Vergrößerung ist vor allem auf den Bau neuer Betriebsstätten zurückzuführen, die Teil der **Produktions- und Lieferkette** im Werk sind, z. B. Karosseriebau, Lackierung, Endmontage und Pkw-Verladung. Alte **Industrie- und Gewerbeflächen** in Mosel wurden inzwischen stillgelegt. Auf dem Betriebsgelände befinden sich zudem eine Kläranlage sowie ein Umspannwerk, von dem aus Teile einer bereits zu DDR-Zeiten bestehenden Hochspannungsleitung über das Werksgelände führen (M 3).

Mit der Entwicklung des Betriebsgeländes wurde auch die **Verkehrsinfrastruktur** rund ums Werk ausgebaut. Die schon vor 1990 vorhandene Fernverkehrsstraße wurde zu einer **Bundesstraße**, die im Süden auf die neu gebaute B93 führt, die das Betriebsgelände von der Wohnbebauung Mosels abgrenzt. Diese hat sowohl im Norden als auch im Süden eine Anbindung an die Bundesautobahnen A4 und A72. Die am Automobilwerk gelegene Eisenbahnfläche wurde ebenfalls erweitert. Die westlich am Werksgelände vorbeiführende **Eisenbahnstrecke** bildet eine Verbindung zu weiteren Linien im Norden und Süden. Sowohl durch die Bundesstraßen als auch durch die Eisenbahnlinien sind in alle Richtungen **überregionale Anbindungen** gewährleistet (M 2, M 3).

Die **Umstrukturierung** und Ausweitung des Werkes hat seit 2003 insgesamt zu einer **Erhöhung der Fahrzeugproduktion** von 200 000 auf mehr als 250 000 Fahrzeugen geführt, wenngleich die Produktionszahlen immer wieder Schwankungen unterlagen und der Höchstwert von 300 000 in den Jahren 2015 und 2017 zuletzt nicht mehr erreicht wurde (M 4).

Sozio-ökonomische Entwicklung

Die Beschäftigtenzahlen stiegen seit Mitte der 1990er-Jahre zunächst sprunghaft und bewegten sich bis 2010 auf fast gleichbleibendem Niveau von 6 000. Seit 2014 werden rund 7 000 Menschen beschäftigt. An allen drei sächsischen VW-Standorten Zwickau, Dresden und Chemnitz zusammen sind 9 850 Beschäftigte tätig. Diese Entwicklung spiegelt sich auch in den **Steuereinnahmen** und dem **BIP pro Kopf** der Stadt Zwickau wider. Zwar ist eine deutliche **Abnahme der Einwohnerzahl** seit 1990 von 123 641 auf 90 105 im Jahr 2018 erkennbar und auch die Zahl der **sozialversicherungspflichtig Beschäftigten** ist von 2001 bis 2006 ebenfalls gesunken, hat bis 2018 aber wieder das Niveau von 2001 erreicht. Infolgedessen ist das BIP pro Kopf in den letzten Jahren kontinuierlich gestiegen und lag 2017 ca. 6 000 € höher als 2013. Seit 2014 liegt das BIP/Einwohner in Zwickau auch etwas über dem des Bundeslandes Sachsen. Die Steuereinnahmen in Zwickau sind pro Einwohner mit 994 € ebenfalls höher als in ganz Sachsen, wo diese bei 834 € liegen, was auch **Investitionen** in öffentliche Einrichtungen im Bildungs-, Gesundheits- bzw. Sozialwesen sowie in Kultur-, Freizeit- und Sporteinrichtungen möglich gemacht hat. Im Bildungsbereich sind zudem **industrienahe Ausbildungsschwerpunkte** geschaffen worden, z. B. Kraftfahrzeugtechnik oder Maschinenbau (M 4, M 5).

Bedeutung der Automobilindustrie

Innerhalb der **Industriestruktur** Sachsens kommt dem Fahrzeugbau eine große Bedeutung zu. Insbesondere in den Regionen Leipzig und Zwickau sind sie bestimmend für die Wirtschaft gemessen am **Gesamtumsatz**. In Zwickau selbst erwirtschaftet jede in der Industrie tätige Person mehr als 300 000 € jährlich. Der Gesamtumsatz der Industrie beträgt in Zwickau – genauso wie in Leipzig – 10 Mrd. €. Der Fahrzeugbau in Zwickau macht allein mehr als etwa zwei Drittel des Gesamtumsatzes aus. Der Automobilstandort Chemnitz erwirtschaftet zusätzlich ca. eine weitere Mrd. €., in Dresden werden von 7 Mrd. € Jahresumsatz ca. 10 % durch den Fahrzeugbau beigetragen (M 7).

Die wirtschaftliche Bedeutung der Industrie in Sachsen insgesamt und des Fahrzeugbaus im Besonderen ist auf die Ausbildung eines **Automobilclusters** zurückzuführen. Die Ansiedlung von Automobilwerken von VW in Zwickau, Dresden und Chemnitz sowie von BMW in Leipzig hat die Ansiedlung von Zuliefererbetrieben rund um die Automobilstandorte nach sich gezogen und ist ein Merkmal **vertikaler Integration**. Die logistische Vernetzung von Zulieferern, durch die **just-in-time** bzw. **just-in-sequence-Produktion** ermöglicht wird, verkürzt **Lieferwege** und senkt **Transport- und Lagerkosten**. Zudem werden Kompetenzen an einem Standort gebündelt. Durch die Investition in Bildungseinrichtungen und Ausweisung von Ausbildungsschwerpunkten fließt zusätzlich **wissenschaftliches Know-how** ein. Auf diese Weise hat sich die Automobilindustrie in Zwickau zu einer **Schlüsselindustrie** für die Region entwickelt (M 6, M 7).

Aktuelle Entwicklungen

Neueste Entwicklungen in der **Elektromobilität** haben am Standort Zwickau bereits zu weiteren Veränderungen geführt. 2018 wurde daher in Zwickau die Umstellung auf die Produktion von E-Autos beschlossen. Um das größte und leistungsfähigste E-Auto-Werk des VW-Konzerns aufzubauen, sind Investitionen in Höhe von 1,2 Mrd. € vorgesehen. Im November 2019 wurde am Standort Zwickau mit der Produktion des ID.3 begonnen, was erneut die Bedeutung des VW-Konzerns für die **Standortsicherung** hervorhebt (M 2, M 8).

Teilaufgabe 3

Für diese Teilaufgabe sollen Sie unter Abwägung positiver und negativer Punkte begründet Stellung zu der Themenfrage der Klausur nehmen. Im Mittelpunkt steht dabei die Frage, welche positiven und negativen Auswirkungen die Anpassung der Industriebranche Fahrzeugbau in Zwickau auf die Regionalentwicklung hat. Diese Frage ist vor allem vor dem Hintergrund der Innovationen durch Elektromobilität zu bewerten. Hierzu benötigen Sie die Materialien M 4 bis M 10.

Innovation durch E-Mobilität

Die Anpassung des Standortes Zwickau an die Nachfrage nach **emissionsärmeren E-Autos** ist grundsätzlich positiv zu bewerten. Die Produktion muss generell diesen Anforderungen angepasst werden. Diese Veränderungen betreffen sowohl das Betriebsgelände selbst, v. a. Abläufe in der Produktion, aber insbesondere auch das Netz von Zulieferern. Denn für einen Elektromotor sind zum einen im Vergleich zum Verbrennungsmotor deutlich weniger Komponenten nötig und zum anderen aufgrund der komplett anderen Funktionsweise auch andere Teile notwendig (M 3, M 10).

Diese Veränderung könnte positive Effekte für die Automobilbranche und die Region Zwickau haben. Geplant ist, die Produktion von Fahrzeugen mit Verbrennungsmotor sukzessive, mit einer kurzen Übergangsphase zu reduzieren und ab 2021 komplett auf die Produktion von E-Fahrzeugen umzustellen. Bereits 2022 soll die Zahl der produzierten Fahrzeuge den Höchstwert von 2017 von 300 000 Autos an diesem Standort übersteigen. Da bis 2030 in Deutschland ein **Marktanteil** von ca. 27 % in Deutschland und fast 30 % in Europa erwartet wird, erscheint die **Produktionssteigerung** an diesem Standort durchaus realistisch und ein Anstieg – zumindest aber die Sicherung – der Beschäftigtenzahlen ist nicht auszuschließen. Hiervon würde auch die Region durch **höhere Steuerzahlungen** und ein **steigendes BIP pro Einwohner** profitieren, wie es bereits seit Bau des VW-Werks Anfang der 1990er-Jahre feststellbar ist (M 4, M 5, M 8, M 9).

Negative Auswirkungen

Andererseits birgt die Veränderung auch **Risiken** für den Standort Zwickau. Da sich vor allem die Zuliefererindustrie verändern muss, könnten **Betriebsschließungen** die Folge sein. Insbesondere wären die Betriebe betroffen, die Komponenten für Verbrennungsmotoren herstellen und ihre Produktion nicht an die Anforderungen von E-Mobilität anpassen können. Dadurch wären Verluste von Arbeitsplätzen möglich, die durch andere Zulieferer für E-Motoren gegebenenfalls nicht aufgefangen werden können. Dadurch würde die **diversifizierte Industriestruktur** in Mitleidenschaft gezogen werden und Umsätze aufgrund der geringeren Zahl von Zuliefererbetrieben sinken. Ein weiterer **Bevölkerungsrückgang** ist in diesem Fall nicht abzuwenden, da die Menschen dorthin ziehen, wo sie einen Arbeitsplatz finden (M 5, M 6, M 10).

Ein weiterer Nachteil ist die **Konkurrenz** im Sektor E-Mobilität. Für die USA wird für das Jahr 2030 ebenso wie für Europa ein Marktwert an Elektro-Pkw von knapp unter 30 % prognostiziert. Für China wird sogar ein Marktwert von mehr als 35 % erwartet. Die höhere Nachfrage in anderen Regionen der Erde könnte zu **Standortverlagerungen** aufgrund von **Kostenminimierung** führen, die sich nachteilig auf Standorte in Deutschland auswirken. Ebenso kann die Konkurrenz zwischen den Automobilkonzernen die Produktions- und Beschäftigtenzahlen im VW-Werk Zwickau negativ beeinflussen, z. B. wenn der Konkurrent BMW im nahegelegenen Leipzig ebenfalls Marktanteile und Umsätze in diesem Sektor sichern möchte. Die starke **wirtschaftliche Abhängigkeit** von der Schlüsselindustrie Automobilproduktion einerseits und von einem einzigen Konzern wie VW andererseits stellen für die Region demnach bei den anstehenden Veränderungen einen großen Nachteil dar (M 6, M 9).

Fazit

Der **Standort** Zwickau ist seit mehr als einem Jahrhundert in der Automobilproduktion **etabliert** und hat trotz enormer Umstrukturierungen und Herausforderungen durch die Globalisierung weiterhin Bestand. Dennoch bleibt abzuwarten, ob die komplette **Umstellung auf E-Mobilität** innerhalb relativ kurzer Zeit die Erwartungen an die Produktionszahlen erfüllen wird. Im Sinne der Standortsicherung und der Erhaltung von Arbeitsplätzen ist diese Anpassung des VW-Werkes an die Marktanforderungen allerdings ein wichtiger und notwendiger Schritt, um zumindest **mittelfristig innovativ und konkurrenzfähig** zu bleiben.

Haben Sie daran gedacht?

- *Auf den ersten Seiten dieses Buches finden Sie Hinweise zur Anfertigung Ihrer Lösung.*
- *Ihre Ausführungen sollten mithilfe von Zwischenüberschriften gegliedert sein.*
- *Sind Materialbelege in Klammern angegeben?*
- *Haben Sie auf eine allgemein- und fachsprachlich angemessene Darstellung geachtet?*

Grundkurs Geographie (NRW) – Abiturprüfung 2022
Aufgabe 1

Thema
Zukunftsfähige Stadt- und Regionalentwicklung durch Stadtentwicklungsmaßnahmen? – Das Beispiel ICE-Park Montabaur

Aufgabenstellung Punkte

1. Lokalisieren Sie Montabaur und kennzeichnen Sie die verkehrsgeographische Lage sowie die demografische und wirtschaftliche Situation der Stadt um die Jahrtausendwende. 22

2. Erläutern Sie vor diesem Hintergrund Ziele, Merkmale und Entwicklung des ICE-Parks Montabaur. 27

3. Beurteilen Sie die Zukunftsfähigkeit der Stadtentwicklungsmaßnahme ICE-Park Montabaur für die Stadt Montabaur und die Region. 31

Zugelassene Hilfsmittel
- der an der Schule in der Qualifikationsphase überwiegend verwendete Atlas, in einer für alle Prüflinge gleichen Auflage
- Wörterbuch zur deutschen Rechtschreibung
- Taschenrechner

Farbkarten zum Download auf der Plattform MyStark!

Materialgrundlage

M 1 Atlaskarten nach Wahl

M 2 Rheinland-Pfalz Nordteil – aktuelle Raumstrukturen

(Farbkarte zum Download auf MyStark!)

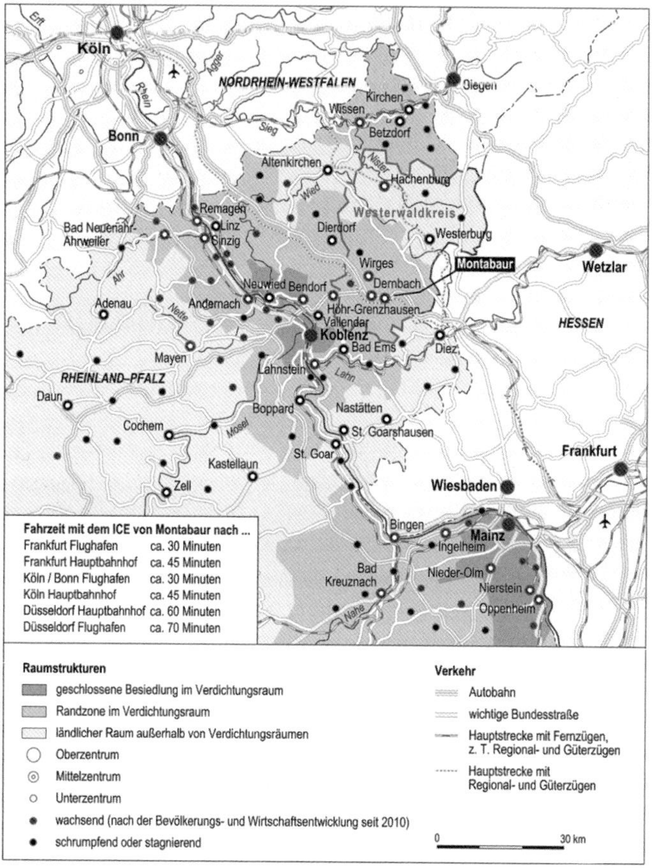

© cartomedia, Karlsruhe

M 3 ICE-Park Montabaur – Chronik und Rahmenplan

(Farbkarte zum Download auf MyStark!)

1989	Beschluss der Bundesregierung zum Bau der **I**nter**c**ity-**E**xpress (ICE) Hochgeschwindigkeitsstrecke Köln – Frankfurt
1994	Beschluss über zukünftigen Stadtteil ICE-Park Montabaur

Montabaur vor dem Bau des ICE-Bahnhofs: Im Vordergrund die A 3

Gebiet des heutigen ICE-Parks Montabaur (Größe: ca. 30 ha)

2002	Inbetriebnahme der ICE-Strecke und des ICE-Bahnhofs (Baukosten 23,6 Mio. €)
2003	Fertigstellung eines Fußweges zwischen dem ICE-Bahnhof und der Innenstadt
2013	Beginn der Bauarbeiten für das Factory-Outlet-Center (FOC) *Montabaur The Style Outlets*
2015	Eröffnung Factory-Outlet-Center Montabaur
2017	Abschluss der städtebaulichen Entwicklungsmaßnahme ICE-Park Montabaur; Gesamtinvestitionen: 225 Mio. € (Anteil der öffentlichen Investitionen < 10 %)

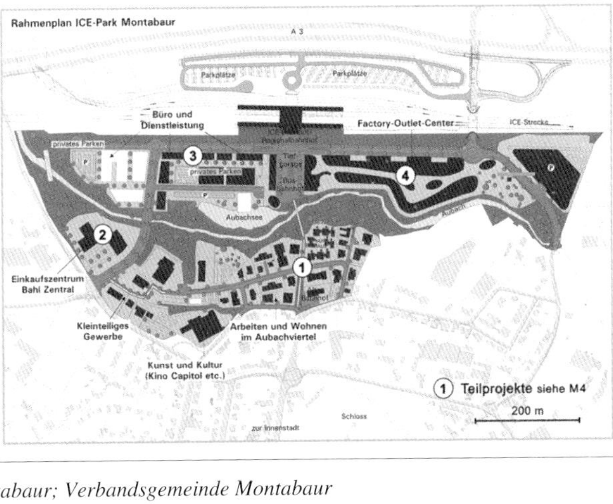

Stadtarchiv Montabaur; Verbandsgemeinde Montabaur

M 4 ICE-Park Montabaur – Teilprojekte

Lage der Teilprojekte (1), (2), (3), (4) siehe Karte M 3

(1) Aubachviertel

- Lückenschluss zur Innenstadt
- ca. 20 private Bauvorhaben

(2) Bahl Zentral

- Nutzung: Fachmarkt für Raumgestaltung, Discounter, Getränkehandel, Bäckerei, Restaurant
- 35–40 Arbeitsplätze

(3) Büro- und Dienstleistungszentrum

- Nutzung: Büroflächen, Gastronomie, Einzelhandel, Parkhäuser mit insgesamt 700 Stellplätzen
- Insgesamt 26 450 m^2 Bürofläche
- ca. 50 Firmen mit etwa 1 200 Arbeitsplätzen

(4) Montabaur Factory-Outlet-Center

- 55 Ladenlokale mit einer Verkaufsfläche von 10 000 m^2 und drei Gastronomiebetriebe
- ca. 350 Arbeitsplätze
- Sortiment: überwiegend Bekleidung (66 %), Schuhe und Lederwaren (14 %) und Sportbekleidung (8 %), aber auch Glas, Porzellan, Haustextilien, Uhren und Schmuck
- Geschätztes Besucheraufkommen: 1,3 bis 2 Mio. Besucher pro Jahr
- Geschätzter Gesamtumsatz: 53–59 Mio. € pro Jahr

Thomas Frey

M 5 Stadt Montabaur – Demografie

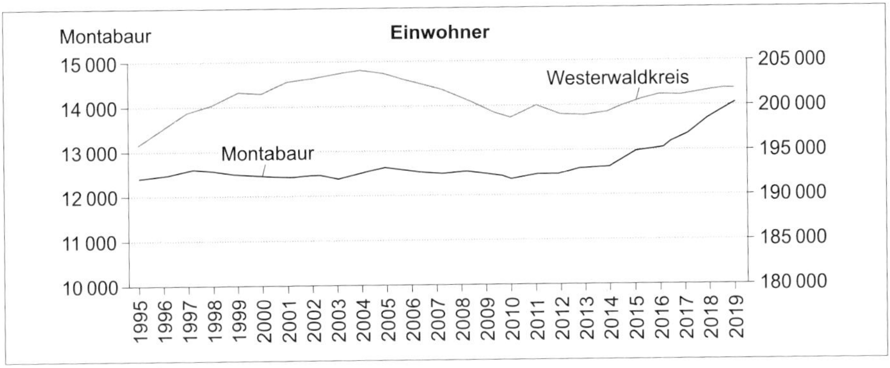

Bevölkerungsbewegungen in der Stadt Montabaur			
Jahr	natürlicher Saldo	Wanderungssaldo	Gesamtsaldo
1999	+9	−82	−73
2007	−66	+6	−60
2015	−30	+338	+308
2019	−33	+340	+307

https://infothek.statistik.rlp.de/MeineHeimat/tscontent.aspx?id=103&l=3&g=0714304048&tp=34162&ts=tsPop03 (Zugriff 27. 04. 2021)

M 6 Stadt Montabaur – Pendlerbilanz

Sozialversicherungspflichtig Beschäftigte am Arbeitsort 2020	Stadt Montabaur	Westerwaldkreis
insgesamt	11 572	69 733
davon Einpendler	9 780	21 609

Sozialversicherungspflichtig Beschäftigte am Wohnort 2020	Stadt Montabaur	Westerwaldkreis
insgesamt	5 782	81 531
davon Auspendler	3 990	33 407

https://www.statistik.rlp.de/fileadmin/dokumente/kreisdatenprofil/ergebnisse/20210804_KRS143_Westerwaldkreis.pdf (Zugriff 27. 04. 2021)

M 7 Montabaur – Wirtschaft

Beschäftigte nach Wirtschaftssektoren 2020

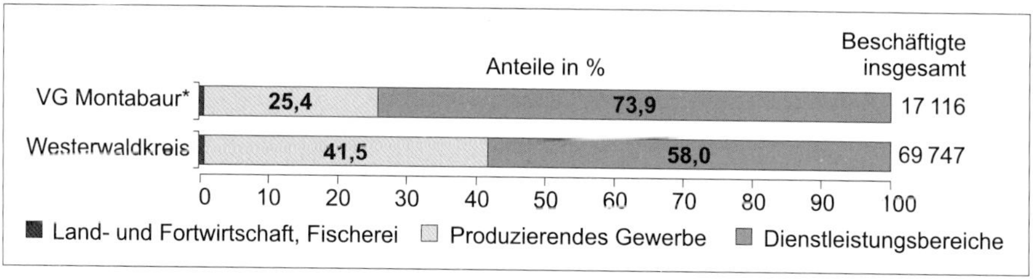

Arbeitslosenquote (2020)	Arbeitslose je 100 Einwohner von 15 bis 65 Jahren
VG Montabaur*	2,6
Westerwaldkreis	3,1
Rheinland-Pfalz	4,5

* Die Verbandsgemeinde (VG) Montabaur ist eine Verwaltungseinheit. Ihr gehören die Stadt Montabaur und 24 eigenständige Ortsgemeinden an.

Stadt Montabaur – Steuereinnahmen (in €)

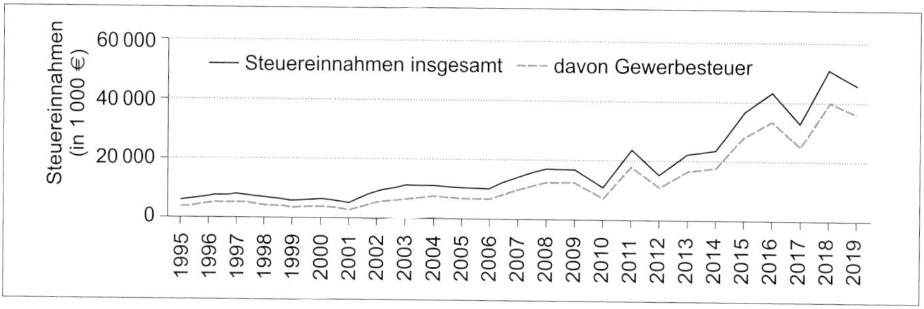

Anmerkung: Steuereinnahmekraft in Montabaur 2019: 3 572 €/E.
Zum Vergleich: Ortsgemeinden der gleichen Größenklasse: 1 533 €/E.

Gewerbesteuereinnahmen im Westerwaldkreis (in Mio. €)

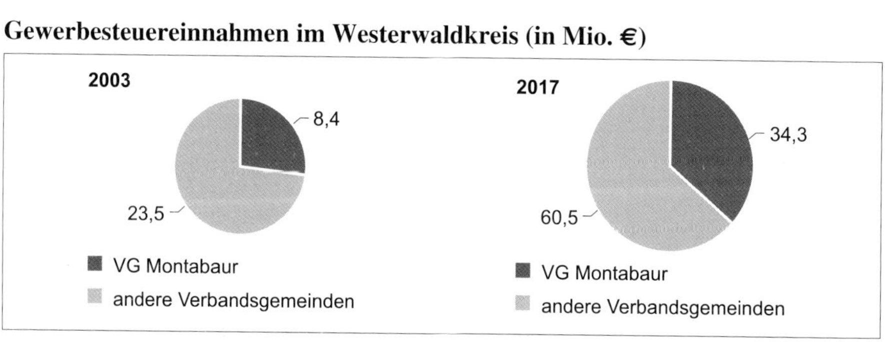

Quellen M 7:
https://infothek.statistik.rlp.de/MeineHeimat/content.aspx?id=103&l=3&g=0714304048&tp=34162; https://www.statistik.rlp.de/fileadmin/dokumente/kreisdatenprofil/ergebnisse/20210415_KRS143_Westerwaldkreis.pdf; https://infothek.statistik.rlp.de/MeineHeimat/tscontent.aspx?id=103&l=3&g=0714304048&tp=256&ts=tsFin03&vg=6&tabelle=T2

M 8 ICE-Park Montabaur – Pressemeldungen

Im Herbst letzten Jahres wurde bekannt, dass sich das Factory-Outlet-Center (FOC) in Montabaur erweitern möchte. Die Verkaufsfläche soll verdoppelt werden. Dagegen regt sich Widerstand aus der Wirtschaft, die einen Verlust der Kaufkraft in den umliegenden Kommunen befürchtet. […]

Das FOC wurde nach erheblichen Widerständen 2015 eröffnet. Davor klagten die Städte Limburg und Neuwied gegen den Bau des Centers, doch die Klagen wurden abgewiesen. Das FOC Montabaur verstoße nicht gegen übergeordnete Ziele der Raumordnung des Landes. Es stehe nicht im Widerspruch zum sogenannten Zentralitätsgebot nach dem Landesentwicklungsplan IV. Denn Montabaur sei ein Mittelzentrum, in dem auch Einkaufszentren mit mehr als 2 000 Quadratmetern angesiedelt werden dürften. Damals wurde der Bau nur mit der Auflage genehmigt, dass die Fläche die 10 000 Quadratmeter nicht überschreiten soll. […]

Nachdem für das hessische Limburg, einem Mittelzentrum mit oberzentralen Teilfunktionen, bereits Ende der 1980er-Jahre ein Bahnhof zugesagt war, verlangte Rheinland-Pfalz einen Bahnhof in Montabaur. Das Land machte die Errichtung dieses Bahnhofs zur Bedingung für seine Zustimmung zu der Neubaustrecke im Bundesrat.

Der Bund der Steuerzahler kritisiert in seinem Schwarzbuch 1998 die Bahnhöfe Limburg und Montabaur. Da Politiker Einfluss auf das Raumordnungsverfahren hätten nehmen können, habe die Bahn beide ICE-Bahnhöfe in einem Abstand von 20 Kilometer errichten müssen.

Entwicklung der durchschnittlichen Immobilienpreise pro m² (für eine 60 m² Eigentumswohnung)

	Montabaur	Rheinland-Pfalz	Deutschland
2012	961 €	1 513 €	1 597 €
2019	2 592 €	2 506 €	3 010 €

Heike Lachnit: Erweiterung des FOC Montabaur kritisch gesehen, hl-journal vom 16.01.2020, https://hl-journal.de/erweiterung-des-foc-montabaur-kritisch-gesehen/ (Absatz 1 & 2); Bund der Steuerzahler (Hrsg.): Die öffentliche Verschwendung, Band XXVI, 1998, S. 11; Molitor, Andreas: Operation Größenwahn. In: Die Zeit 31.2001, www.zeit.de/2001/31/200131 _ice_bahnhoefe.ne.xml; Kopper, Christopher: Zu lange, zu groß, zu teuer. In: Die Zeit 42/2012, www.zeit.de/ 2010/42/Bahn-Neubaustrecken; www.wohnungsboerse.net/immobilienpreise-Montabaur/7132 (Absatz 3 & 4); Daten nach: wohnungsbörse.net, Immobilienpreise Montabaur, www.wohnungsboerse.net/ immobilienpreise-Montabaur/7132

Die Aufgabe bezieht sich auf die folgenden Elemente des Kernlehrplans und die Vorgaben 2022:
- **Inhaltsfeld 4:** Bedeutungswandel von Standortfaktoren
  - Herausbildung von Wachstumsregionen
- **Inhaltsfeld 7:** Dienstleistungen in ihrer Bedeutung für Wirtschafts- und Beschäftigungsstrukturen
  - Entwicklung von Wirtschafts- und Beschäftigungsstrukturen im Prozess der Tertiärisierung

Lösungsvorschlag

Teilaufgabe 1

Zuerst müssen Sie mithilfe von Atlas und Materialien (M 1–M 3) die geographische Lage von Montabaur bestimmen (Operator „Lokalisieren"). Berücksichtigen Sie dabei die für stadtgeographische Fragestellungen relevanten Aspekte wie Größenordnung, räumliche Einbettung oder Entfernung zu anderen Städten. Der zweite Operator „Kennzeichnen" verlangt in dieser Teilaufgabe von Ihnen dreierlei: Zunächst müssen Sie die verkehrsmäßige Anbindung aufzeigen (M 1–M 3). Danach gilt es, die demografische Entwicklung unter Berücksichtigung der natürlichen Entwicklung und der Wanderungsbilanzen von 1990 bis zur Jahrtausendwende darzulegen (M 5). Abschließend müssen Sie die wirtschaftliche Situation Montabaurs um das Jahr 2000 verdeutlichen (M 7) sowie die sich daraus ergebenden möglichen Folgen und Probleme benennen.

Lage

Die rheinland-pfälzische Mittelstadt Montabaur hatte 2019 gut 14 000 Einwohner und ist im Raumentwicklungsplan als Mittelzentrum und Kreisstadt des Westerwaldkreises ausgewiesen. Sie liegt im Westerwald, 30 km nordöstlich vom Oberzentrum Koblenz, ca. 60 km nordnordwestlich von Frankfurt/Main, 40 km südwestlich von Wetzlar und ca. 10 km westlich von der Landesgrenze zu Hessen entfernt (M 2, M 5).

Verkehrsanbindungen

Montabaur weist gute regionale und überregionale Anschlüsse an verschiedene Verkehrsträger auf. Neben einer direkten Zufahrt zur Autobahn A3 Richtung Köln/Bonn im NW und Frankfurt/Wiesbaden im SO bestehen Verbindungen über das nahe gelegene Autobahndreieck nach Koblenz und Daun in der Eifel sowie über zwei Bundesstraßen nach Westerburg, Bad Ems und Lahnstein am Rhein (M 1, M 2). Von großer Bedeutung ist der seit 2002 vorhandene direkte Anschluss ans Fernschnellstreckennetz der Deutschen Bahn durch den ICE-Bahnhof im neuen Ortsteil ICE-Park (M 3).

Die Großflughäfen Frankfurt und Köln/Bonn sind dadurch in 30 Minuten erreichbar, der Flughafen Düsseldorf in 70 Minuten (M 2).

Demografische Entwicklung bis 2000

Von 1995 bis 2000 stieg die Einwohnerzahl in Montabaur erst leicht an (von ca. 12 500 um ca. 300), fiel dann aber wieder auf den Ausgangswert zurück. Im Westerwaldkreis dagegen wuchs die Bevölkerung bis 2000 kontinuierlich von ca. 195 000 auf ca. 202 000. Der Bevölkerungssaldo war in Montabaur negativ. Ausschlaggebend dafür war der negative Wanderungssaldo, der natürliche Bevölkerungssaldo war noch leicht positiv (M 5).

Wirtschaftliche Situation zur Jahrtausendwende

Parallel zur Bevölkerung gegen Ende der 1990er-Jahre entwickelten sich auch die Steuereinnahmen von Montabaur: Seit 1997 waren sowohl die Gewerbesteuereinnahmen der Stadt als auch die gesamten Steuereinnahmen leicht rückläufig (M 7).

Zwischenfazit 2000

Ein Teil der arbeitsfähigen Bevölkerung hatte gegen Ende der 1990er-Jahre die Stadt verlassen. Mit weiteren Wegzügen sowie einer älter und zahlenmäßig kleiner werdenden Bevölkerung musste gerechnet werden. Außerdem waren sinkende Steuereinnahmen zu befürchten, mit der Perspektive, dass es u. a. immer schwieriger werden würde, das Infrastrukturangebot aufrechtzuerhalten.

Eine Verbesserung der Situation und einen Wachstumsimpuls erhoffte man sich von dem 1994 gefassten Beschluss, einen neuen Stadtteil „ICE-Park Montabaur“ zu errichten. Dieser befindet sich auf einer ehemaligen landwirtschaftlich genutzten Fläche von 30 ha zwischen der neuen ICE-Strecke und der A 3 (M 1, M 3).

Teilaufgabe 2

Der Operator „Erläutern“ verlangt von Ihnen, dass Sie unter Beachtung der Teilergebnisse zu Aufgabe 1 die vorliegenden Materialien im Hinblick auf die weitere Stadtentwicklung Montabaurs auswerten. Hierbei sollen Sie Ihr Hauptaugenmerk auf Ziele, Merkmale und Entwicklung des stadtplanerischen Vorhabens ICE-Park Montabaur bis 2019 richten. Berücksichtigen Sie hierbei auch, wie sich Montabaur im Vergleich mit dem Westerwaldkreis entwickelt hat (M 3–M 8).

Zielsetzungen der Stadtentwicklung in Montabaur

Vor dem Hintergrund der demografischen und ökonomischen Entwicklungen bis zur Jahrtausendwende hatte sich Montabaur mit Unterstützung der Landespolitik für den Anschluss an die 1989 von der Bundesregierung beschlossene **neue ICE-Strecke Köln – Frankfurt** stark gemacht (M 8). 1994 wurde die Entscheidung für den Bau eines **neuen Stadtteils** getroffen. Dieser heißt **ICE-Park** und schließt die vorhandene Lücke zum neuen, ansonsten isoliert am Rand der alten Siedlungsfläche liegenden ICE-Bahnhof. Durch einen **Verbindungsweg zwischen Innenstadt und Bahnhof sollte der neue Stadtteil in die Gesamtstadt integriert** werden, was auch bereits 2003, und damit ein Jahr nach der Inbetriebnahme des ICE-Bahnhofs, geschah (M 3).

Hoffnung auf neue Impulse für Wirtschaft und Bevölkerung

Durch die Errichtung des neuen Stadtteils und den Anschluss an die ICE-Strecke erhoffte man sich in der Stadt eine deutliche Attraktivitätssteigerung sowie positive Impulse für die **Bevölkerungs- und die Wirtschaftsentwicklung**. Im Aubachviertel plante man auf einer 30 ha großen Fläche in funktionaler Trennung zum einen hochwertige Wohnungen für einkommensstarke Bevölkerungsgruppen in locker stehenden Stadtvillen umgeben von Grün. In diesem Stadtteil sind inzwischen im Rahmen einer **diversifizierten Nutzung** zudem Dienstleistungsstandorte wie auch Grünanlagen und ein See zur Freizeitgestaltung entstanden (M 3).

Merkmale des ICE-Parks Montabaur

Der ICE-Park Montabaur wurde geplant als **multifunktionaler Stadtteil**, der vor allem in den Bereichen „Wohnen“ und „Arbeiten“ attraktive Ergänzungen zum vorhandenen Angebot einer Kreisstadt unterbreitet und einen weiteren Wegzug von Arbeitskräften sowie den Rückgang der Wirtschaftsleistung verhindern soll. Auffällig ist, dass die mit 225 Mio. Euro hohen Entwicklungskosten zu annähernd 90 % von privaten Geldgebern aufgebracht wurden, lediglich die 23,6 Mio. Euro Baukosten für ICE-Strecke und ICE-Bahnhof von der öffentlichen Hand (M 3).

Schaffung neuer Arbeitsplätze

Der Großteil der neuen Firmen mit **Schwerpunkt im tertiären Sektor** befindet sich am Rand des neuen Stadtteils angrenzend an die Innenstadt im Einkaufszentrum „Bahl Zentral“, im **Büro- und Dienstleistungszentrum** neben dem Bahnhofsbereich und vor allem im **Factory-Outlet-Center**. Letzteres grenzt unmittelbar an die ICE-Bahnhofshalle und einen neuen Busbahnhof an. Mit 10 000 m^2 nimmt es etwa ein Drittel der Gesamtfläche des neuen Stadtteils ein. Neben zahlreichen Ladenlokalen und gastronomischer Nutzung weist es eine eigene große Parkplatzanlage, den Anschluss ans ÖPNV-Netz sowie eine große Erweiterungsfläche auf. Seine Errichtung stieß auf heftigen Widerstand der seit 2010 von Schrumpfungsprozessen betroffenen benachbarten Städte Limburg und Neuwied. Deren Klagen wurden jedoch mit Hinweis auf die legitimen Raumordnungsziele des Bundeslandes Rheinland-Pfalz und die Realisierung des Zentralitätsgebotes laut Landesentwicklungsplan IV von den Gerichten abgewiesen. Lediglich die Flächenbeschränkung auf 10 000 m² konnte erreicht werden (M 2–M 4, M 8).

Berücksichtigung stadtökologischer Aspekte

Die Errichtung des ICE-Parks ermöglicht eine sinnvolle **innerstädtische Nachverdichtung**. Hierzu zählen die **Revitalisierung von Flächen des alten Bahnhofs** und seiner Gleisanlagen ebenso wie die nicht zu intensive Flächennutzung im Aubachviertel und dem Einkaufszentrum Bahl Zentral sowie eine regelmäßige Durchgrünung und eine vom Aubach durchzogene Grün- und Freizeitzone mit dem Aubachsee. Die Errichtung des Busbahnhofs auf der Rückseite des Bahnhofs und damit die Erweiterung des ÖPNV-Angebotes stellt einen **weiteren Beitrag unter stadtökologischen Aspekten** dar (M 3, M 4)

Teilaufgabe 3

Der Operator der dritten Teilaufgabe, „Beurteilen", verlangt von Ihnen, dass Sie zur stadtplanerischen Maßnahme „ICE-Park Montabaur" eine differenzierte eigene Meinung formulieren. Sie sollen kriteriengestützt bewerten, ob und inwiefern die Zielsetzungen und Maßnahmen im neuen Stadtteil ICE-Park eine positive Prognose für die künftige Entwicklung sowohl der Stadt Montabaur als auch ihrer Region erlauben (M 2–M 8).

Zukunftsfähige Stadtentwicklung?

Mit dem stadtplanerischen Vorhaben ICE-Park wollte die Stadt Montabaur bereits Mitte der 1990er-Jahre eine wichtige Entscheidung für eine positive Zukunft anbahnen.

Wirtschaftliche Erfolge seit der Jahrtausendwende

Nach Abschluss der Baumaßnahmen im ICE-Park im Jahr 2017, 15 Jahre nach Eröffnung der ICE-Strecke, waren 50 Büros, 55 Ladengeschäfte, ein Fachmarkt und Gastronomiebetriebe angesiedelt worden (M 3, M 4). Mehr als 1 550 geschaffene **Arbeitsplätze**, vor allem **im tertiären Sektor**, in dem 2020 fast drei Viertel beschäftigt waren (gegenüber nur 58 % im Westerwaldkreis) müssen als Erfolg bezeichnet werden. Dasselbe gilt für den **geringen Anteil der Arbeitslosen**, der mit nur 2,6 % im Jahr 2020 sowohl den Wert der Region mit 3,1 % als auch denjenigen des Bundeslandes Rheinland-Pfalz mit 4,5 % deutlich unterschritt (M 4, M 7).

So wundert es auch nicht, dass die **Steuereinnahmen** seit 2002 mit zwei kurzen Unterbrechungen 2010 und 2017 **kontinuierlich** und seit der Eröffnung des Outlet-Centers 2015 sprunghaft von ca. 35 auf ca. 50 Mio. Euro **gestiegen** sind. Hieran hatten die Gewerbesteuereinnahmen mit 40 Mio. im Jahr 2018 den entscheidenden Anteil.

Die Kreisstadt Montabaur, die im Vergleich zum Westerwaldkreis im Jahr 2020 einen deutlich niedrigeren Anteil an Beschäftigten im sekundären Sektor aufwies (25,4 % in Montabaur, 41,5 % im Westerwaldkreis) steigerte ihre **Gewerbesteuereinnahmen** von 2003 bis 2017 von 8,4 auf 34,3 Mio. €, was einem Anstieg von 26 % auf 36 % entspricht. Die **wirtschaftliche Bedeutung** Montabaurs **in der Region** ist somit gewachsen (M 7).

Einpendlerüberschuss

Das **attraktive Arbeitsplatzangebot** in Montabaur zog 2020 9 780 Einpendler an; ihr Anteil an den in Montabaur Beschäftigten lag bei fast 85 %. Hingegen war der Anteil der Auspendler mit 3 990 deutlich geringer; er machte nur 69 % der in Montabaur wohnenden Berufstätigen aus. Dies ergab 2020 **ein positives Pendlersaldo** von 5 790. Den Bedeutungsüberschuss der Kreisstadt verdeutlicht der Vergleich mit dem Westerwaldkreis: Dort pendeln nur 31 % ein; der Pendlersaldo war negativ und betrug 11 798 Personen (M 6).

Positive Bevölkerungsbilanzen

Die wirtschaftlichen Erfolge seit 2003 und das Angebot an attraktivem neuem Wohnraum haben die **weitere Abwanderung gestoppt**. Vielmehr wuchs die Bevölkerung der Stadt vor allem seit Eröffnung des Outlet-Centers 2015 deutlich um jährlich über 300 Einwohner, von 13 000 auf 14 200 in vier Jahren. Hierfür verantwortlich waren ausschließlich **Wanderungsgewinne**, da die natürliche Bevölkerungsbilanz seit 2007 negativ ausfiel; 2019 wies Montabaur erstmals mehr als 14 000 Einwohner auf. Im Unterschied zu diesem Zuwachs fällt die Gesamtbilanz für den Westerwaldkreis seit 2003 leicht negativ aus: Nach einem Zwischenhoch im Jahr 2004 mit ca. 204 000 Einwohner und einem Minimum von 198 000 Einwohner 2010 stieg die Kreisbevölkerung bis 2019 nicht ganz auf den Ausgangswert von 2003 an. Der starke Anstieg in Montabaur hat zu dieser grundsätzlich positiven Bilanz im Westerwaldkreis sicherlich durch den Zuzug von Arbeitskräften aus weiter entfernten Kreisen und Städten beigetragen (M 5).

Negative Begleiterscheinungen

Unter ökologischen Aspekten sind die hohen Pendlerwerte bei den ein- und auspendelnden Beschäftigten eher negativ zu sehen. Die neu geschaffenen Parkplätze im Stadtteil ICE-Park lassen auf die **Zunahme des Individualverkehrs** schließen. Ebenso dürfte ein Großteil der geschätzt 1,3 bis 2 Millionen Besucher des Outlet-Centers mit privaten Pkws oder Bussen anreisen (M 3, M 4).

Für die Einwohner von Montabaur hat der wirtschaftliche Erfolg neben den **Immissionsbelastungen** auch den Nachteil ergeben, dass die örtlichen **Immobilienpreise** in der kurzen Zeit von 2012 bis 2019 **überdurchschnittlich gestiegen** sind und z. B. mit

2592 €/m^2 für eine 60 m^2 große Eigentumswohnung den entsprechenden Durchschnittspreis des Bundeslandes bereits übertroffen haben. Ähnlich dürfte es bei den Mietpreisen und dem Preis für Eigenheime aussehen (M 8).

Die Erweiterungspläne des FOC Montabaur rufen erneut Widerstand hervor: Eine weitere Stärkung des Wirtschaftsstandortes Montabaur werde zu einer weiteren **Schwächung der Wirtschafts- und Kaufkraft im Westerwaldkreis** führen, zumal die Verkaufsfläche des FOC Montabaur auf 20000 m^2 verdoppelt werden solle (M 2, M 8).

Fazit

1994 war der Beschluss gefasst worden, die Genehmigung der geplanten ICE-Strecke Frankfurt – Köln auf der heutigen Route durch Rheinland-Pfalz von der Zusage eines ICE-Bahnhofs in Montabaur abhängig zu machen. Dies hat sich bis zur Gegenwart als **stadt- und raumplanerischer Volltreffer** erwiesen. Eine weitere übergroße Stärkung des lokalen Standortes Montabaur muss aber unter Landesentwicklungsgesichtspunkten gut abgewogen werden im Zusammenhang mit den Interessen und Bedürfnissen von Städten wie z. B. Westerburg, Limburg, Diez, Bad Ems oder Neuwied. Diese befinden sich seit 2010 in einer schwierigen Situation. Und für sie könnten noch stärkere Sogeffekte aus einer noch stärkeren Kreisstadt Montabaur negative Folgen haben (M 2, M 8).

Haben Sie daran gedacht, …

- *die Hinweise auf den ersten Seiten dieses Buches zu berücksichtigen?*
- *Ihre Ausführungen mithilfe von Zwischenüberschriften zu gliedern?*
- *die Materialbelege nach Sinnabschnitten in Klammern anzugeben?*
- *auf eine allgemein- und fachsprachlich angemessene Darstellung zu achten?*

Grundkurs Geographie (NRW) – Abiturprüfung 2022
Aufgabe 2

Thema
Strukturen und Prozesse im Agrarsektor in Entwicklungsländern –
Das Beispiel Reisanbau in Myanmar

Aufgabenstellung	Punkte
1. Lokalisieren Sie Myanmar und kennzeichnen Sie die naturräumlichen Gegebenheiten sowie die Entwicklung des Landes seit dem Jahr 2000.	24
2. Erläutern Sie Verbreitung sowie Entwicklung und Bedeutung des Reisanbaus in Myanmar.	30
3. Nehmen Sie kritisch Stellung zu Chancen und Risiken neuerer Entwicklungstendenzen im Agrarsektor in Myanmar.	26

Zugelassene Hilfsmittel
- der an der Schule in der Qualifikationsphase überwiegend verwendete Atlas, in einer für alle Prüflinge gleichen Auflage
- Wörterbuch zur deutschen Rechtschreibung
- Taschenrechner

Farbkarten zum Download auf der Plattform MyStark!

Materialgrundlage

M 1 Atlaskarten nach Wahl

M 2 Myanmar – Topografie und Niederschläge
(Farbkarten zum Download auf MyStark!)

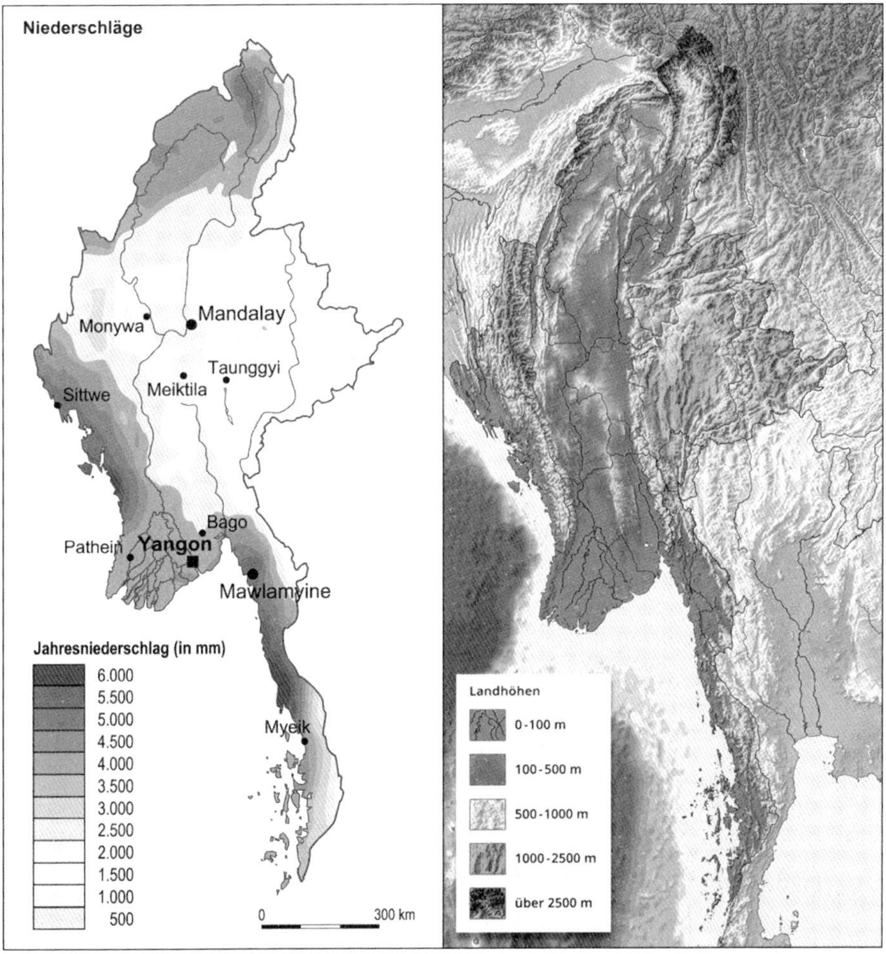

Hel-hama/Wikipedia, CC BY-SA 3.0; © cartomedia, Karlsruhe

M 3 Myanmar – Strukturdaten

	2000	2019
Fläche (km^2)	677 000	677 000
Bevölkerung (Mio.)	44,6	52,8
jährliches Wachstum (%)	1,1	0,9
ländlich/städtisch (%)	74/26	68/32
Lebenserwartung (Jahre)	54	66
HDI (Rang)	0,463 (151)	0,583 (147)
Alphabetisierungsrate (%)	64	73
Bevölkerung unter 2 US-$/Tag (%)	46	32
Bevölkerung unterernährt (%)	37,8	15,6
BIP (Mrd. US-$)	10,30	69,15
BIP pro Kopf (US-$)	228	1 299
BIP nach Sektoren (%)		
primärer Sektor	67	24
sekundärer Sektor	15	35
tertiärer Sektor	18	41
Beschäftigung nach Sektoren (%)		
primärer Sektor	84	70
sekundärer Sektor	3	7
tertiärer Sektor	13	23

Außenhandel 2019

Importwert: 28,6 Mrd. US-$
Wichtigste Importgüter: Kraftstoffe, Erdölprodukte, Maschinen, Fahrzeuge und Motorräder, pharmazeutische Produkte, Zigaretten

Exportwert: 22,4 Mrd. US-$
Wichtigste Exportgüter: Erdgas, Textilien, Kupfer, Bauholz, Edelsteine, Reis

Politisches System:
1948 Unabhängigkeit und Gründung des Staates Myanmar,
bis 2011 Militärdiktatur, ab 2011 Phase der Öffnung und Demokratisierung,
2021 erneute Machtübernahme durch das Militär

Korruptionsindex 2020 (Rang): 130 von 180 (Deutschland 9)

https://www.worldbank.org/en/country/myanmar/overview; https://documents.worldbank.org/en/publication/documents-reports/documentdetail/ 806001593183687694/myanmar-economic-monitor-myanmar-in-the-time-of-covid-19; https://www.globalhungerindex.org/de/myanmar.html; https://de.wikipedia.org/wiki/Myanmar#Wirtschaftslage; https://www.cia.gov/the-world-factbook/countries/burma#economy; https://www.transparency.org/en/countries/myanmar (Zugriff jeweils 04. 04. 2021)

M 4 Steckbrief Reispflanze

	Nassreis	Trockenreis
optimale Temperatur (°C)	30–32	30
minimale Temperatur (°C)	20	18
Wasserbedarf (Liter/m³)	3 000–5 000 (ganzjährige Wasserverfügbarkeit erforderlich)	1 200–1 500
optimale Anbauhöhen (m ü. d. M.)	0–800	200–2 000
Ernten pro Jahr	bis zu 3	1–2
Ertrag in t/ha	2,5–6,0	1,2–2,5
	(Ertragsverluste bei klimatischen Schwankungen und Schädlingsbefall)	

www.proplanta.de/Reis; http://de.wikipedia.org/w/index.php?title=Datei:Rice_02.jpg&filetimestamp =20060305182419 (Zugriff jeweils 02. 05. 2021)

M 5 Landnutzung und Bevölkerungsverteilung Myanmar

(Farbkarten zum Download auf MyStark!)

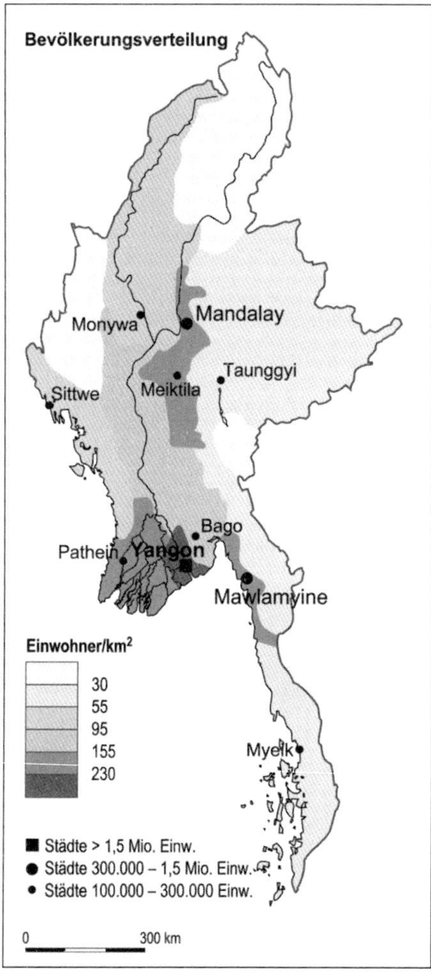

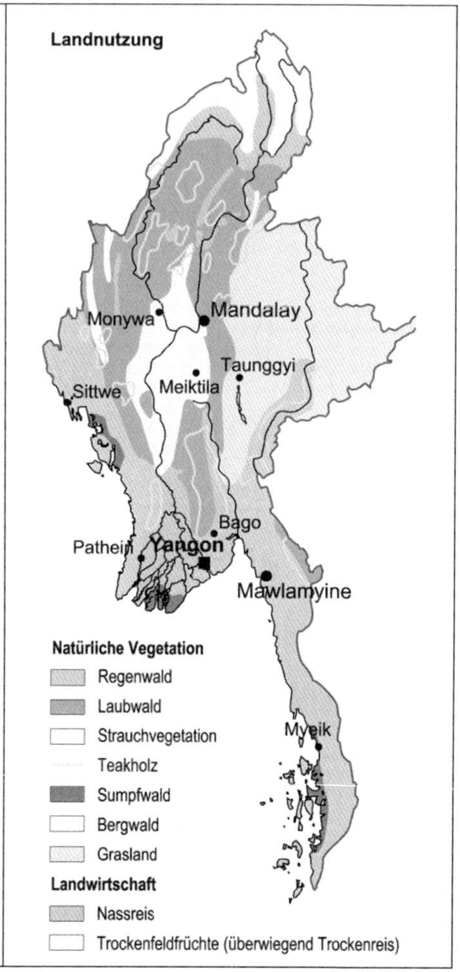

© cartomedia, Karlsruhe

M 6 Landwirtschaft und Reissektor Myanmar – Daten und Fakten

- Landwirtschaftliche Nutzfläche Myanmar 12 735 000 ha, davon 10 879 000 ha Ackerfläche
- Düngemitteleinsatz 18 kg/ha (Thailand 162 kg/ha, Vietnam 430 kg/ha)
- Nassreisanbau auf ca. 90 % der Erntefläche
- 78 % der ländlichen Bevölkerung leben vom Reisanbau, ca. 55 % davon in Subsistenz
- durchschnittliche Betriebsgröße 1,9 ha
- ca. 7,1 Millionen Beschäftigte im Reissektor
- Hauptnahrungsmittel Myanmars (sichert ca. 70 % des Kalorienbedarfs)

(Stand jeweils 2019)

Reisanbau

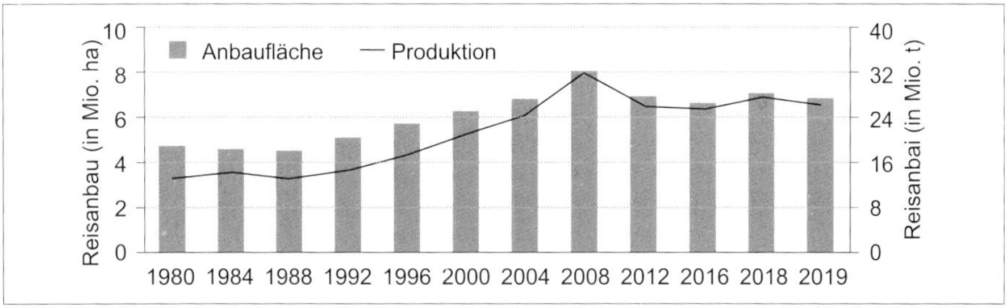

Produktionskosten 2018

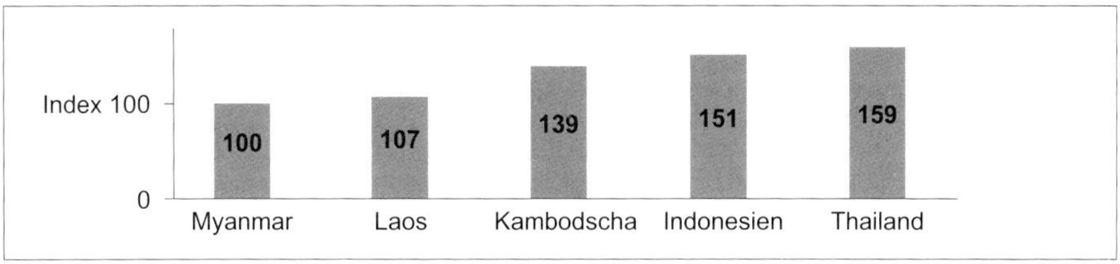

Reishandel

	2000	2010	2018
Import (1 000 t)	220	k. A.	42
Export (1 000 t)	0	2 440	2 198
Exportwert (Mio. US-$)	0	453	1 164

https://www.fao.org/faostat/en/#data/QC/visualize, http://faostat3.fao.org/download/Q/QC/E, https://de.wikipedia.org/wiki/Reis#Trockenreis (Zugriff jeweils: 01. 06. 2021)

M 7 Myanmar – Landkonzessionen

Landkonzessionsflächen

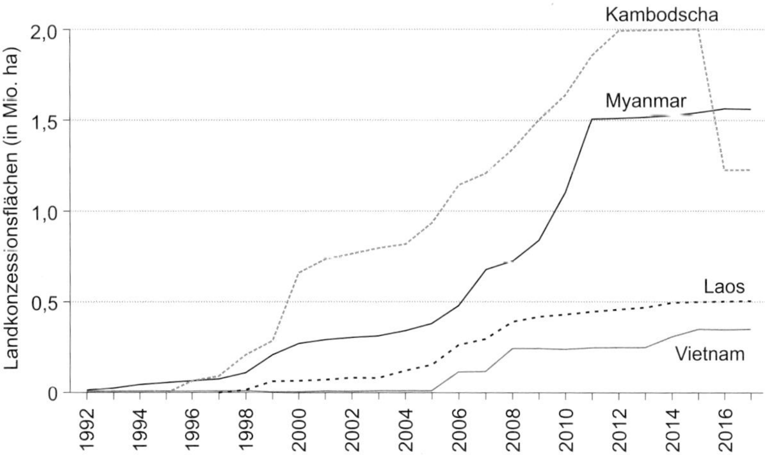

Anmerkung:
Die größten Investoren in Myanmar sind China (33,6 %), Singapur (23,8 %) und Hongkong (13,6 %).

Agro-industrielle Anbauprodukte auf Landkonzessionsflächen in Myanmar

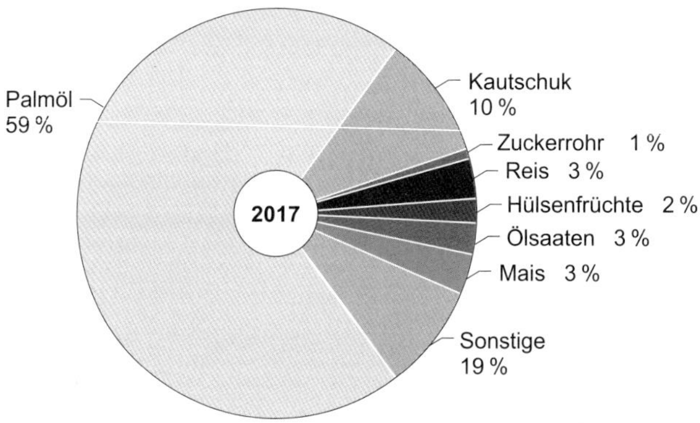

https://servir.adpc.net/publications/state-land-mekong-region, S. 25; www.oxfam.org.hk/en/cse?q= myanmar; San Thein, Hlwan Moe, Diepart J.-C. and C. Allaverdian (2018). Large-Scale Land Acquisitions for Agricultural Development in Myanmar: A Review of Past and Current Processes. MRLG Thematic Study Series #9. Vientiane: MRLG., Data Source: DALMS, 2017b. Computation by the authors

M 8 Myanmar – Beschäftigung im ländlichen Raum

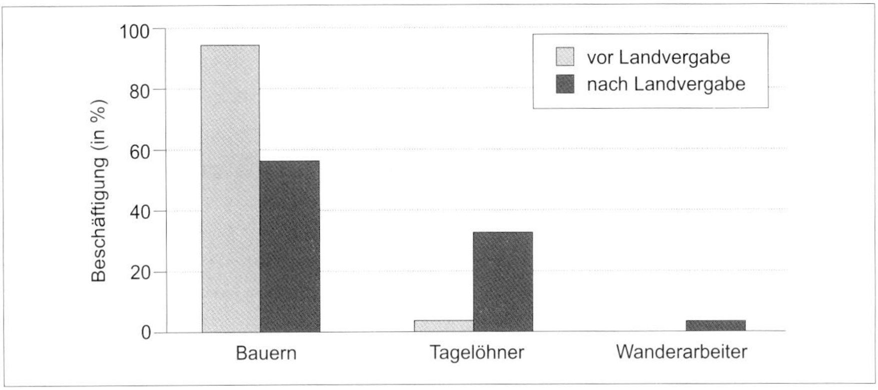

Analysis Paper on Land Confiscations in Conflict Areas & Implications for the Peace Process, 06. 08. 2020, S. 40, www.jointpeacefund.org/sites/jointpeacefund.org/files/uploads/land_analysis_paper of_bdm_0.pdf (Zugriff 25. 05. 2021)

Die Aufgabe bezieht sich auf die folgenden Elemente des Kernlehrplans und die Vorgaben 2022:
- **Inhaltsfeld 3:** Landwirtschaftliche Strukturen in verschiedenen Klima- und Vegetationszonen
  - Landwirtschaftliche Produktion in den Tropen vor dem Hintergrund weltwirtschaftlicher Prozesse
  - Intensivierung der landwirtschaftlichen Produktion in der gemäßigten Zone und in den Subtropen

Lösungsvorschlag

Teilaufgabe 1

Zuerst müssen Sie mithilfe des Atlas (M 1) die geographische Lage von Myanmar bestimmen (Operator „Lokalisieren"). Der Operator „Kennzeichnen" verlangt in dieser Teilaufgabe danach von Ihnen, dass Sie darlegen, welche naturräumlichen Gegebenheiten wie Oberflächenstruktur und Klima das Land prägen und welche Indikatoren eine Darstellung der Entwicklungsstandes von Myanmar seit dem Jahr 2000 ermöglichen (M 2, M 3, M 5). Es empfiehlt sich, abschließend ein kurzes Zwischenfazit zu ziehen.

Lage

Der **südostasiatische Staat Myanmar** liegt zwischen ca. 10 ° und 29 ° n. Br. sowie 92 ° und 101 ° ö. L. mit Ausnahme der nördlichen Landesspitze **in den Tropen**. Das Land erstreckt sich **von N nach S** über **ca. 2000 km**, es ist an der schmalsten Stelle auf der Malayischen Halbinsel nur ca. 60 km breit und an der ausgedehntesten bei etwa 22 ° n. Br. etwa 1 000 km. Myanmar grenzt an die VR China (N, NO), Laos (O), Thailand (SO), Bangladesch (W) und Indien (W, NW). Über die lange Westküste hat das Land Zugang zum Golf von Bengalen sowie zum Andamanischen Meer mit dem Golf von Martaban (M 1).

Relief

Myanmar weist eine **stark zergliederte Oberflächenstruktur** auf. Zum einen verlaufen zwei Hochgebirgsstränge in nordsüdlicher Richtung: das Patkai- und das Arakan-Gebirge im Westen (Höhen bis 3 824 m) und das Shan-Hochland im Osten (Höhen bis zu 2 500 m). Zum anderen finden sich an der Westküste Tieflandbereiche bis 100 m, in der Mitte das ca. 800 km lange und über 50 km breite Irawadi-Tiefland (Höhen zwischen 100 und 500 m) sowie das Irawadi-Delta am Golf von Martaban, dessen Mündungsbereiche überwiegend sumpfig sind (M 1, M 2, M 5).

Klima

Bedingt durch dieses Relief und die Lage im Einflussbereich des **Indischen Monsuns** zählt fast das gesamte Land zu den immerfeuchten Tropen. Die **niederschlagsreichsten Landesteile** befinden sich zum einen **an der gesamten Westküste bis ca. 200 km landeinwärts** (Maximum: >6000 mm bei Tavoy am kleinen Küstengebirge bei Myinmoletkat (M 1), ansonsten ca. 3500–5000 mm Jahresniederschläge), zum anderen in den **nördlichen Hochgebirgsbereichen** mit bis zu etwa 4500 mm. Diese Niederschläge fallen überwiegend zwischen Mai und Oktober zu Zeiten des auflandigen, feuchten SW-Monsuns. Der mittlere Landesteil bis zur gesamten Ostgrenze des Landes weist Niederschläge im Umfang von max. 1000 mm pro Jahr auf (M 1, M 2). Die **Temperaturen in der Ebene** liegen **im tropischen Myanmar bei etwa 25 °C** (M 1, M 2).

Entwicklungen in Myanmar von 2000 bis 2019

Die **wirtschaftlichen** und **sozialen Merkmale** von Myanmar, dessen 52,8 Mio. Einwohner 2019 noch zu mehr als zwei Dritteln auf dem Land lebten, deuten auf ein sehr **schwach entwickeltes Land** hin, das seinen HDI-Rang von 2000 bis 2019 nur um 4 Plätze auf Rang 147 (Index 0,583) verbessern konnte. Dazu beigetragen haben dürften in jedem Fall die **Rückständigkeit im Agrarsektor** (70 % Beschäftigte erwirtschafteten nur 24 % BIP-Anteil) und der **sehr schwach ausgeprägte sekundäre Sektor** mit nur 7 % Beschäftigten. Positiv zu werten ist die Entwicklung im tertiären Sektor mit einem Anstieg der Beschäftigten um 10 Prozentpunkte auf 23 % und demjenigen des BIP-Anteils um 23 Prozentpunkte auf 41 % (M 3). Hierbei könnte der Tourismus eine große Rolle gespielt haben (Unterrichtswissen).

Zwar wuchsen Einkommen und BIP seit 2000 deutlich, doch war der **Anteil der Unterernährten** (15,6 %) und der **Geringstverdiener** (32 %) weiterhin **sehr hoch**. Die Gründe hierfür sind zum einen die geringe Lebenserwartung (66 Jahre) sowie das hohe Bevölkerungswachstum (0,9 % jährlich) und zum anderen die hohe Analphabetenquote (27 %).

Handelsstruktur und -bilanz zeigen die **typischen Merkmale eines Agrarstaates**. Einem hohen Anteil an importierten Konsumgütern, Halbfertigwaren und Investitionsgütern stand 2019 eine recht einseitige Exportstruktur gegenüber: Die Ausfuhr beschränkte sich auf Rohstoffe und Edelsteine sowie Reis und Textilien. Zudem wies der **Handel eine negative Bilanz** von –6,2 Mrd. US-$ auf.

Myanmar ist zu den **Least Developed Countries** zu zählen, wozu die zerklüftete Oberflächenstruktur, die dominierende, aber rückständige Landwirtschaft, der hohe Korruptionsindex (Rang 130) und wechselnde, z. T. undemokratische politische Machtverhältnisse beitrugen (M 1, M 3).

Zwischenfazit

Teilaufgabe 2

Der Operator „Erläutern" verlangt von Ihnen, dass Sie alle vorliegenden Materialien mit Blick auf die räumliche Verbreitung des Reisanbaus (M 1, M 2, M 4, M 5) und dessen Entwicklung (M 6) auswerten. Abschließend sollen Sie darlegen, welchen wirtschaftlichen Stellenwert der Reisanbau in Myanmar für die Gesamtwirtschaft 2018/19 besessen hat (M 3, M 6).

Räumlicher Schwerpunkt des Reisanbaus

Aufgrund der tropischen Temperaturen wäre Reisanbau bis auf die Hochgebirgsregionen fast überall in Myanmar möglich – entscheidend für das Vorhandensein von Reisanbau sind jedoch die **Niederschlagsverhältnisse** und damit das **Wasserangebot** (M 4).

Der **Schwerpunkt des Reisanbaus** befindet sich in Myanmar **im Bereich des Deltas und in den Küstenregionen** mit Jahresniederschlagswerten >4000 mm, wie z. B. nördlich von Sittwe oder in der Region um Mawlamyine. Aufgrund des durchgängigen hohen Wasserbedarfs der Reispflanze finden sich in diesen Gebieten mit hoher Wasserverfügbarkeit die **Schwerpunkte des Nassreisanbaus bis zu einer Landeshöhe von max. 800 m**. Nassreis ist im Hinblick auf das Temperatur- und Wasserangebot deutlich anspruchsvoller als Trockenreis, dafür aber mit bis zu drei Ernten im Jahr und einem Flächenertrag von 2,5–6,0 t/ha auch deutlich ergiebiger.

Trockenreisanbau findet man **im mittleren Teil der nördlichen Landeshälfte**, besonders **in den Flusstälern und Tiefebenen**, aber auch grundsätzlich bis zu Höhen von 2000 m (M 1, M 2, M 4, M 5).

Entwicklung des Reisanbaus seit 1980

Ausgehend von ca. 13 Mio. t Erntemenge im Jahr 1980 und einer Reisanbaufläche von fast 5 Mio. ha hat sich der **Reisanbau bis zum Jahr 2008 positiv entwickelt:** So ist die Anbaufläche auf 8 Mio. ha gewachsen, die Reisproduktion auf das bisherige Jahresmaximum von 32 Mio. t gestiegen. Danach ging die Anbaufläche erst deutlich zurück, pendelte sich dann aber bei ca. 6,5 bis 7 Mio. ha ein. Parallel dazu entwickelte sich die Produktionsmenge, die in den Jahren 2012 bis 2019 bei ca. 26 bis 28 Mio. t lag (M 6). Da der **Flächenertrag** seit 2008 in etwa **gleich geblieben** ist, scheint es keine weiteren Maßnahmen wie stärkere Mechanisierung, intensive Bewässerung oder Züchtung von ertragreicheren bzw. widerstandsfähigeren Reispflanzen gegeben zu haben.

Trotz des Ernterückgangs nach 2008 wurde ab dem Jahr 2010 **Reis exportiert:** 2018 war die Exportmenge mit 2,2 Mio. t annähernd so groß wie 2010 mit 2,4 Mio. t. Der Exportwert ist in diesen acht Jahren aber von rund 450 Mio. auf fast schon 1,2 Mrd. US-$ und somit um 150 % gestiegen (M 6).

Ökonomische Bedeutung des Reisanbaus

Der **größte Teil der Bevölkerung** in Myanmar **lebt direkt und indirekt vom Reisanbau**: 68 % der Bevölkerung wohnen auf dem Land, die Hauptsiedlungsbereiche befinden sich dort, wo Nassreis angebaut wird oder anderweitig landwirtschaftlicher Intensivanbau betrieben werden kann (M 5). „78 % der ländlichen Bevölkerung leben vom Reisanbau“ (M 6), mehr als die Hälfte davon von **Subsistenzwirtschaft in Klein- und Kleinstbetrieben** mit einer durchschnittlichen Betriebsgröße von nur 1,9 ha. Aufgrund der weitgehend einfachen Produktionsmittel und des intensiven Einsatzes menschlicher Arbeitskräfte sind die **Produktionskosten niedrig**. Diejenigen der Nachbarstaaten oder anderer asiatischer Produzenten liegen zwischen 7 und 59 Indexpunkte über denjenigen von Myanmar (M 6).

Fazit

Reis ist das **Hauptnahrungsmittel** in Myanmar, das 70 % des Kalorienbedarfs sichert. Insgesamt sind 7,1 Mio. Menschen einschließlich der nachgelagerten Branchen wie Transport und Binnenhandel im Reissektor beschäftigt (M 3, M 6, Unterrichtswissen). Seitdem ein Teil der Reisernte exportiert wird, ist der Anteil am Gesamtexportwert bis 2018 mit ca. 1,2 Mrd. US-$ auf ca. 5 % gestiegen.

Teilaufgabe 3

Operator und Formulierung der dritten Teilaufgabe „kritisch Stellung nehmen“ geben Ihnen die Strukturierung Ihrer Ausführung vor: Sie müssen die Chancen und Risiken der zu beobachtenden neueren Entwicklungstendenzen im Agrarsektor von Myanmar aufzeigen und gegeneinander abwägen sowie abschließend ein eigenes begründetes Urteil zur Frage der Zukunftsfähigkeit formulieren. Beziehen Sie hierbei neben den Materialien Ihre eigenen Ausführungen zur zweiten Teilaufgabe mit ein (M 3, M 6–M 8).

Bei der Betrachtung der neueren Entwicklungen auf dem Agrarsektor von Myanmar muss berücksichtigt werden, in welchem Verhältnis **ökonomische, ökologische** sowie **soziale Chancen und Risiken** stehen. Auffällig ist, dass Ende des 20. Jahrhunderts, verstärkt zwischen 2006 und 2011, die **Zahl der erteilten landwirtschaftlichen Konzessionen** deutlich zugenommen hat. Hieran beteiligt waren in der Hauptsache mit einem Drittel die VR China, daneben vor allem Singapur und Hongkong. Seit 2012 stagnierte die landwirtschaftliche Nutzfläche (LNF), die sich in Händen von Konzessionären befindet, bei etwa 1,5 Mio. ha. und damit bei etwa 12 % (M 7).

Neuere Entwicklungsansätze

Die Konzessionäre haben zu einer erkennbaren **Diversifizierung** beigetragen und u. a. Palmöl (59 %), Kautschuk (10 %) sowie zu geringeren Teilen neben Reis (3 %) auch Mais, Ölsaaten und Hülsenfrüchte kultiviert. Der Anbau erfolgte hierbei **mit agroindustriellen Methoden**, wodurch auch allgemeine Impulse für Modernisierungs- und Intensivierungsmaßnahmen ermöglicht wurden (Unterrichtswissen, M 7).

Positive Perspektiven

Mithilfe ausländischer Investoren besteht gegebenenfalls die Chance, neue Flächen für die landwirtschaftliche Nutzung zu erschließen, indem z. B. in Bewässerungsanlagen, Mechanisierung und Modernisierung investiert wird. Hierbei könnte auch eine Intensivierung des Düngemitteleinsatzes die Flächenerträge steigern helfen – mit erst 18 kg/ha lag dieser 2019 in Myanmar weit hinter dem entsprechenden Wert von Thailand (162 kg) oder Vietnam (430 kg) zurück (M 6). **Transferiertes Know-how**, u. a. beim Anbau anderer Feldfrüchte, sowie der **Einsatz von Fremdkapital** können zu **Ertragssteigerung, Handelszunahme** sowie zu **steigenden Export- und Devisenerlösen** beitragen, die wiederum die Weiterentwicklung der Gesamtwirtschaft von Myanmar positiv beeinflussen können.

Festzustellen ist, dass sich von 2000 bis 2019 trotz der um fast 20 % gewachsenen Gesamtbevölkerung die Ernährungssituation im Land, die persönliche Einkommenssituation wie auch die Lebenserwartung verbessert haben – genau in dem Zeitraum, in dem in Myanmar verstärkt Landkonzessionsflächen vergeben wurden (M 3, M 7).

Mögliche Risiken

Je stärker der Anteil ausländischer Investoren wird, desto größer ist die Gefahr einer **Abhängigkeit von deren Investitionszielen**. Berücksichtigt man den hohen Anteil der Subsistenzwirtschaft und die Notwendigkeit, Reis als wichtigstes Grundnahrungsmittel anzubauen, so droht unter Umständen eine zunehmende **Flächenkonkurrenz zwischen dem Anbau von Reis und weltmarktorientierten Cash Crops.** Dies könnte dazu führen, dass weite Teile der Bevölkerung nicht ausreichend ernährt werden können, zumal Myanmar mit 0,9 % pro Jahr auch noch 2019 eine relativ hohe Bevölkerungswachstumsrate aufwies (M 3). Sollte deshalb wieder mehr Reis importiert werden müssen, gingen Devisen verloren, die anderweitig dringend benötigt werden (M 6).

Die **regionalen Disparitäten** zwischen landwirtschaftlich intensiv genutzten Regionen und den von der Natur benachteiligten Höhen- und Gebirgsregionen könnten zunehmen. Nicht auszuschließen ist, dass im Zuge weiterer Modernisierungsmaßnahmen noch mehr Landbevölkerung besitz- oder arbeitslos wird und eine **Landflucht** in die größeren Orte und Städte einsetzt. Von 2000 bis 2019 ist der Anteil der selbstständigen Bauern bereits von über 95 % auf nur noch knapp 60 % zurückgegangen, hingegen derjenige von Tagelöhnern von ca. 2 % auf über 35 % und Wanderarbeitern von 0 % auf ca. 5 % gestiegen. Dies stellt aufgrund des sehr niedrigen Anteils an Arbeitsplätzen im sekundären (7 %) und tertiären Sektor (23 %) keine Lösung dar, sondern könnte vielmehr die **sozioökonomischen Probleme der Gesamtbevölkerung** verschärfen (M 3, M 8).

Myanmar, auf Rang 130 des Korruptionsindex, läuft Gefahr, im Zuge der Konzessionsvergabe noch stärker von **Korruption** betroffen zu sein – **innerstaatliche Unruhen** könnten die Folge sein. Und schließlich ist nicht ausgeschlossen, dass durch die Anwendung **agro-industrieller Produktionsmethoden** die **ökologischen Probleme** in den landwirtschaftlich intensiv genutzten Regionen des Landes zunehmen können. Die Anbau- und Konzessionsflächen stagnieren seit 2012 ebenso wie die der Gesamterntemenge, was auf Schwierigkeiten hindeuten könnte (M 6, M 7).

Schlussfazit

Für die gesamtwirtschaftliche Weiterentwicklung Myanmars ist eine selbstbestimmte ausgewogene Entwicklung der Landwirtschaft notwendig. Hierbei müssen die Grundnahrungsbedürfnisse der Bevölkerung berücksichtigt werden, Intensivierungs- und Modernisierungsbemühungen sind aber unverzichtbar. Auch könnte der Aufbau einer grundständigen Industrie zur **Erweiterung der Wertschöpfungskette** ein wichtiger Beitrag sein, ebenso wie eine angepasste touristische Nutzung zur Stärkung des tertiären Sektors.

Grundkurs Geographie (NRW) – Abiturprüfung 2022
Aufgabe 3

Thema
Zukunftsfähige Regionalentwicklung durch industrielle Großprojekte? – Das Beispiel *Gigafactory* im Landkreis Oder-Spree/Brandenburg

Aufgabenstellung Punkte

1. Lokalisieren Sie den Landkreis Oder-Spree sowie den Standort Grünheide und kennzeichnen Sie die räumlichen Strukturen des Landkreises zur Mitte der 2010er-Jahre. 22

2. Erläutern Sie das Projekt *Gigafactory* sowie die damit in Verbindung stehenden voraussichtlichen räumlichen, ökonomischen und sozialstrukturellen Veränderungen in der Region. 30

3. Erörtern Sie, inwiefern das Projekt *Gigafactory* zu einer zukunftsfähigen Regionalentwicklung beiträgt. 28

Zugelassene Hilfsmittel
- der an der Schule in der Qualifikationsphase überwiegend verwendete Atlas, in einer für alle Prüflinge gleichen Auflage
- Wörterbuch zur deutschen Rechtschreibung
- Taschenrechner

Farbkarten zum Download auf der Plattform MyStark!

Materialgrundlage

M 1 Atlaskarten nach Wahl

M 2 Landkreis Oder-Spree – Raumstrukturen *(Farbkarten zum Download!)*

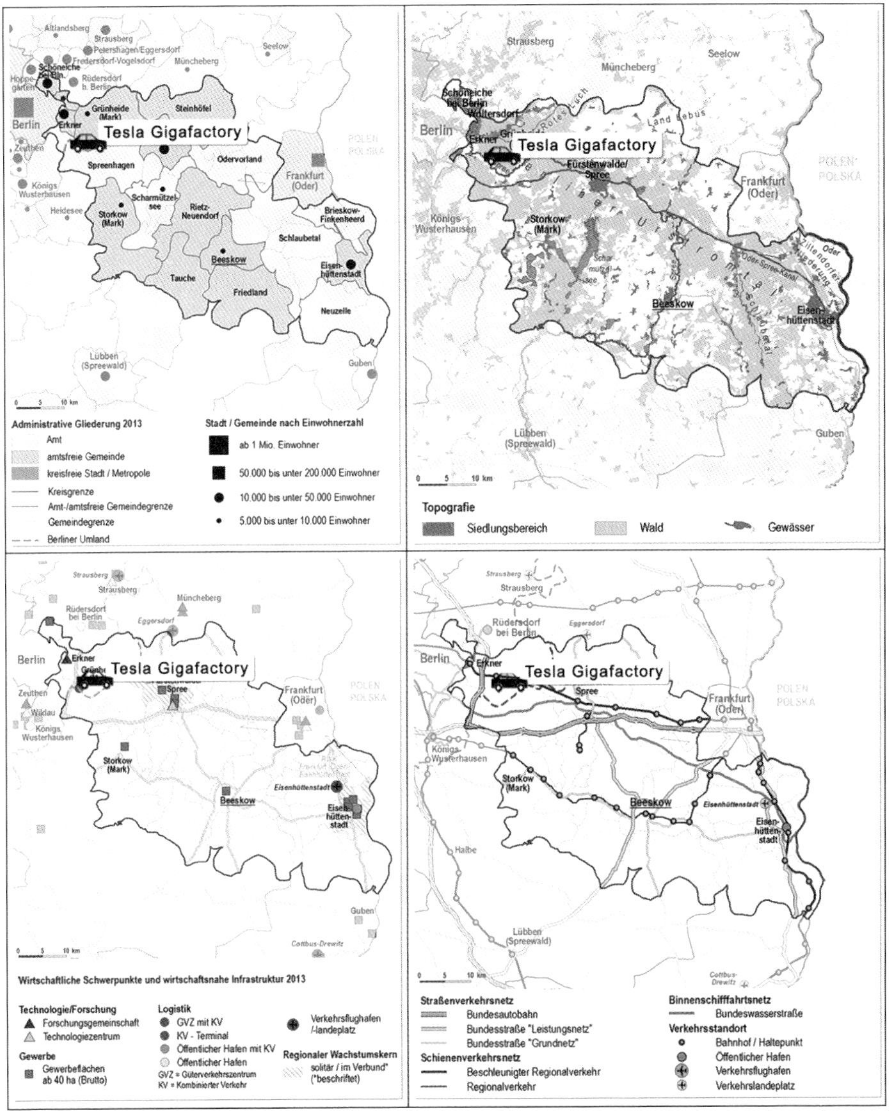

Quelle: https://lbv.brandenburg.de/dateien/stadt_wohnen/Kreisprofil_2015_67_LOS.pdf (Zugriff 21. 06. 2021), eigene Bearbeitung; aktualisiertes Kreisprofil unter https://lbv.brandenburg.de/dateien/stadt_wohnen/_KP19_67_LOS.pdf abrufbar

M 3 Landkreis Oder-Spree – Daten und Fakten

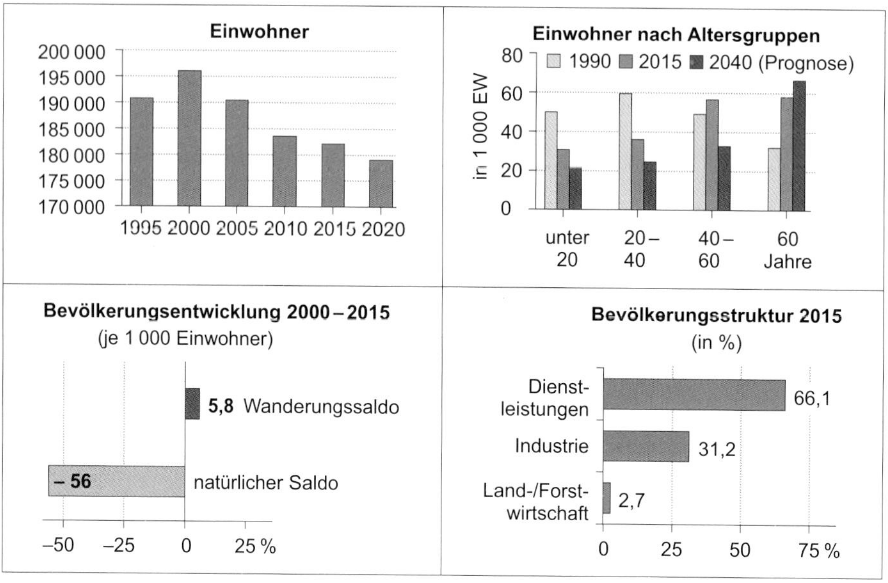

Beschäftigung und Mobilität (2017)

Beschäftigte mit Wohnort im Landkreis Oder-Spree	davon Auspendler
68 484	30 114
Beschäftigte mit Arbeitsort im Landkreis Oder-Spree	**davon Einpendler**
55 254	16 387

Arbeitsmarkt im Landkreis Oder-Spree								
	2005	**2010**	**2014**	**2015**	**2016**	**2017**	**2018**	**2019**
Arbeitssuchende gesamt	26 284	19 712	16 138	14 705	13 704	12 283	11 189	10 533
Arbeitslose gesamt	16 763	9 656	8 092	7 702	7 072	6 455	5 849	5 477
Arbeitslosenquote (%)	16,7	10,8	9,0	8,6	8,0	7,3	6,2	5,8

Anmerkung: Die Gruppe der Arbeitssuchenden umfasst neben den Arbeitslosen auch Personen, die sich noch in einem bestehenden Arbeitsverhältnis befinden, aber bereits wissen, dass dieses innerhalb der nächsten drei Monate endet und sie so arbeitslos werden.

www.statistik-berlin-brandenburg.de/publikationen/Stat_Berichte/2020/SB_A01-07-00_2019m12_BB.xlsx; https://lbv.brandenburg.de/dateien/stadt_wohnen/Kreisprofil_2015_67_LOS.pdf; www.moz.de/ lokales/fuerstenwalde/arbeitsweg-oder-spree-ist-pendlerland-48952010.html (Zugriff jeweils 21. 06. 2021); Daten nach: Landkreis Oder-Spree (2020); Statistisches Jahrbuch 2018, Seite 99 / i.V.m. Agentur für Arbeit (2019); Arbeitsmarktreport, S. 23, www.landkreis-oder-spree.de/media/custom/2689_3644_1. PDF?1593173907

M 4 Großprojekt *Gigafactory*

12. 11. 2019	Tesla-Chef Elon Musk gibt die Standortentscheidung für Grünheide bekannt. Investition (laut Tesla) im mittleren einstelligen Milliardenbereich. Offizieller Kaufpreis für das Gelände: 43 Mio. € (ca. 14 €/m^2; zum Vergleich: Industrieflächen im Großraum Berlin 50 – 150 €/m^2) Offizieller Name der Fabrik: *Gigafactory* Berlin-Brandenburg
Mai 2020	Baubeginn Geplante Fertigstellung und Produktionsbeginn Anfang 2022
Daten des Werks	Produktionsstätte für Elektrofahrzeuge für den europäischen Markt Gesamtfläche (als Industriegebiet ausgewiesen): 3 038 620 m^2 Rodung (1. Baustufe): 1 932 700 m^2 überbaut: 729 000 m^2 befestigte Verkehrsfläche: 301 000 m^2
geplante Beschäftigtenzahl	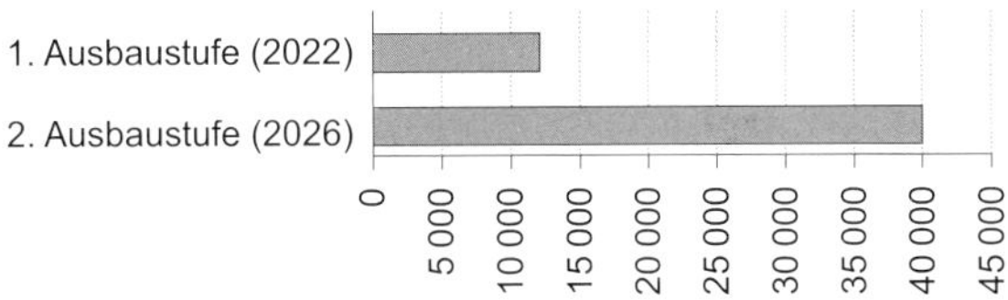
Kapazität	500 000 Elektrofahrzeuge/Jahr (in der 2. Ausbaustufe)
Energiebedarf	Deckung – so weit wie möglich – aus lokal und regional gewonnener erneuerbarer Energie; Photovoltaikanlage auf dem Dach der Fabrikanlage
geplantes Verkehrsaufkommen	täglich 460 Lkw-Fahrten, 2 800 Pkw je Schicht und bis zu sechs Güterzugpaare; Zugverkehr als Rückgrat sowohl für den Gütertransport als auch für die An-/Abfahrt der Beschäftigten; Bau eines Werksbahnhofs für die Güterlogistik geplant
Kontroversen	Ankündigung, einen rund 150 Hektar großen Kiefernforst für die Errichtung zu roden, führte zu wiederkehrenden Protesten in der Region.

siehe auch Abbildung nächste Seite

www.businessinsider.de/wirtschaft/kaufpreis-steht-festtesla-zahlt-43-millionen-euro-fuer-sein-neues-fabrikgelaende-in-brandenburg/; https://de.statista.com./statistik/daten/studie/942668/umfrage/kaufpreis-fuer-industrie-und-logistikgrundstuecke-in-berlin-nach-lage/ (Zugriff jeweils 22. 05. 2021)

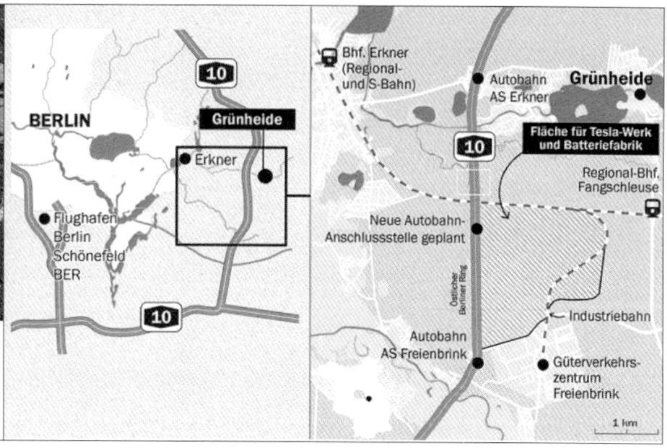

Gigafactory:
Werk des Automobilherstellers Tesla im Aufbau

© Mariohagen / Dreamstime.com; Rita Böttcher / Der Tagesspiegel

M 5 Tesla-Entwicklungsraum – Abgrenzung und Schutzgebiete

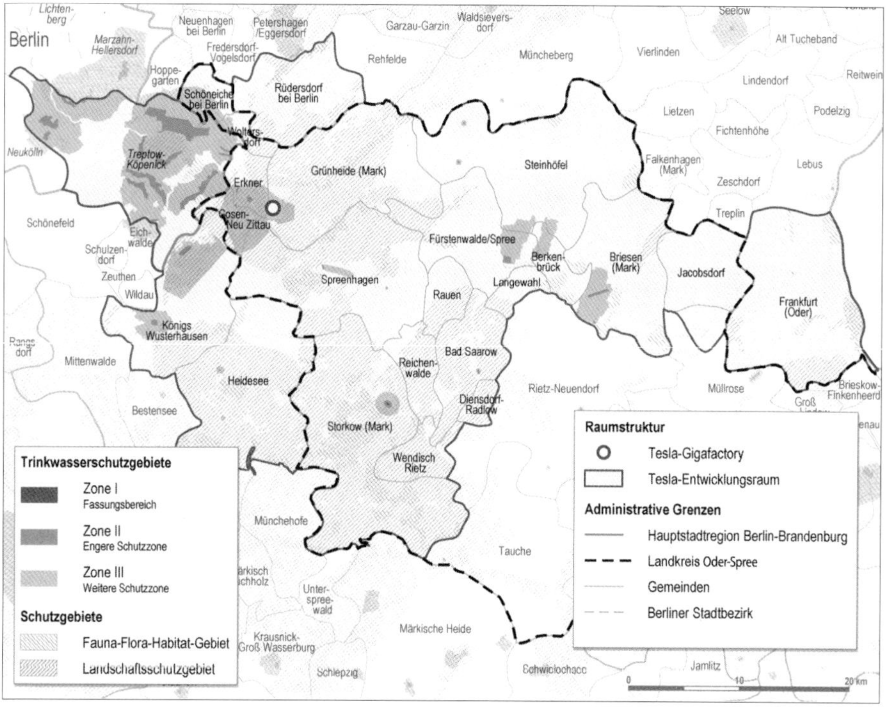

Tesla-Entwicklungsraum: ein von der Landesplanung Berlin-Brandenburg abgegrenzter Raum. Zentrales Abgrenzungskriterium: verkehrliche Lagegunst (Kommunen mit Haltepunkten an der Regionalexpresslinie Berlin – Frankfurt (Oder); Kommunen mit max. 15 min. Pkw-Fahrzeit zur *Gigafactory*)

Gemeinsame Landesplanungsabteilung Berlin-Brandenburg

M 6 Großprojekt *Gigafactory* – Löhne und Qualifikation (Prognose)

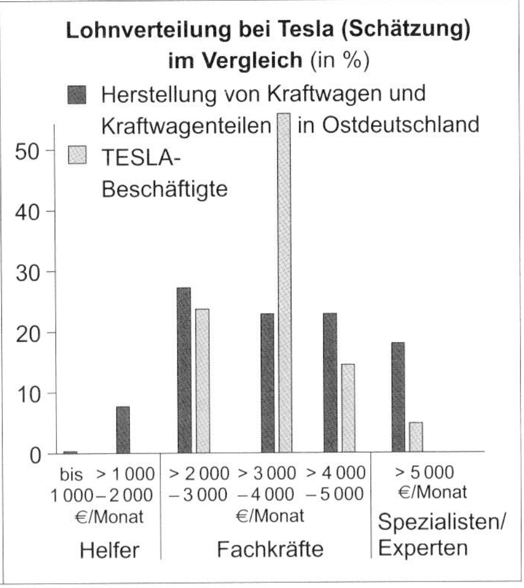

Marktanalyse zum Mehrbedarf an Arbeitskräften und dessen Wohnsitznahme in der Region der geplanten TESLAAnsiedlung in Grünheide (Mark), CIMA Institut für Regionalwirtschaft GmbH Hannover, November 2020, S. 20/29, Quelle: Personalplanung TESLA, Angaben der Landesplanung Berlin/ Brandenburg; Berechnung und Schätzung CIMA IfR (Werte gerundet)

M 7 Arbeitskräftebedarf und Wohnraumnachfrage – Entwicklungsszenarien

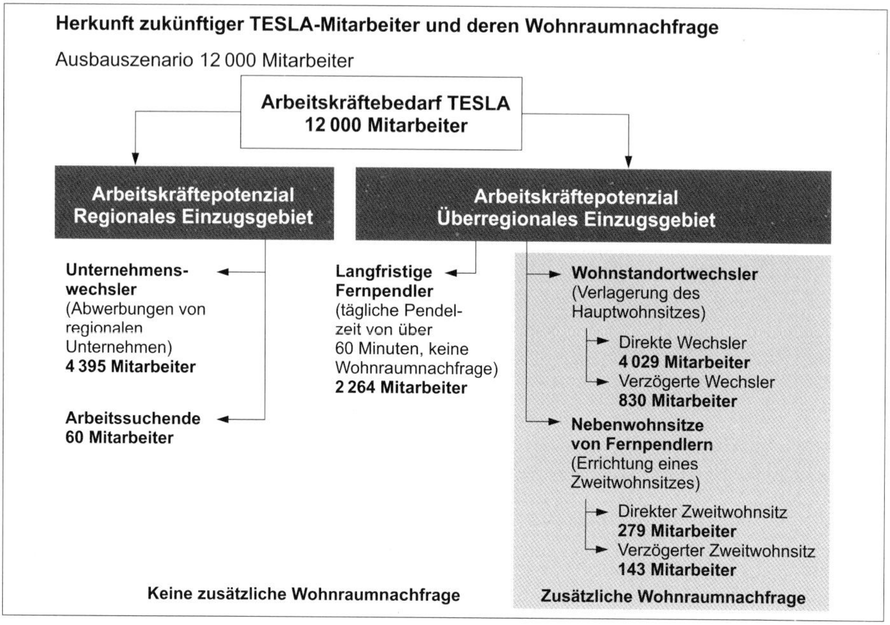

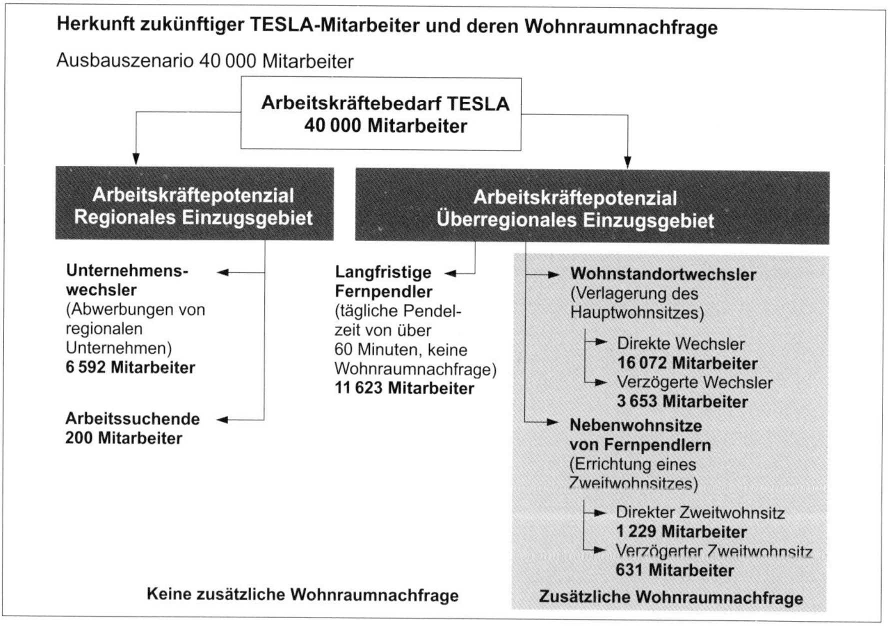

Quelle M 7: Marktanalyse zum Mehrbedarf an Arbeitskräften und dessen Wohnsitznahme in der Region der geplanten TESLAAnsiedlung in Grünheide (Mark), CIMA Institut für Regionalwirtschaft GmbH Hannover, November 2020, Herkunft zukünftiger Tesla-Mitarbeiter und deren Wohnraumnachfrage, CIMA GmbH, S. 24, https://mil.brandenburg.de/sixcms/media.php/9/Landesplanerisches%20Konzept% 20zur% 20Entwicklung%20des%20Gigafactory-Umfeldes.pdf

M 8 Pressemeldungen

06. 03. 2021

7 000 Mitarbeiter möchte Tesla für den Start in Brandenburg einstellen. Im Dezember vergangenen Jahres waren davon erst 2 000 Positionen besetzt [...]. Dass die Suche schwerfällt, könnte wohl auch an der Corona-Krise liegen. „Wechselwillige Manager in der Automobilbranche müssen in der Krise eine Abwägung treffen – zwischen einem sicherheits- und einem chancenorientierten Umfeld“, sagte Christine Seibl, Vergütungsexpertin der Managementberatung Korn Ferry, gegenüber dem „Handelsblatt“.
Doch nicht nur die Krise dürfte für die nach wie vor vielen Stellenangebote verantwortlich sein. Andere deutsche Autobauer versuchen auch mit Gegenmaßnahmen das Abwerben ihrer Mitarbeiter durch Tesla zu verhindern.
So soll eine Rückkehr von VW-Mitarbeitern nicht mehr so einfach sein, wenn sie während einer Freistellung zu Tesla wechseln. Auch sind in Wolfsburg betriebsbedingte Kündigungen bis 2029 nicht vorgesehen. Wie das „Handelsblatt" berichtet, werde diese Maßnahme VW-intern „Lex Tesla“ genannt. Dazu kommt ein großer Einfluss der Gewerkschaft IG Metall. Einen Tarifvertrag mit Tesla gibt es noch nicht.

FOCUS Online, Titel: „Stellen seit einem Jahr ausgeschrieben: Tesla-Gigafactory: Musk findet keine Mitarbeiter - auch VW ist Schuld daran“, Aus: FOCUS Online vom 06. 03. 2021, Link zum Artikel: https://www.focus.de/finanzen/boerse/stellen-ein-jahr-ausgeschrieben-elon-musk-findet-keine-mitarbeiter-schuld-ist-auch-vws-lex-tesla_id_13031381.html

16. 03. 2021

Ab Sommer will Tesla 500 000 Elektroautos pro Jahr in Grünheide produzieren – doch dadurch werde es zu Einschränkungen beim Trinkwasser kommen, warnt der Chef des Wasserverbandes.
Die geplante Fabrik des US-Elektroautobauers wird nach Recherchen des ZDF-Magazins Frontal 21 mit den nächsten Ausbaustufen rund 3,6 Millionen Kubikmeter Wasser im Jahr verbrauchen. Das wären rund 30 Prozent des gesamten Wasservolumens in der Region. Damit sei nicht genügend Wasser da, erklärte der zuständige Verbandsvorsteher des Wasserverbandes Strausberg-Erkner, Andre Bähler. [...]
Laut internen Unterlagen des Landesumweltministeriums gerät Brandenburg bei der Ressource Wasser allerdings schon heute zunehmend an „Kapazitätsgrenzen“. Weiter heißt es in Sitzungsprotokollen vom 9. Juli 2020: Durch die „Ansiedlung von Industrie und Gewerbe (z. B. Tesla)“ verschärfe sich die „Situation im östlichen Berliner Umland zusätzlich.“

Christian Esser und Manka Heise: Wasserverband: Fabrik verschärft Wassermangel, ZDFheute vom 16. 03. 2021, https://www.zdf.de/nachrichten/wirtschaft/tesla-musk-autoindustrie-wasser-100.html

Die Aufgabe bezieht sich auf die folgenden Elemente des Kernlehrplans und die Vorgaben 2022:

- **Inhaltsfeld 4:** Bedeutungswandel von Standortfaktoren
  - *Herausbildung von Wachstumsregionen*
- **Inhaltsfeld 6:** Sozioökonomische Entwicklungsstände von Räumen
  - *Merkmale und Ursachen räumlicher Disparitäten*

Lösungsvorschlag

Teilaufgabe 1

Zuerst müssen Sie mithilfe von Atlas und Materialien (M 1, M 2) die geographische Lage des Landkreises Oder-Spree sowie des Standortes Grünheide bestimmen (Operator „Lokalisieren"). Berücksichtigen Sie dabei die Faktoren, die für die Ansiedlung eines Automobilwerkes eine Rolle spielen, u. a. die Verkehrsanbindung. Der Operator „Kennzeichnen" verlangt in dieser Teilaufgabe anschließend von Ihnen, dass Sie darlegen, welche räumlichen Strukturen der Landkreis Mitte der 2010er-Jahre aufgewiesen hat (M 1–M 3).

Lage

Der Landkreis Oder-Spree befindet sich im **Bundesland Brandenburg, östlich angrenzend an Berlin**. Seine größte NW-SO-Ausdehnung von Schöneiche bei Berlin bis zum Gemeindeverbund Neuzelle beträgt ca. 80 km, seine NO-SW-Breite maximal ca. 40 km. Der Landkreis wird im Bereich des Berliner Urstromtals von NW nach SW durchquert vom Oder-Spree-Kanal. Der **Tesla-Gigafactory-Standort** befindet sich am südöstlichen Rand der Gemeinde Grünheide östlich der in der Nähe verlaufenden A 10 (M 1, M 2, M 4).

Siedlungsstruktur Mitte der 2010er-Jahre

Die drei nordwestlich in dem am dichtesten besiedelten Teil des Landkreises gelegenen Gemeinden gehören noch zum **Berliner Umland**, die administrative Gliederung ist geprägt von einer Mischung aus Gemeinden und Gemeindeverbünden. Insgesamt ist das Gebiet **dünn besiedelt:** Mittelstädte neben Schöneiche sind – jeweils am Oder-Spree-Kanal gelegen – Erkner im NW, Fürstenwalde in der Mitte/am Rand des westlichen Drittels sowie Eisenhüttenstadt an der Staatsgrenze zu Polen. Daneben gibt es noch vier Kleinstädte, der Rest ist landwirtschaftlich, durch geschlossene Wald- und Wassergebiete sowie durch Naturschutzgebiete geprägt (M 1, M 2, M 5).

Verkehrsstruktur Mitte der 2010er-Jahre

Durch den äußeren Berliner Autobahnring **A 10** und die **A 12** von dort nach Eisenhüttenstadt war der Landkreis auf der Straße **überregional gut angebunden**. Die Bahnstrecke **Berlin – Erkner**

– Frankfurt/Oder weist mehrere Bahnhöfe auf. Hinzu kamen die DB-Regionalbahnen über Beeskow nach Königs Wusterhausen sowie die Strecke entlang der Oder von Cottbus nach Frankfurt/Oder im Landkreis Oder-Spree. Mehrere N-S- und W-O-verlaufende Bundesstraßen, der **Oder-Spree-Kanal als Bundeswasserstraße** sowie der Verkehrsflughafen in Eisenhüttenstadt vervollständigten das Verkehrsnetz (M 1, M 2).

Wirtschaftsstruktur 2013

Deutlich erkennbar sind **drei als „regionale Wachstumskerne" ausgewiesene Standorte:** erstens die drei Gemeinden im NW, die zum Berliner Umfeld zählen und dorthin entsprechende Kontakte und Verbindungen aufwiesen, zweitens die Kreisstadt Fürstenwalde und drittens der ehemalige Schwerindustriestandort Eisenhüttenstadt an der Oder an der Ostgrenze zu Polen. An diesen Standorten waren die meisten Gewerbeflächen vorhanden, die größer als 40 ha waren (in Erkner u. a. mit einer Forschungsgemeinschaft, in der Kreisstadt Fürstenwalde mit einem Technologiezentrum sowie in Eisenhüttenstadt mit der ehemaligen Schwerindustrie und dem öffentlichen Hafen mit Angeboten des kombinierten Verkehrs; M 2).

Zwischenfazit

Fasst man diese Indikatoren zusammen, so ergibt sich **Mitte der 2010er-Jahre das Bild einer strukturschwachen Region** in Ostdeutschland zwischen der Hauptstadtregion Berlin im Westen und der weniger als 100 km entfernten Grenze zu Polen in extremer Randlage im Osten von Deutschland.

Teilaufgabe 2

Der Operator „Erläutern" fordert von Ihnen, dass Sie die vorliegenden Materialien mit Blick auf die Zielsetzungen (M 4) sowie vermuteten künftigen Auswirkungen des Projektes Gigafactory in räumlicher, ökonomischer und sozialstruktureller Hinsicht auswerten. Gehen Sie bei Ihrer Darstellung jeweils vom Ist-Zustand im Jahr 2020 aus (M 2, M 5, M 6).

Standortgegebenheiten der Tesla-Gigafactory

Für ein **Automobilwerk** sind aufgrund der Fertigungsbereiche und des Produktionsvolumens sowie der benötigten Materialien und Zulieferteile u. a. eine **große ebene Fläche**, **gute Verkehrsanbindungen** und viele **qualifizierte Arbeitskräfte** erforderlich. Durch die Nähe zum Großraum Berlin und dem Auto- und Eisenbahnnetz sind diese am Standort Grünheide gegeben. Hinzu kommen die wenig besiedelten und zum Teil freien Flächen sowie die leicht zu rodenden Waldflächen. Die **Grundstückskosten** waren zudem im Unterschied zum Großraum Berlin mit 14 €/m^2 **niedrig**. Das benötigte Industriegebiet ist ca. 3 Mio. m^2 groß und kostete 43 Mio. €. In der ersten Baustufe wurden mehr als 1,9 Mio. m^2 gerodet, davon 729 000 m^2 überbaut sowie weiterte 301 000 m^2 Verkehrsflächen geschaffen. Die gesamten Investitionskosten liegen im mittleren einstelligen Milliardenbereich (M 4).

Zielsetzungen des Projektes Tesla-Gigafactory

Mit der erst seit 2020 im Bau befindlichen Gigafactory Berlin-Brandenburg, deren **Produktionsbeginn** bereits zwei Jahre nach der ersten Ausbauphase **für 2022 geplant** war, soll die erste große **Produktionsstätte von Elektrofahrzeugen für den europäischen Markt** einschließlich eines Batteriewerkes entstehen – und zwar in einer Region, die bis dahin kaum sekundärwirtschaftlich geprägt war und **entsprechend wenig vorqualifizierte Arbeitskräfte** aufweist. 500 000 Elektrofahrzeuge sollen nach Beendigung der 2. Ausbaustufe 2026 jährlich für den europäischen Markt gebaut werden. Die benötigte Energie wird zum einen durch eine Photovoltaikanlage auf dem Dach der Fabrikanlage bezogen; zum anderen soll sie im Rahmen der Möglichkeiten aus **lokaler und regionaler regenerativer Energie** stammen. Das Gigaprojekt soll **wichtige** Entwicklungsimpulse auf den weitgehend ländlichen und naturbelassenen Raum ausüben (M 4).

Soziostrukturelle Auswirkungen

Vorher: Der Landkreis ist seit dem Jahr 2000 durch einen deutlichen jährlichen **Bevölkerungsrückgang** gekennzeichnet. Dem negativen natürlichen Saldo von –56 pro 1000 Einwohner bis 2015 standen nur + 5,8 Wanderungsgewinne pro 1 000 Einwohner gegenüber. An diesem **Schrumpfungsprozess** waren überwiegend die jüngeren Altersgruppen beteiligt. So sank der Anteil der Unter-20-Jährigen seit 1990 von ca. 50 000 auf nur noch 30 000. Laut Prognose soll diese Zahl bis 2040 weiter auf nur noch 20 000 sinken. Ähnlich verhält es sich mit den 20- bis 40-Jährigen, deren zahlenmäßiger Anteil von 60 000 über 37 000 bis auf 24 000 zurückgehen soll. Lediglich die Zahl der über 60-Jährigen stieg mit 30 000 auf 60 000 und soll bis auf 70 000 wachsen. Dies würde einen zunehmenden **Verlust an arbeitsfähiger Bevölkerung**, gleichzeitig eine Bevölkerungsabnahme insgesamt und eine **fortschreitende Überalterung** bedeuten (M 3).

Dieser Bevölkerungsrückgang bis Mitte der 2010er-Jahre verwundert nicht, wenn man die Zahl der Arbeitsauspendler und der Arbeitseinpendler 2017 betrachtet: Hier zeigt der Landkreis einen deutlich negativen Saldo, der bei etwa –13 800 lag. Zudem nahm die Zahl der Arbeitssuchenden und Arbeitslosen seit 2005 kontinuierlich ab, was auf den **Wegzug eines Teiles der arbeitsfähigen Bevölkerung** hinweist (M 3).

Nachher: Für die 1. Ausbaustufe sind für 2020 während der Bauphase 1 400 und nach der Fertigstellung ca. 12 000 Arbeitsplätze vorgesehen (davon neben 2 880 Helfern 6 720 Fachkräfte sowie ca. 2 400 Spezialisten und Experten). Dies stellt einen wichtigen Beitrag zum **Arbeitsplatzangebot** im gesamten Landkreis dar. Allerdings dürfte das industrieunerfahrene Arbeitskräftepotenzial zum großen Teil überfordert sein: Zwei Drittel waren 2015 im tertiären Sektor tätig, nur knapp ein Drittel im sekundären Sektor. In der 2. Ausbaustufe bis 2026 steigt der Bedarf um weitere 28 000 **Arbeitskräfte**. Daraus ergibt sich ein Nachfrageproblem in Hinblick sowohl auf ausreichend viele als auch ausreichend qualifizierte Arbeitskräfte (M 3, M 4, M 6).

Dieses Problem wird sich nur durch eine große Zahl von **einpendelnden Arbeitskräften** wie auch durch starken **Zuzug** in den Landkreis lösen lassen. Die Prognosen sagen für das Jahr 2022 eine Zahl der Wohnortwechsler von ca. 4 800 sowie von **Fernpendlern** mit Zweitwohnsitz von ca. 420 voraus. Die Prognose für 2026 fällt entsprechend höher aus: Zu etwa 19 700 Wohnortwechslern sollen dann 1 850 Mitarbeiter mit Zweitwohnsitz im Landkreis Oder-Spree kommen. Daneben werden voraussichtlich mehr als 2 200 (2022) bzw. mehr als 11 000 Fernpendler (2026) täglich eine Fahrtzeit von mehr als 60 Minuten in Kauf nehmen (M 7).

Räumliche Veränderungen

Neben der Schaffung des mehr als 3 Mio. m² großen **Industriegeländes im ehemaligen Wald- und teilweise Naturschutzgebiet** geht mit der Errichtung des Werkes und der 2022 beginnenden Produktion auch ein deutlich erweiterter **Flächenanspruch durch Verkehrseinrichtungen** einher: So ist am östlichen Berliner Ring der A 10 eine neue Anschlussstelle in Höhe der Gigafactory geplant, außerdem ein Industriebahnabzweig von der Regionalstrecke in der Nähe des Regionalbahnhofs Fangschleuse Richtung neues Güterverkehrszentrum (GVZ) Freienbrink, ferner ein Werkbahnhof für die Güterlogistik (M 1, M 4, M 5).

Ökonomische Veränderungen

Durch die Gigafactory werden sich **Beschäftigungssituation und -struktur im Landkreis Oder-Spree** deutlich verändern: Nach Ausbau der 2. Stufe 2026 und dann 40 000 Beschäftigten wird der Anteil der im sekundären Sektor Beschäftigten deutlich gewachsen sein. Die künftig benötigten Fachkräfte, Experten und Spezialisten werden zum Großteil aus anderen Regionen und Landesteilen stammen und sich weitgehend hier niederlassen, was dem **Bausektor einen Entwicklungsschub** geben wird. Im Zusammenhang mit der wachsenden Bevölkerung werden auch Gewerbe, Geschäfte mit Angeboten des täglichen und periodischen Bedarfs sowie Dienstleistungen profitieren, ebenso **Zulieferer wie Reifenproduzenten oder Zwischenhändler** (M 6, M 7, Unterrichtswissen).

Fazit

Durch die Errichtung der Gigafactory Berlin-Brandenburg entsteht ein **Wachstumsimpuls**. Der direkt und indirekt mit dem Werk zusammenhängende Entwicklungsraum macht die gesamte Hälfte des Oder-Spree-Landkreises aus. Dieser kann möglicherweise auch für den Ostrand von Berlin eine gewisse Entlastungsfunktion übernehmen.

Teilaufgabe 3

Der Operator „Erörtern" gibt die Grobstruktur für diese dritte Teilaufgabe vor: Sie sollen positive und negative Auswirkungen gegenüberstellen und auf dieser Grundlage beurteilen, ob durch das Gigaprojekt eine zukunftsfähige Entwicklung im Landkreis Oder-Spree ermöglicht wird. Vergessen Sie nicht, hierbei auch den Blick auf die benachbarten Landkreise und Gemeinden zu richten. Beziehen Sie für Ihre abschließende Bewertung neben den Materialien Ihre eigenen Ausführungen zur zweiten Teilaufgabe mit ein (M 2, M 4–M 8).

Perspektiven der künftigen Regionalentwicklung

Die Ansiedlung eines Projektes von der Größenordnung der Tesla-Gigafactory stellt einen **Eingriff in die bestehenden Raum-, Wirtschafts- und Sozialstrukturen** dar. Bei der Entscheidung der Zulässigkeit und der Beurteilung der Erfolgsaussichten gilt es für Unternehmen wie für die Landesbehörden, Nutzen und Schaden gegeneinander abzuwägen.

Positive Auswirkungen

Für die strukturschwachen Landkreis Oder-Spree stellt die Gigafactory einen enormen Entwicklungsimpuls in ökonomischer und struktureller Hinsicht dar. Das regionale BIP und der **Lebensstandard** werden sich aufgrund der gestiegenen Beschäftigtenzahl und des höheren Lohnniveaus, vor allem bei den Fachkräften, **deutlich erhöhen**. Das **steigende Arbeitsplatzangebot** wird zum einen die Arbeitslosenrate weiter sinken lassen; zum anderen wird jüngere **arbeitsfähige Bevölkerung zuwandern** und das **Altersniveau senken** (M 5, M 7).

Negative Folgen

Durch Industrie-, Wohnungs- und Verkehrsbedarfe sind viele **naturbelassene Flächen verloren gegangen**. Schon während der Bauphase, vor allem aber mit Beginn der Automobilproduktion wird der **Lkw- und Pkw-Verkehr** in der Region, vor allem im Bereich des Gigafactory-Standortes, enorm zunehmen. Hieran beteiligt sein werden Waren- und Personenverkehr, z. T. auch auf der Schiene. Dies wird zu **dauerhaften Umweltbelastungen** unterschiedlicher Art führen (M 2, M 4, M 7).

Die Gemeinden und Regionen, aus denen die Zuwanderer und Pendler stammen, werden einen **Rückgang ihrer Steuereinnahmen** zu verkraften haben. Aufgrund der bereits im Vorfeld der Werkseröffnung stattfindenden (Ab-)Werbemaßnahmen versuchen sich andere Automobilhersteller wie VW in Wolfsburg durch Vertragsregelungen gegen die **Gigafactory-Konkurrenz** und den Verlust von qualifizierten Arbeitskräften zu schützen (M 8).

Coronabedingt ist es im Vorfeld der ersten Ausbaustufe bis 2021 nicht so schnell und umfangreich wie geplant gelungen, Arbeitskräfte zu rekrutieren. Erst 2000 der 7000 gewünschten Arbeitskräfte konnten eingestellt werden. Insofern wird zu beobachten sein, wie und ob die Gigafabrik bis 2026 ihren hohen **Bedarf an unterschiedlich qualifizierten Arbeitskräften** decken kann. Denn dies ist die Voraussetzung dafür, dass das beabsichtigte Produktionsvolumen erreicht werden kann (M 8).

Außerdem haben bereits in der frühen Phase der Werksplanung **ökologische Probleme** wie die Rodung eines 150 ha großen Kiefernforstes für die Industriefläche heftigen Widerstand bei Politikern, Fachleuten des Landesumweltministeriums sowie Umweltschützern und Bewohnern hervorgerufen. Hauptproblem war und ist jedoch das im Landkreis Oder-Spree vorherrschende **Problem des Naturschutzes und der Trinkwasserversorgung** bis in den Bereich der Hauptstadt Berlin. Der gesamte Kreis ist ausgewiesen als Fauna-Flora-Habitat-Gebiet und damit besonders schützenswert. Der gesamte westliche Teil des Landkreises ist zudem Landschaftsschutzgebiet. Der äußerste nordwestliche Bereich und somit auch das durch die Gigafactory überbaute Areal zählt sogar zur engeren Schutzzone des dortigen Trinkwasserschutzgebietes. Nach Aussagen des ZDF-Magazins Frontal 21 werden 3,6 Mio. m^3 und damit 30 % des gesamten Wasservolumens in der Region für die Tesla-Automobilproduktion benötigt. Dies, so das Landesumweltministerium im Jahr 2020, verschärfe die „(Trinkwasser-)Situation im östlichen Berliner Umland zusätzlich“ (M 5, M 8).

Mit der Tesla-Gigafactory entsteht östlich des Berliner Umlandes auf brandenburgischem Boden ein **neuer Industriestandort ungewöhnlichen Ausmaßes**. Dieser ist in der Lage, im bis dahin strukturschwachen, von Wegzug und Überalterung geprägten Landkreis Oder-Spree positive Entwicklungsimpulse auszusenden. Es muss jedoch darauf geachtet werden, dass innerhalb dieses Landkreises kein ebenso **großes Strukturgefälle** entsteht, wie es zurzeit zwischen dem Berliner Umland und dem Landkreis existiert.

Schlussfazit

Der Preis, der hierfür bezahlt werden musste, war hoch: Denn es mussten große Naturflächen aufgegeben werden. Nun muss darauf geachtet werden, dass sich das bereits vorherrschende **Problem der Trinkwasserversorgung**, v. a. im östlichen Berliner Umland, nicht zur Krise ausweitet und damit den ökonomischen Erfolg gefährdet.

Haben Sie daran gedacht, …

- *die Hinweise auf den ersten Seiten dieses Buches zu berücksichtigen?*
- *Ihre Ausführungen mithilfe von Zwischenüberschriften zu gliedern?*
- *die Materialbelege nach Sinnabschnitten in Klammern anzugeben?*
- *auf eine allgemein- und fachsprachlich angemessene Darstellung zu achten?*

Leistungskurs Geographie (NRW) – Abiturprüfung 2022
Aufgabe 1

Thema

Tourismus als Impulsgeber einer zukunftsfähigen räumlichen Entwicklung? – Das Beispiel Myanmar

Aufgabenstellung

Punkte

1. Lokalisieren Sie Myanmar und kennzeichnen Sie die räumliche Struktur sowie den Entwicklungsstand des Landes. 21

2. Erläutern Sie unter Einbezug des touristischen Potenzials Entwicklung und Bedeutung des Tourismus in Myanmar. 30

3. Stellen Sie Kernaussagen des Modells der raum-zeitlichen Entfaltung der Tourismuswirtschaft nach Vorlaufer dar und nehmen Sie vor diesem Hintergrund Stellung zum Tourismus als Impulsgeber einer zukunftsfähigen räumlichen Entwicklung in Myanmar. 29

Zugelassene Hilfsmittel

- der an der Schule in der Qualifikationsphase überwiegend verwendete Atlas, in einer für alle Prüflinge gleichen Auflage
- Wörterbuch zur deutschen Rechtschreibung
- Taschenrechner

Farbkarten zum Download auf der Plattform MyStark!

Materialgrundlage

M 1 Atlaskarten nach Wahl

M 2 Myanmar – landeskundliche Informationen

- Myanmar (ehemals Burma) 1824–1948 unter britischer Kolonialherrschaft
- 4. Januar 1948: Unabhängigkeit und Gründung des Staates Myanmar
- Militärdiktatur bis 2011; ab 2011 Phase der Öffnung und Demokratisierung; 2015 erste freie Wahlen; 2021 erneute Machtübernahme durch das Militär
- Einwohner der 4 größten Städte (2017): Yangon 4 728 524, Mandalay 1 225 546, Naypyitaw 333 506 (Regierungssitz seit 2005), Taunggyi 264 804
- Informationen Yangon:
  - Kulturelles und wirtschaftliches Zentrum des Landes
  - Sitz nationaler und internationaler Unternehmen
  - Internationaler Flughafen, Bahnverbindung
  - 7 Universitäten und nationale Forschungseinrichtungen
- Korruptionsindex*: Myanmar 130 (Vergleich Deutschland 9)

* Rang 1 = Land mit geringster Korruption

https://www.auswaertiges-amt.de/de/aussenpolitik/laender/myanmar-node/politisches-portraet/212134?openAccordionId=item-212112-0-panel (Zugriff 04. 04. 2021)

M 3 Myanmar – Strukturdaten

	2000	2019
Fläche (km^2)	677 000	677 000
Bevölkerung (Mio.)	44,6	52,8
ländlich / städtisch (%)	74 / 26	68 / 32
Lebenserwartung (Jahre)	54	66
HDI (Rang)	0,463 (151)	0,583 (147)
Alphabetisierungsrate (%)	64	73
Bevölkerung unter 2 US-$/Tag (%)	46	32
BIP (Mrd. US-$)	10,3	69,15
BIP pro Kopf (US-$)	228	1 299
BIP nach Sektoren (%)		
primärer Sektor	67	24
sekundärer Sektor	15	36
tertiärer Sektor	18	40
Beschäftigung nach Sektoren (%)		
primärer Sektor	84	70
sekundärer Sektor	3	7
tertiärer Sektor	13	23

Versorgungsinfrastruktur (alle Angaben in %, 2017)	**städtisch**	**ländlich**	**insgesamt**
Zugang zu sauberem Trinkwasser	77,2	45,5	55,6
Zugang zu sanitären Anlagen	31,3	8,3	15,6
Anschluss an Stromversorgung	65,3	17,7	33,1

https://www.worldbank.org/en/country/myanmar/overview (Zugriff 13. 06. 2021); https://www.globalhungerindex.org/de/myanmar.html; https://de.wikipedia.org/wiki/Myanmar#Wirtschaftslage; https://www.cia.gov/the-world-factbook/countries/burma/#economy; https://www.transparency.org/en/countries/myanmar (Zugriff jeweils 04. 04. 2021)

M 4 Myanmar – Bevölkerung und Armutsverteilung

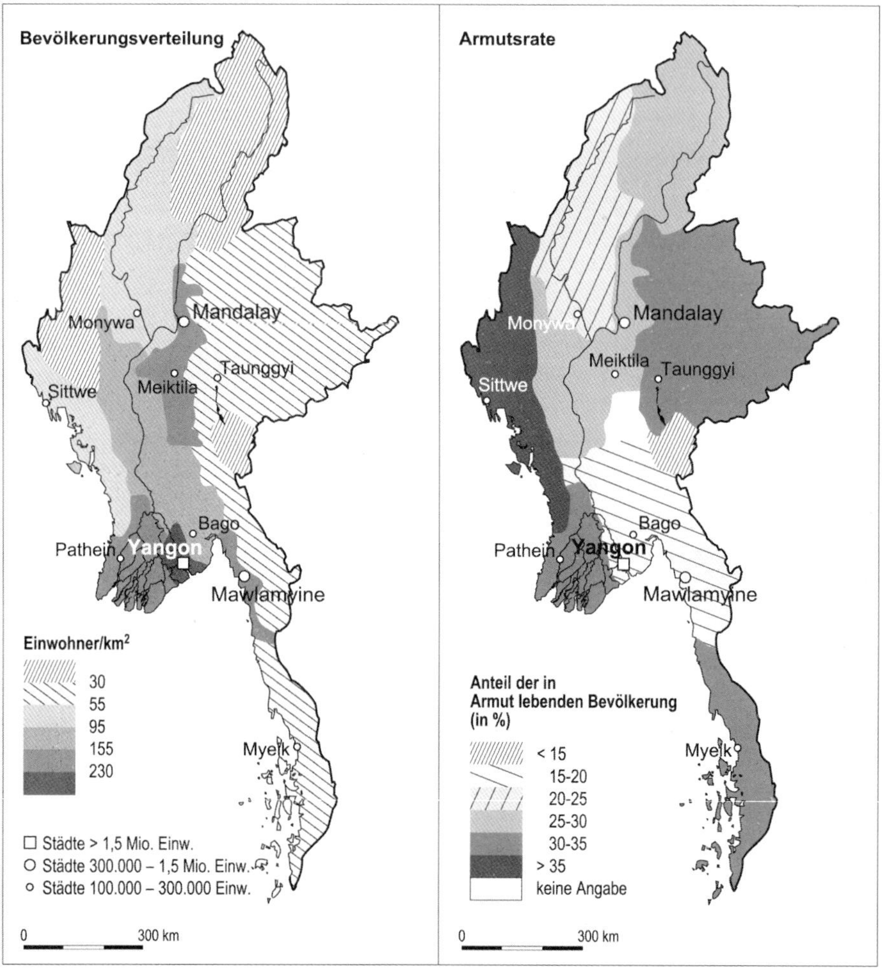

© cartomedia, Karlsruhe

M 5 Myanmar – Klima

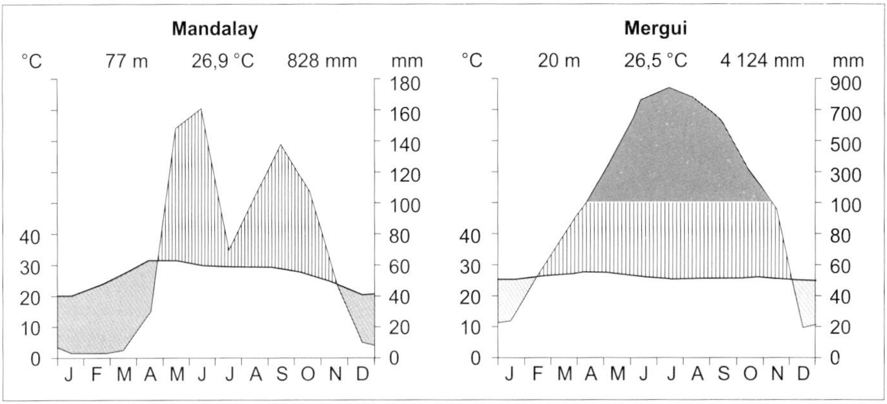

Anmerkung: Mergui = Myeik

Hedwig in Washington erstellt mit Geoklima 2.1/Wikipedia CC BY 2.5

M 6 Myanmar – Tourismuspotenzial und -regionen (Stand 2019)

(Farbkarte zum Download auf MyStark!)

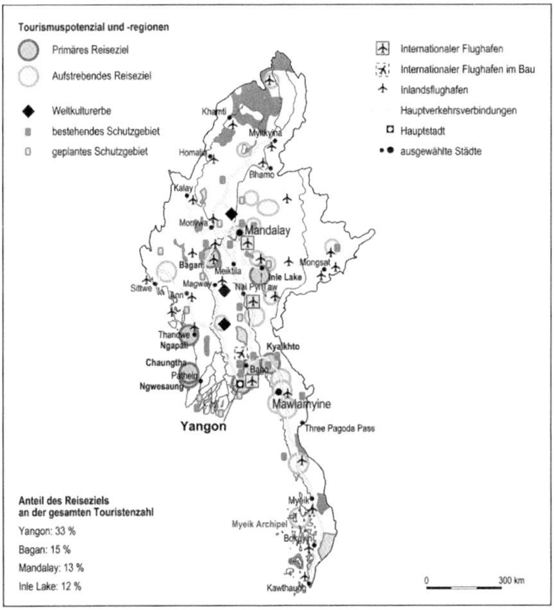

Inle Lake (1) und Myeik Archipel (2) siehe M 9

© cartomedia, Karlsruhe

M 7 Tourismus in Myanmar – ausgewählte Daten

Internationale Touristenankünfte und Tourismuseinnahmen

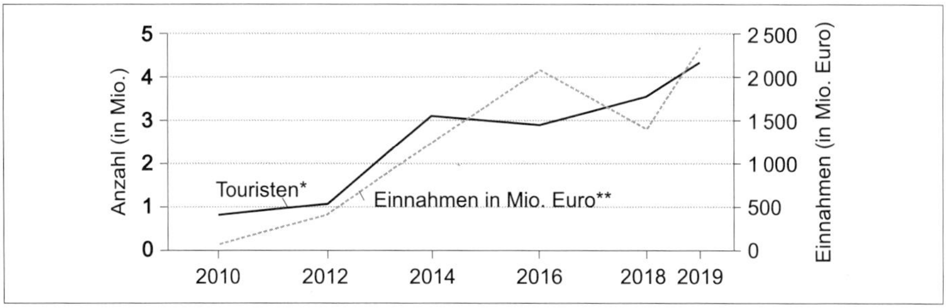

* Hauptherkunftsländer 2019: China (39,5 %), Thailand (14,4 %), Japan (6,6 %), Südkorea (5,9 %)
** Anteil des Tourismus am BNE: 2010: 0,2 %; 2019: 3,3 %

Beschäftigung im Tourismussektor

	direkte Arbeitsplätze	indirekte Arbeitsplätze
2012	293 000	673 000
2017	570 000	1 127 000
2019	804 000 (2,7 %)*	1 660 100 (5,7 %)
2027**	1 296 000	2 387 000

* Anteil an Gesamtarbeitsplätzen
** nach Myanmar Tourism Master Plan 2013–2020

Touristen 2019 (Anteil in %)

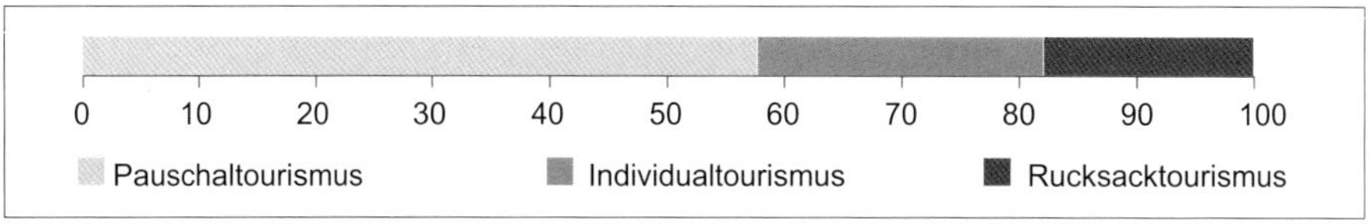

Ausländische Direktinvestitionen in Tourismusprojekte

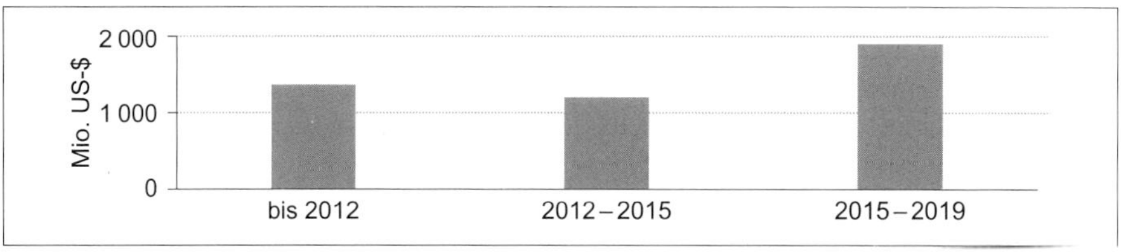

www.dica.gov.mm/en/taxonomy/term/37; www.laenderdaten.info/Asien/Myanmar/tourismus.php; https://theaseanpost.com/article/myanmars-tourism-gets-boost; https://tourism.gov.mm/foreign-investment-in-hotels-and-commercial-complexes/ (Zugriff jeweils 13. 09. 2021)

M 8 Meldung des Auswärtigen Amtes (23. 04. 2021)

Am 1. Februar 2021 wurden landesweit hochrangige Mitglieder der Zivilregierung und der Zivilgesellschaft durch das Militär festgenommen. Das Militär hat die Macht übernommen und den Ausnahmezustand angeordnet. Internet und gelegentlich auch Telefonverbindungen werden substanziell gestört. In Yangon (Rangun), Mandalay und vielen anderen Orten werden weiterhin Demonstrationen und Proteste verübt, denen Sicherheitskräfte mit grausamer Gewalt begegnen. Das öffentliche Leben einschließlich des Banken- und Transportwesens und die medizinische Versorgung sind erheblich beeinträchtigt.

Myanmar: Reise- und Sicherheitshinweise, Stand 02. 06. 2022, https://www.auswaertiges-amt.de/de/ReistUndSicherheit/myanmarsicherheit/212100

M 9 Regionale touristische Entwicklung – Beispiele

(1) Inle Lake Hotel Zone Masterplan

- 2014: Verkauf von Grundstücken (621 ha) und infrastrukturelle Erschließung
- Käufer: nationale und internationale Investoren
- geplant: Bau von 87 Luxushotels und Resorts
- geschätztes Investitionsvolumen: insgesamt ca. 360 Mio. US-$
- Fertigstellung 2020
- geringe Entschädigung der Grundstückseigentümer

(2) Myeik Archipel

Geheimtipp für Naturliebhaber und Tauchfreunde

Einsame feine Sandstrände, transparent-blaues Wasser, eine üppig grüne tropische Vegetation und eine zum Teil noch unerforschte Tierwelt erwarten den Besucher. Die touristisch unberührten Mergui-Inseln ermöglichen erst seit wenigen Jahren einen mehrtägigen Aufenthalt. Die einheimische *Moken*-Bevölkerung hat Resorts aus umweltfreundlichen Materialien unter Einbezug der Natur erbaut und diese sind Vorzeigebeispiel für einen verantwortlichen Ökotourismus.
(Werbetext)

www.myanmar-discover.de/mergui/mergui-infos/infos-zum-tauchen.html; www.mergui.info/; www.amatahotelgroup.com/hotels/amata-inle-resort; www.researchgate.net/figure/Master-Plan-of-the-Inle-Hotel-Zone-an-oversized-project-but-very-profitable-for-the_fig12_317346465 (Zugriff jeweils 22. 06. 2021); Go-Myanmar/Wikipedia, CC BY-SA 3.0

M 10 Modell raum-zeitlicher Entwicklung der Tourismuswirtschaft (Vorlaufer)

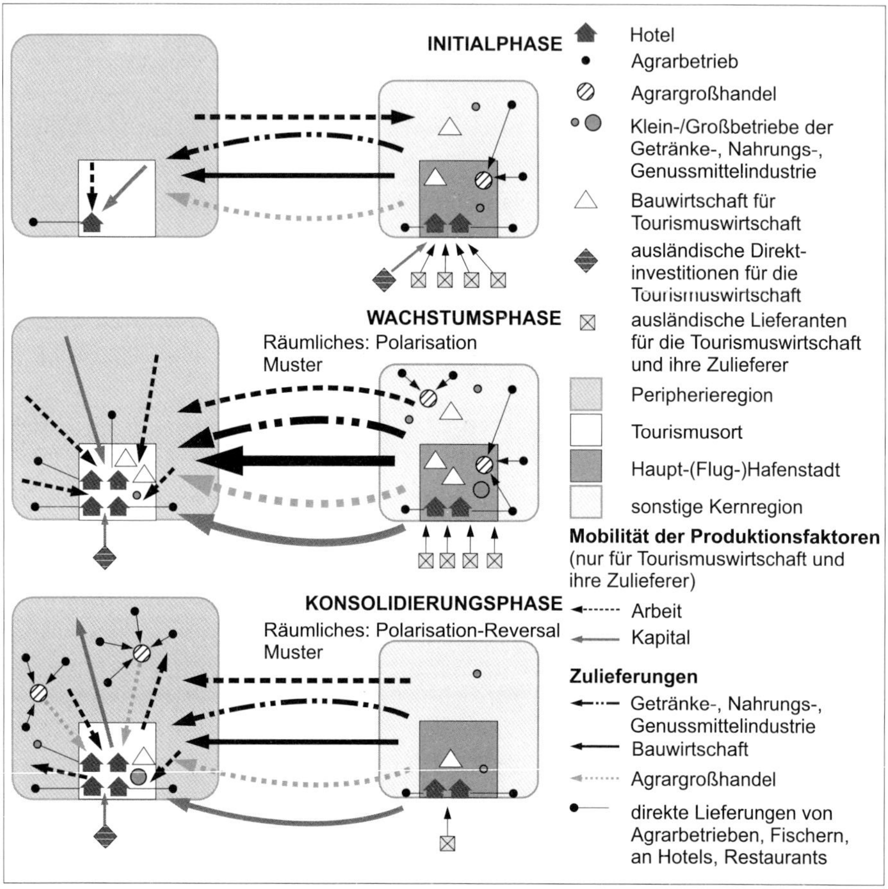

Anmerkung: Polarisation-Reversal: Umkehrung des Polarisationsprozesses

Vorlaufer, K.: Tourismus in Entwicklungsländern. Bedeutung, Auswirkungen, Tendenzen. In: Geographische Rundschau 55 (2003), S. 4–10

Die Aufgabe bezieht sich auf die folgenden Elemente des Kernlehrplans und die Vorgaben 2022:

- **Inhaltsfeld 7:** Dienstleistungen in ihrer Bedeutung für Wirtschafts- und Beschäftigungsstrukturen
  - Entwicklung von Beschäftigungsstrukturen im Prozess der Tertiärisierung
  - Wirtschaftsfaktor Tourismus in seiner Bedeutung für unterschiedliche entwickelte Räume

Lösungsvorschlag

Teilaufgabe 1

In dieser Teilaufgabe sollen Sie zunächst das Land Myanmar aufgabenbezogen verorten; d. h., dass Sie neben allgemeinen Angaben zur Lage auch auf Aspekte wie klimatische Einordnung, Lage zum Meer oder Erreichbarkeit achten müssen. Der zweite Teil der Aufgabe erfordert, dass Sie das Land anhand verschiedener Entwicklungsmerkmale kennzeichnen. Zu berücksichtigen sind hier u. a. demografische sowie wirtschaftliche und soziale Aspekte (M 3, M 5, M 6). Eine Besonderheit in Myanmar ist, dass von der Militärregierung vorkoloniale Ortsbezeichnungen wiedereingeführt wurden, sodass für dieselben Regionen, Städte oder auch Flüsse unterschiedliche Ortsnamen nebeneinander zu finden sind (z. B. Landesname „Myanmar“, „Burma“, „Birma“). Es kann also sein, dass Ortsnamen, die Sie in Ihrem Atlas finden, nicht mit den Ortsnamen im Materialteil übereinstimmen.

Das Land Myanmar liegt in Südostasien und grenzt an die Länder Bangladesch und Indien im Westen, China im Norden, Laos und Thailand im Osten. Der südlichste Teil Myanmars befindet sich auf der Malaiischen Halbinsel. Es ist ein Küstenstaat am Indischen Ozean, wobei der nördliche Teil der Küste an den Golf von Bengalen, der südliche Teil ans Andamanische Meer grenzt. Die größte Stadt Yangon (Rangun) liegt im Süden des Landes. Dort gibt es auch einen internationalen Flughafen. Weitere internationale Flughäfen befinden sich im weiter nördlich gelegenen Regierungssitz Naypyitaw sowie in der Millionenstadt Mandalay. Verteilt über das ganze Land gibt es außerdem Inlandsflughäfen sowie ein Netz von Verkehrswegen, das alle großen Städte verbindet. Zwei Eisenbahnlinien führen von Yangon aus in den Norden. Das Land erstreckt sich zwischen 10 ° und 28 ° nördlicher Breite und liegt somit größtenteils in den Tropen (M 1, M 6). Lokalisierung

Myanmar lässt sich in **drei charakteristische Landschaftsformen** einteilen. Entlang der Staatsgrenzen sowie am Golf von Bengalen verlaufen **Gebirgszüge** mit Landhöhen von teilweise über 3000 m. Diese sind überwiegend mit tropischem Regenwald bewachsen und demnach niederschlagsreich. Das Zentrum des Landes ist landschaftlich durch die **Flussebene** des Irawadi geprägt, der an der Grenze zu China entspringt und in einem Flussdelta nahe Yangon in den Indischen Ozean mündet. Das Klima wird in der Flussebene durch eine mehrmonatige Aridität von November bis April und einer Regenzeit mit eher geringen Niederschlagsmengen in den übrigen Monaten bestimmt (vgl. Klimadiagramm Mandalay). Entlang der **Küsten**, aber insbesondere am schmalen Küstensaum im Süden sind vorgelagerte Inselgruppen mit Korallenriffen sowie ein wechselfeuchtes tropisches Klima kennzeichnend (M 1, M 5, M 6).

Physisch-geografische Gliederung

Zwischen der naturräumlichen Ausstattung und verschiedenen Entwicklungsindikatoren kann ein Zusammenhang hergestellt werden: Rund zwei Drittel der Bevölkerung lebt im ländlichen Raum, folglich nimmt der **primäre Sektor** mit 70 % auch den größten Teil der Beschäftigung ein. Jedoch trägt er nur in geringem Maße zur **Wirtschaftsleistung** bei, denn nur 24 % des 69,15 Mrd. US-$ umfassenden **BIP** werden hierdurch erwirtschaftet. Im Jahr 2000 lag dieser Anteil noch bei 67 %, allerdings betrug das BIP zu der Zeit nur 10,3 Mrd. US-$. Trotz einer zunehmenden Tertiärisierung – seit 2000 hat sich der Anteil dieses Sektors am BIP mehr als verdoppelt und vereint nun 23 % der Beschäftigten auf sich – liegt das BIP pro Kopf bei einem geringen Wert von 1 299 US-$ (M 3).

Entwicklungs-stand

Folglich ist die **Armutsrate** im ganzen Land recht hoch. 32 % der Bevölkerung leben unter der Armutsgrenze, d. h., sie verfügen täglich über weniger als 2 US-$. Allerdings gibt es regionale Unterschiede: In der Flussebene ist die Armutsrate am niedrigsten, liegt aber dennoch größtenteils bei über 20 %. In den beiden zentralen Provinzen sowie in den **peripheren Regionen** ganz im Norden erreicht sie sogar 25–30 %. In den Gebirgsregionen und im Küstensaum im Süden sind noch mehr Menschen von Armut betroffen, im Westen des Landes sind es mehr als 35 % der Bevölkerung (M 4).

Anhand **demografischer Merkmale** lässt sich die Situation des Landes weiter veranschaulichen. Die **Lebenserwartung** ist mit 66 Jahren niedrig, genauso wie die **Alphabetisierungsrate**, die bei 73 % liegt. Die Tatsache, dass die Bevölkerung von 2000 bis 2019 um mehr als 8 Mio. auf 52,8 Mio. gestiegen ist, trägt zu einer Verschärfung der Versorgungslage bei (M 3).

Auch die **Versorgungsinfrastruktur** ist gering entwickelt. Nur etwas mehr als die Hälfte der gesamten Bevölkerung hat **Zugang zu sauberem Trinkwasser**, etwa ein Drittel ist an die **Stromversorgung** angeschlossen und nur 15,6 % hat **Zugang zu sanitären Anlagen**. Allerdings zeigt sich auch hier, dass der ländliche Raum benachteiligt ist. Denn 45,5 % der Bevölkerung steht hier sauberes Trinkwasser zur Verfügung, 17,7 % werden mit Strom versorgt und nur 8,3 % haben Zugang zu sanitären Anlagen (M 3).

Der **HDI** von 0,583 veranschaulicht, dass Myanmar einen sehr geringen Entwicklungsstand hat und auf Platz 147 stehend zu einem der ärmsten Länder der Welt gehört. Demnach ist ein Großteil der **Grundbedürfnisse** der Bevölkerung nicht erfüllt (M 3).

Teilaufgabe 2

Um die Entwicklung des Tourismus in Myanmar zu erläutern und dessen Bedeutung zu erarbeiten, entnehmen Sie den Materialien 7 und 9 Informationen und verknüpfen diese im Hinblick auf die Aufgabenstellung. Das touristische Potenzial erarbeiten Sie anhand von M 1, M 5, M 6 und M 9.

Touristisches Potenzial

Aufgrund der unterschiedlichen **Naturräume** und **Landschaftsformen** sowie der **klimatischen Bedingungen** weist Myanmar ein hohes **touristisches Potenzial** auf. Das **tropische Klima** garantiert ganzjährig hohe Temperaturen von durchschnittlich 26 bis 27 °C und mehrere Monate mit nur geringen Niederschlägen. Abgesehen davon stellt die besondere Flora und Fauna einen Anziehungspunkt, z. B. für Touristen aus Nordasien oder Europa, dar. Gleiches gilt für die Sandstrände mit „transparent-blauem Wasser", das durch **hohe Lufttemperaturen** ganzjährig erwärmt wird. Insbesondere die vorgelagerten Inseln im Süden bieten mit den Korallenriffen eine zusätzliche Attraktion. Im Inland tragen u. a. die Bergregionen mit **Hochgebirgscharakter** zum touristischen Potenzial bei. Auch kulturell und historisch ist das Land attraktiv. Es weist drei **Weltkulturerbe-Standorte** auf und blickt auf eine fernöstliche Tradition sowie die Geschichte als britische Kolonie zurück. Daher erfüllt Myanmar die Bedürfnisse unterschiedlicher **Tourismusformen** (M 1, M 2, M 5, M 6, M 9).

Touristische Infrastruktur

Myanmar verfügt über ein verzweigtes **Verkehrswegenetz** aus Straßen und Eisenbahnlinien, das v. a. den zentralen Bereich überspannt sowie in den südlichen Küstensaum führt. Zudem ist das Land von ausländischen Touristen mit dem Flugzeug **erreichbar** und auch innerhalb des Landes können Strecken mit dem Flugzeug zurückgelegt werden, da sowohl **internationale** als auch **regionale Flughäfen** vorhanden sind. Die benachbarte Lage zu vielen anderen asiatischen Staaten, insbesondere die lange Grenze zu Thailand, stellen einen Vorteil dar, da weitere touristisch attraktive Länder der Region leicht erreichbar sind (M 1, M 2, M 6).

Entwicklung des Tourismus

Innerhalb eines Zeitraums von weniger als zehn Jahren hat sich der Tourismussektor erheblich ausgeweitet, was an unterschiedlichen Kennziffern deutlich wird. Die **Zahl der Touristenankünfte** lag 2010 bei unter 1 Mio. und ist bis 2014 nach und nach auf 3 Mio. gestiegen. Nach stagnierenden bzw. leicht rückläufigen Zahlen ging es seit 2016 wieder bergauf, sodass über 4 Mio. Touristenankünfte im Jahr 2019 erreicht wurden.

Allein ein Drittel der Touristenzahlen verzeichnet die Region Yangon als eines der **primären Reiseziele**. Darüber hinaus gibt es einige weitere Hauptreiseziele, z. B. an der Küste oder im Norden des Landes im Bereich besonderer Landschaften oder kulturell bedeutender Orte.

Fast über den gesamten nördlichen Teil verteilt sowie entlang des südlich gelegenen Küstensaums befinden sich zudem **aufstrebende Reiseziele**. Insbesondere die Entwicklung des Küstensaumes spiegelt die Aufteilung der Tourismusarten wider, denn 2019 entfielen fast 60 % auf den **Pauschaltourismus**. Den anderen Teil machten **Individual-** und **Rucksacktourismus** aus. Die meisten Besucher kamen 2019 aus den benachbarten Ländern China (39,5 %) und Thailand (14,4 %), weitere 12,5 % aus Japan und Südkorea. Dies bestätigt den Trend zum Pauschaltourismus, für den u. a. Luxushotels und Resorts gebaut werden wie in der Region Inle Lake (M 6, M 7, M 9).

Wirtschaftliche Bedeutung

Das **Wachstum** des Tourismussektors stellt einen **Wirtschaftsfaktor** dar, der sich in verschiedenen Bereichen feststellen lässt. So sind die **Tourismuseinnahmen** parallel zum Anstieg der Touristenzahlen gewachsen. 2010 lagen sie fast bei null, bis 2016 sind sie konstant auf über 2 Mio. Euro gewachsen. Nach einem Rückgang auf ca. 1,5 Mio. Euro im Jahr 2018 wurden die Einnahmen innerhalb eines Jahres auf ca. 2,3 Mio. Euro gesteigert. Dementsprechend ist eine Vervielfachung des Anteils am **BNE** festzustellen. 2010 lag dieser lediglich bei 0,2 %, 2019 bei 3,3 % (M 3, M 7).

Mit der Entwicklung des Tourismus geht auch ein Effekt für die Beschäftigung einher, da **direkte** und **indirekte** Arbeitsplätze in allen Teilen des Landes geschaffen werden. Ihre Zahl ist kontinuierlich gestiegen. Bis 2019 sind 804 000 direkte und 1,66 Mio. indirekte Arbeitsplätze entstanden, was jeweils fast eine Verdreifachung im Vergleich zu 2012 bedeutet. Nach dem Tourism Master Plan ist ein weiterer Ausbau des Tourismus und damit die Zunahme von Arbeitsplätzen in diesem Bereich bis 2027 geplant.

Nicht zuletzt werden durch den Ausbau des Tourismus **ausländische Direktinvestitionen** ins Land gezogen. Ihr Umfang ist in nur wenigen Jahren erheblich gestiegen. Insbesondere im Zeitraum von 2015–2019 flossen fast 2 Mrd. US-$ in Tourismusprojekte in Myanmar. Zum Vergleich: Von 2012 bis 2015 waren es nur in etwa halb so viel. Damit ist die **wirtschaftliche Bedeutung** gegeben. Der Tourismus nimmt dennoch im gesamtwirtschaftlichen Kontext noch einen eher geringen Stellenwert ein, spiegelt aber die **Tertiärisierung** der Wirtschaft wider (M 3, M 7, M 9).

Teilaufgabe 3

Für diese Teilaufgabe sollen Sie zunächst das Modell raum-zeitlicher Entwicklung der Tourismuswirtschaft nach Vorlaufer in seinen Grundzügen darstellen. Dazu benötigen Sie Material 10. Darauf aufbauend sollen Sie das Modell auf Myanmar anwenden und unter Abwägung positiver und negativer Punkte kritisch Stellung zur touristischen Entwicklung nehmen. Abschließend bewerten Sie, inwiefern der Tourismus in Myanmar zu einer zukunftsfähigen räumlichen Entwicklung in diesem Land beiträgt (M 2–M 4, M 6–M 9).

Das Modell der raum-zeitlichen Entwicklung der Tourismuswirtschaft

Das Modell geht davon aus, dass durch die Entwicklung des Tourismus in einem Land Impulse für die räumliche Entwicklung peripherer Regionen gegeben werden. In der **Initialphase** findet die touristische Entwicklung vor allem in der **Kernregion**, meist der Hauptstadtregion, statt, da diese über eine **grundlegende Infrastruktur** verfügt, die auch für den Tourismus wichtig ist (z. B. Flughafen, aber auch Betriebe zur Versorgung mit Nahrungsmitteln oder Bauwirtschaft).

Die **peripheren Regionen** gewinnen in der **Wachstumsphase** an Bedeutung. **Investitionen**, z. T. aus dem Ausland, tragen zum

Bau von Hotels und anderen touristischen Einrichtungen bei. Umliegende Agrarbetriebe übernehmen vermehrt die Versorgung mit Nahrungsmitteln und es siedeln sich Baubetriebe an. Dennoch ist die Abhängigkeit von der Hauptstadtregion immer noch sehr groß und die **Polarisation** zwischen Kernregion und Peripherie wird durch den Bedeutungsüberschuss der Hauptstadt deutlich.

In der **Konsolidierungsphase** findet schließlich eine **Polarisationsumkehr** statt. Das bedeutet, dass die peripheren Regionen durch die Entwicklung der touristischen Infrastruktur so weit zu **touristischen Zentren** ausgebaut worden sind, sodass sich die Abhängigkeit von Lieferungen aus der Kernregion deutlich reduziert und auch die Bedeutung der Kernregion als **Tourismusdestination** abnimmt. Wichtig ist auch die **Umkehr der Wanderungsströme** aufgrund von Arbeitsplätzen. Während in der ersten Phase eine **Land-Stadt-Wanderung** stattfindet, die durch den **Push-Faktor** Arbeit ausgelöst wird, kehrt sich diese Wanderungsbewegung bereits in der zweiten Phase um, da die sich entwickelnde Tourismuswirtschaft in der Peripherie nun Arbeitskräfte anzieht (M 10).

Stand der touristischen Entwicklung in Myanmar

Myanmar befindet sich in Bezug auf seine touristische Entwicklung zwischen der **Initial-** und der **Wachstumsphase**. Es wird deutlich, dass eine **Diversifizierung** des touristischen Angebots stattfindet. Zusätzlich zu den wenigen bisherigen primären Reisezielen werden, verteilt übers Land und vor allem in peripheren Regionen, weitere Destinationen entwickelt. Beispiele hierfür sind das Inle Lake Hotel im Norden sowie das Myeik Archipel im Süden, das als „Geheimtipp für Naturliebhaber und Tauchfreunde gilt“. Vor allem beim ersten Projekt wird auch die Bedeutung **ausländischer Investitionen** sichtbar. Das Investitionsvolumen liegt bei 360 Mio. US-$. Generell spiegelt das Volumen ausländischer Investitionen in den letzten Jahren das Wachstum des Tourismus wider (M 6, M 7, M 9, M 10).

Positive Aspekte

In Bezug auf den **niedrigen Entwicklungsstand** des Landes ist die Entwicklung des Tourismus in den peripheren Regionen unter Ausnutzung des **touristischen Potenzials** zunächst positiv zu bewerten. Mit der Entwicklung des Tourismus geht eine Verbesserung der **Versorgungsinfrastruktur** einher. Ein Anstieg des Bevölkerungsanteils, der in Zukunft Zugang hat zu sauberem Trinkwasser, sanitären Einrichtungen und Elektrizität sowie einer konstanten Versorgung mit Nahrungsmitteln, erscheint zumindest möglich.

Nicht zu unterschätzen sind auch die Effekte auf die Beschäftigung. Insbesondere die **Trickle-down-Effekte**, die sich schon jetzt in der hohen Zahl von indirekten Arbeitsplätzen zeigen, sind ein Beleg für den Erfolg der touristischen Entwicklung und ein wichtiger Beitrag, um die hohe **Armutsrate** im ganzen Land, insbesondere in den peripheren Regionen, zu reduzieren.

Nicht zuletzt kann die **steigende Wirtschaftskraft** peripherer Regionen, wie im Modell angedacht, die **Land-Stadt-Wanderung** verringern. Da die **Verstädterungsrate** im Vergleich zu anderen Entwicklungsländern noch eher gering ist, kann so auch einem unkontrollierten Städtewachstum vorgebeugt werden (M 3, M 4, M 6, M 7, M 10).

Ein weiterer Beleg für die Zukunftsfähigkeit des Tourismus in Myanmar zeigt sich in den **wachsenden Touristenzahlen** und **Einnahmen** sowie den **Hauptquellgebieten** der Touristen. Inzwischen dominiert der **Pauschaltourismus.** Daher ist die Strategie sinnvoll, die touristischen Angebote zu **diversifizieren** und Angebote in peripheren Regionen zu schaffen. So werden Touristen mit unterschiedlichen Interessen angezogen: sowohl diejenigen aus den Nachbarländern oder anderen asiatischen Ländern, die z. B. für einen kurzen **Erholungsurlaub** ins Land reisen können, als auch **Ferntouristen**, die vor allem das **Exotische** und Besondere des Naturraums erleben möchten. Grundsätzlich spricht für die Entwicklung der Tourismuswirtschaft in Myanmar, dass der Tourismus weltweit durch größere Mobilität und gestiegenen Wohlstand, z. B. in Ländern wie China und Indien, eine der größten **Wachstumsbranchen** ist (M 7, M 9).

Negative Aspekte

Auf der anderen Seite birgt die Entwicklung der Tourismuswirtschaft in Myanmar aber auch einige **Risiken**, die vor allem in der politischen Situation begründet sind. Erst 2011 wurde die bis dahin herrschende **Militärdiktatur** durch ein demokratisches System abgelöst und so eine politische und **wirtschaftliche Öffnung** ermöglicht. Allerdings war dieses System nicht stabil und nur zehn Jahre später übernahm das Militär wieder die Macht. Dies führte zu einem politischen Ausnahmezustand mit Beeinträchtigungen des öffentlichen Lebens und der Versorgungslage sowie politischen Unruhen. Darüber hinaus hat das Land einen hohen **Korruptionsindex**, es liegt im weltweiten Vergleich auf Rang 130. Durch beide Faktoren könnte das Vertrauen von Touristinnen und Touristen, in eine sichere Destination zu reisen, zerstört werden, was einen Rückgang der Touristenzahlen und in der Folge weitere Einbußen nach sich ziehen könnte (M 2, M 8).

Ebenfalls problematisch ist, dass diese Branche in den peripheren Regionen die einzige Einnahmequelle darstellt, da die Landwirtschaft nicht sehr produktiv ist. Folglich ist die **Abhängigkeit** vom Tourismus sehr groß. Mögliche **Krisen**, u. a. ausgelöst durch die politische Situation, Ereignisse wie die Coronapandemie oder ein sich änderndes Reiseverhalten durch ein wachsendes Klimabewusstsein wirken sich auf die Beschäftigung und den Wohlstand der Bevölkerung direkt aus (M 3, M 6, M 9).

Nicht zuletzt muss beachtet werden, dass die touristische Entwicklung in teilweise **fragilen Ökosystemen** stattfindet, z. B. auf den bisher unberührten Mergui-Inseln im Süden. Eine Vernachlässigung ökologischer Aspekte zugunsten des Ausbaus des Pauschaltourismus mit Merkmalen des **Massentourismus** würden das **touristische Potenzial** zerstören.

Fazit

Trotz der Aspekte, die die **Zukunftsfähigkeit** des Tourismus in Myanmar einschränken, sollte die Entwicklung dieser Branche weiterverfolgt werden, da sie einen **positiven Wirtschaftsfaktor** darstellt und zur Reduzierung von **Disparitäten** und **Armut** beiträgt. Allerdings darf hierbei nicht allein der **ökonomische Profit** im Vordergrund stehen, sondern es muss eine Balance gefunden werden zwischen den Bedürfnissen der Touristen einerseits und der **Erhaltung von Ökosystemen** andererseits. Ein **stabiles politisches System** ist unabdingbar, um diese Balance zu erreichen und den Tourismus in Myanmar zukunftsfähig zu gestalten.

Haben Sie daran gedacht, …

- *die Hinweise auf den ersten Seiten dieses Buches zu berücksichtigen?*
- *Ihre Ausführungen mithilfe von Zwischenüberschriften zu gliedern?*
- *die Materialbelege nach Sinnabschnitten in Klammern anzugeben?*
- *auf eine allgemein- und fachsprachlich angemessene Darstellung zu achten?*

Leistungskurs Geographie (NRW) – Abiturprüfung 2022
Aufgabe 2

Thema

Veränderungen im globalen Güterverkehr als Auslöser raumwirksamer Prozesse – Das Beispiel der Seehäfen in der Jade-Weser-Mündung

Aufgabenstellung

Aufgabe	Punkte
1. Lokalisieren Sie die beiden Hafenstandorte Bremerhaven und Wilhelmshaven und kennzeichnen Sie die demografische sowie sozioökonomische Entwicklung der Städte.	20
2. Erläutern Sie die verkehrsinfrastrukturelle Anbindung, die Entwicklung und Bedeutung der beiden Häfen sowie die Maßnahmen der jeweiligen Ausbaupläne.	30
3. Stellen Sie zentrale Aussagen des Modells intermodaler Transportketten dar und nehmen Sie vor diesem Hintergrund kritisch Stellung zur bisherigen Entwicklung und den Ausbauplänen.	30

Zugelassene Hilfsmittel

- der an der Schule in der Qualifikationsphase überwiegend verwendete Atlas, in einer für alle Prüflinge gleichen Auflage
- Wörterbuch zur deutschen Rechtschreibung
- Taschenrechner

Materialgrundlage

M 1 Atlaskarten nach Wahl

M 2 Jade-Weser-Mündung

(Farbkarte zum Download auf MyStark!)

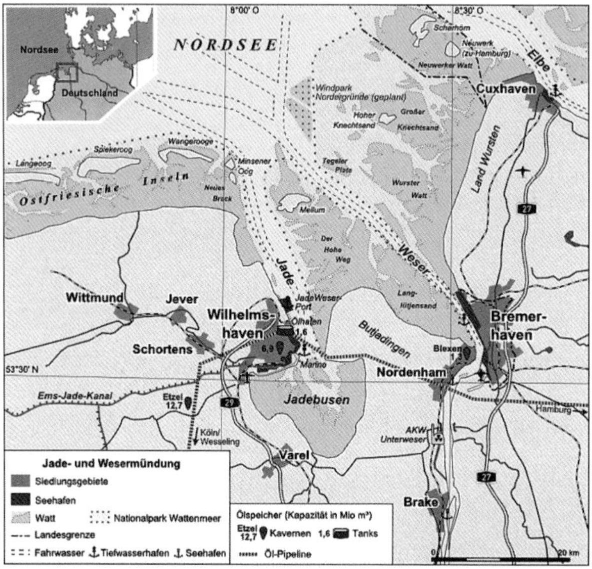

Anmerkung:
Kavernen sind große unterirdische Hohlräume, die zur Speicherung von Erdgas und Erdöl genutzt werden.

wurde mit Inkscape erstellt, Alexrk/Wikipedia, CC BY-SA 3.0, vmap0-Openstreetmap Project

M 3 Bremerhaven und Wilhelmshaven – sozioökonomische Daten

Einwohner

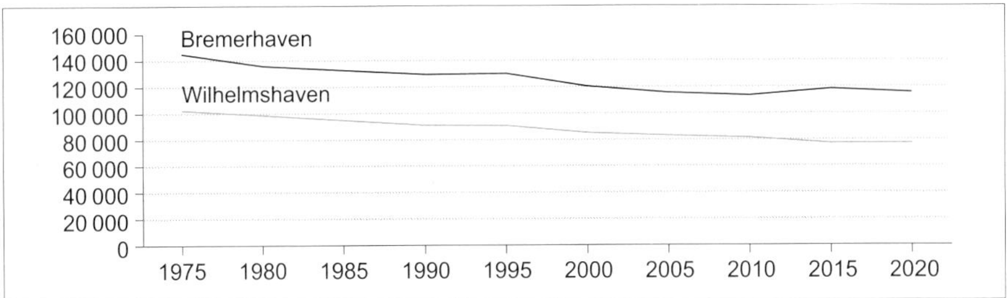

Arbeitslosenquote

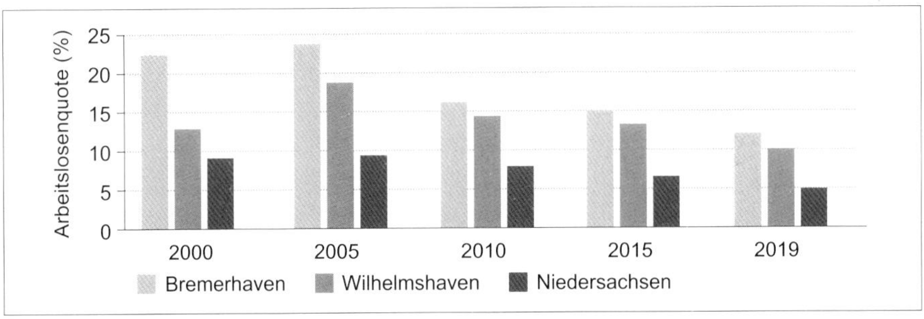

Sozialversicherungspflichtig Beschäftigte

Jahr	Bremerhaven	Wilhelmshaven	Niedersachsen
2000	43 952	27 412	2 436 007
2010	46 993	27 976	2 356 527
2019	52 883	31 379	3 042 547

Anmerkung:
Anteil der maritimen Hafenwirtschaft 2019 (direkt und indirekt) an der Gesamtbeschäftigung: Bremerhaven 21,9 %, Wilhelmshaven 19,1 % und Hamburg 10,8 %

www.bremerhaven.de/de/aktuelles/die-amerikaner-in-bremerhaven-teil-1-der-ursprung-the-beginning.21303.html; www.arbeitnehmerkammer.de/politik/wirtschaft-infrastruktur/strukturwandel-bremerhaven.html; www.wilhelmshaven.de/Wirtschaft/Fakten.php 2044; www.bremerhaven.de/portal/statistik/media/5411-Z.pdf; www.bremerhaven.de/de/verwaltung-politik-sicherheit/zahlen-fakten/bevoelkerung/statistik-bevoelkerungszahlen.23353.html; www.statistik.bremen.de/publikationen /statistisches_jahrbuch-2044 (Zugriff jeweils 20. 05. 2021)

M 4 Güterumschlag der Seehäfen der Jade-Weser-Mündung

Bremerhaven

Jahr	Güterumschlag (in 1 000 t)	Anzahl der Seeschiffe	Hauptumschlaggüter	
			Container (TEU)*	Pkw/Fahrzeuge
2000	30 318	k. A.	2 726 301	1 099 986
2010	55 667	6 943	5 182 991	1 631 443
2019	57 285	5 239	5 180 115	2 166 382

Wilhelmshaven

Jahr	Güterumschlag (in 1 000 t)	Anzahl der Seeschiffe	Hauptumschlaggüter	
			Container (TEU)*	Mineralöl (in 1 000 t)
2000	40 927	1 559	–	29 120
2010	24 728	1 128	–	23 967
2019	28 296	1 036	639 084	24 694

* TEU = Twenty-Foot Equivalent Unit, Einheit für einen Standardcontainer

M 5 Größenentwicklung in der Containerschifffahrt

Baujahr	Länge in m	Breite in m	Tiefgang in m	Kapazität in TEU
ab 1980	bis 295	bis 32,20	bis 13,50	bis 5 000
ab 1997	bis 318	bis 42,00	bis 14,50	bis 6 000
ab 2005	bis 397	bis 56,00	bis 16,50	bis 14 000
ab 2017	> 400	bis 59,00	bis 16,50	bis 20 000

www.handelskammer-bremen.de/blueprint/servlet/resource/blob/1301662/ 46aaaf9b6cf3874b1540dc21d 8bdcd56/logistikstandort-metropolregion-data.pdf (Zugriff 14. 06. 2021)

M 6 Ausbauprojekt Containerhafen Jade-Weser-Port

Tiefster Seehafen Deutschlands * mit gezeitenunabhängiger Wassertiefe von 18,50 m	
Arbeitsplatzprognose 2008	1 100–1 900
Arbeitsplätze 2014	650
Arbeitsplätze 2018	400
Kosten für allgemeine Infrastruktur (Kaianlagen, Ufereinfassungen, Geländeaufspülung, Anschluss an Verkehrsträger etc.)	ca. 600 Mio. Euro (Hauptinvestor: Land Niedersachsen)
Kosten für spezifische Infrastruktur (Containerbrücken etc.)	ca. 350 Mio. Euro
Containerumschlag-Kapazität pro Jahr	2,7 Mio. TEU

* Zum Vergleich:
Bremerhaven 14,10 m; Hamburg 13,80 m (Vertiefung auf 14,50 m 2021 abgeschlossen)

2009 Aufschüttung der späteren Hafenfläche

2012 Zustand bei Inbetriebnahme

Aktueller Ausbauzustand und Ausbaupläne *(siehe nächste Seite)*

- Planungen für Anlandemöglichkeiten für Flüssiggastanker jeder Größe
- VW-Logistikzentrum: Baubeginn 2018, Inbetriebnahme 2019; ca. 500 Beschäftigte

www.ndr.de/nachrichten/niedersachsen/oldenburg_ostfriesland/VW.investiert-in-Grossprojekt-am-JadeWeserPort,jadeweserport1288.html; www.ndr.de/nachrichten/niedersachen/lueneburg_heide_unterelbe/Rennen-um-LNG-Terminal-geht-auf-die-Zielgerade,lng128.html (Zugriff jeweils 22. 03. 2019); © Hero Lang/ddp, picture alliance/ZB/euroluftbild.de/euroluftbild.de/Robert Grahn

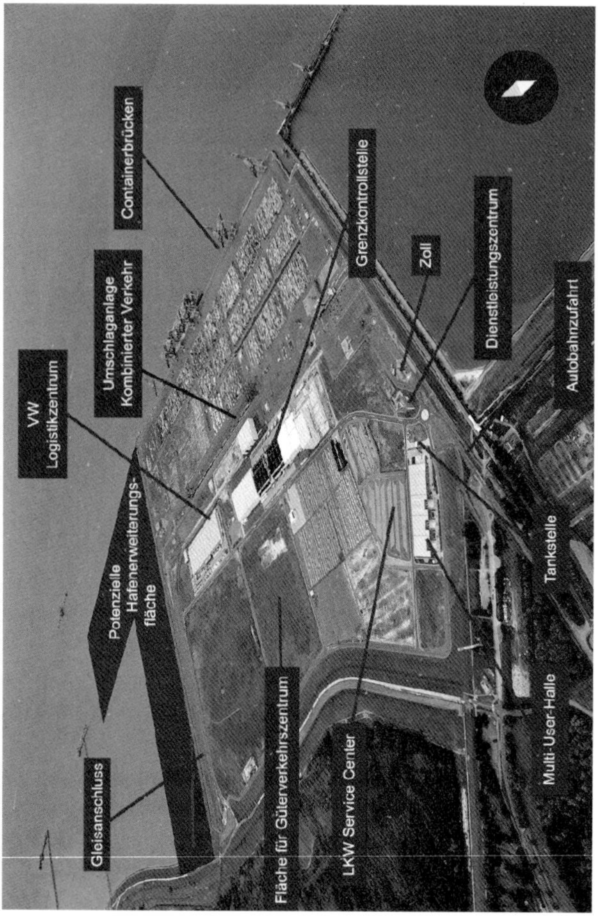

JadeWeserPort (verändert)

M 7 Containerterminal Bremerhaven – Ausbaupläne

Luftbild Containerterminal Bremerhaven 2019 (Blickrichtung Norden)

- zentrale Infrastrukturmaßnahme: Vertiefung der Fahrrinne in der Wesermündung von derzeit 14,10 m auf 14,50 m; Baubeginn 2023, Fertigstellung 2025
- gezeitenunabhängige Wassertiefe nach dem Ausbau: 14,10 m
- Ausbau der Hafenumschlaganlagen im Bereich des Containerumschlags; Steigerung der Umschlagkapazität pro Jahr von derzeit 6 auf 7 Mio. TEU
- Höhe der geplanten Investitionen in allgemeine Infrastruktur (Kaianlagen, Ufereinfassungen, Anschluss der Verkehrsträger etc.): ca. 170 Mio. Euro (Hauptinvestor: Land Bremen)
- durch den Ausbau entstehende neue Arbeitsplätze im Hafenbereich: 350
- Verkehrsanbindung des Überseehafens und der hafennahen Gewerbegebiete an die Autobahn A 27, u. a. durch den sogenannten Hafentunnel; geschätztes Investitionsvolumen: ca. 370 Mio. Euro

picture alliance/ZB/euroluftbild.de/Tobias Barth

M 8 Seehäfen der Nordrange

(Farbkarte zum Download auf MyStark!)

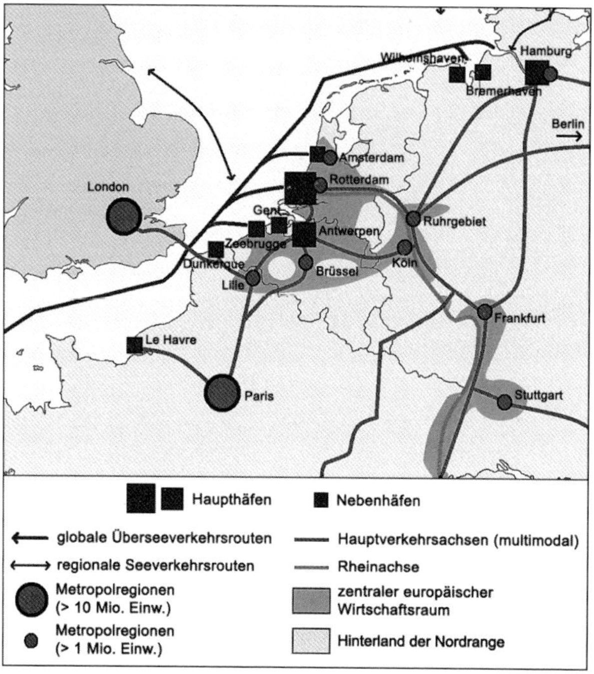

Anmerkung: Nordrange ist eine Bezeichnung für die kontinentaleuropäischen Häfen an der Nordsee.

Lvcvlvs/Wikipedia, CC BY-SA 3.0 (bearbeitet)

Containerumschlag ausgewählter Häfen der Nordrange

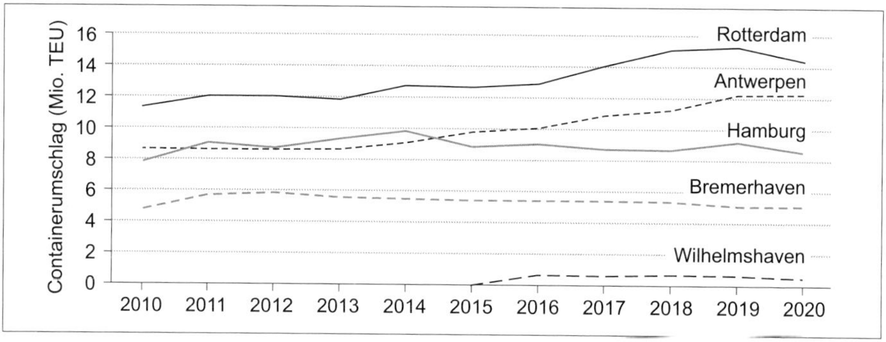

Port Authorities, https://bericht.hhla.de/geschaeftsbericht-2020/lagebericht/konzern-im-ueberblick/markt-und-wettbewerb.html

M 9 Modell intermodaler Transportketten

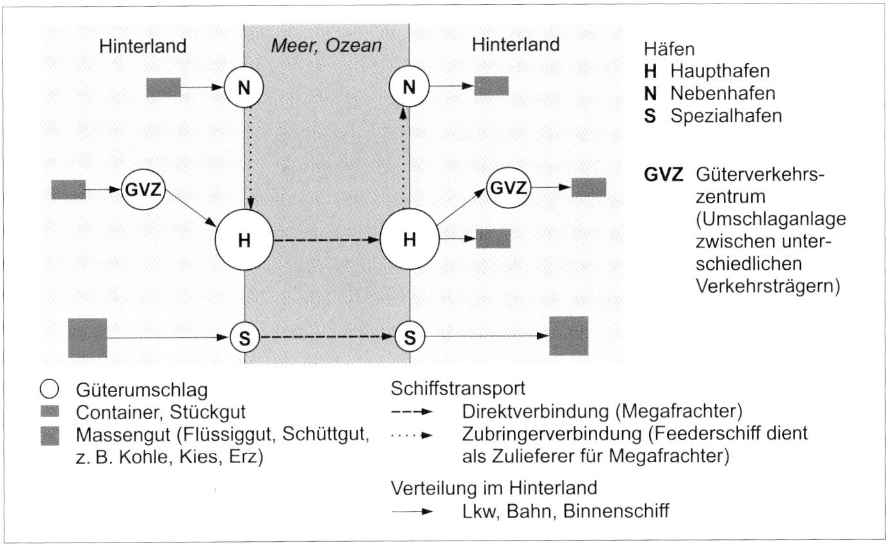

Schmalor, H.; Schäfer, K.: Von A nach B – globale Transportketten im Seehandel. In: Praxis Geographie 3/2019, S. 17

M 10 Positionen der Landesregierungen Bremen und Niedersachsen

Bremen

Ziel bremischer Politik muss es daher sein, die ökonomische Schlüsselrolle der Häfen für das Land Bremen auch in den kommenden Jahren zu erhalten und auszubauen. Hierzu gilt es, im Rahmen einer konsequenten Investitions- und Instandhaltungsstrategie verschiedene, wichtige Projekte und Themenstellungen zu evaluieren und bedarfsgerecht umzusetzen.

Niedersachsen

Die Wettbewerbsfähigkeit unserer Häfen zu sichern, gehört daher zu den wichtigsten Aufgaben der niedersächsischen Wirtschaftspolitik. Eine gut ausgebaute Infrastruktur (Häfen, Hinterlandanbindungen, Gewerbeflächen) ist dabei der Schlüssel zu Wachstum und Beschäftigung in der seit jeher eher strukturschwachen Küstenregion. Hier eine vernünftige Balance zwischen notwendigen Investitionen auf der einen und strukturell ausgeglichenen Haushalten auf der anderen Seite zu finden, wird auch in den nächsten Jahren zu den wesentlichen Herausforderungen gehören. Aus- und Neubaumaßnahmen müssen sich demzufolge streng am Bedarf orientieren.

Fortschritt. Richtung. Zukunft. Hafenkonzept 2020/25 Bremen/Bremerhaven, S. 6, www.wissenschaft-haefen.bremen.de/detail.php? template=20_search _d&search%5Bsend%5D=true&lang=de&search%5Bvt%5D=seeh%E4fen; Perspektivpapier. Der Hafen Niedersachsen 2025. August 2020, S. 16, www.mw.niedersachsen.de/startseite/themen/wirtschaft/maritime_wirtschaft/seehafen_inklusive_hafenbehorde/seehafen-in-niedersachsen-145543.html

Die Aufgabe bezieht sich auf die folgenden Elemente des Kernlehrplans und die Vorgaben 2022:
- **Inhaltsfeld 4:** Bedeutungswandel von Standortfaktoren
  - Herausbildung von Wachstumsregionen

Lösungsvorschlag

Teilaufgabe 1

In dieser Teilaufgabe sollen Sie zunächst die Hafenstädte Wilhelmshaven und Bremerhaven aufgabenbezogen räumlich einordnen. Berücksichtigen Sie hierbei M 1 und M 2. Im zweiten Teil der Aufgabe sollen Sie die Städte aufgrund von demografischen und sozioökonomischen Merkmalen charakterisieren. Verwenden Sie dafür das Material 3.

Lokalisierung

Die **Hafenstädte** Wilhelmshaven und Bremerhaven liegen an der Nordsee im Norden Deutschlands, wobei Wilhelmshaven zum Bundesland Niedersachsen und Bremerhaven zu Bremen gehört. Beide Städte befinden sich an der Jade-Weser-Mündung, Wilhelmshaven an der Einmündung zum Jadebusen und Bremerhaven direkt an der Wesermündung. Zwischen beiden Städten ragt die Halbinsel Butjadingen in die Nordsee. Südlich von Wilhelmshaven liegt der Ems-Jade-Kanal, der von Westen kommend die Ems mit der Jade verbindet. Beide Städte sind an das **Fernverkehrsnetz der Bahn** sowie an **Autobahnen** angebunden. Darüber hinaus verlaufen von Wilhelmshaven aus **Ölpipelines** nach Osten in Richtung Hamburg sowie nach Süden in Richtung Köln und Wesseling (M 1, M 2).

Demografische Situation

In beiden Städten ist seit 1975 ein **Bevölkerungsrückgang** zu erkennen. In Bremerhaven ist die Einwohnerzahl seitdem von 140 000 auf 120 000, in Wilhelmshaven von knapp über 100 000 auf 80 000 gesunken. Während in Wilhelmshaven eine **kontinuierliche Abnahme** stattgefunden hat, konnte Bremerhaven ab 2010 zumindest kurzfristig einen **Anstieg** verzeichnen, nachdem die Bevölkerung schon auf unter 120 000 gesunken war. Dennoch sind seit 2015 die Zahlen wieder leicht rückläufig (M 3).

Sozio-ökonomische Situation

Die Wirtschaft der beiden Hafenstädte ist sehr auf die **maritimen Häfen** ausgerichtet. 2019 nahm die **Beschäftigung** in indirekten und direkten Arbeitsplätzen rund ein Fünftel der Gesamtbeschäftigung ein. Zum Vergleich: In Hamburg mit einem viel größeren Hafen sind es nur 10,8 %. Die Zahl der **sozialversicherungspflichtig Beschäftigten** ist von 2000 bis 2019 in beiden Städten kontinuierlich gestiegen. Im Jahr 2000 waren es in Bremerhaven 43 952, bis 2019 kamen knapp 9 000 hinzu. In Wilhelmshaven betrug die Zahl der sozialversicherungspflichtig Beschäftigten im Jahr 2000 dagegen 27 412, zwischen 2010 und 2019 ist die Zahl dann um knapp 4 000 gestiegen. Im Verhältnis zur Entwicklung im Bundesland Niedersachsen ist dieser Anstieg aber als gering einzustufen. Denn insgesamt hat das Bundesland im Zeitraum 2000 bis 2019 einen Zuwachs von etwa 600 000 sozialversicherungspflichtig Beschäftigten zu verzeichnen.

Die Beschäftigungssituation schlägt sich auch in der Entwicklung der **Arbeitslosenquote** im gleichen Zeitraum nieder. In Niedersachsen lag sie von 2000 bis 2019 immer unter 10 %. In Bremerhaven betrug die Arbeitslosenquote in den Jahren 2000 bis 2005 dagegen über 20 % und in Wilhelmshaven war zwischen 2000 und 2005 ein deutlicher Anstieg von ca. 12 % auf ca. 18 % zu verzeichnen. Seit 2005 ist die **Arbeitslosigkeit** in beiden Städten wieder gesunken. Trotzdem war sie in den Jahren 2010, 2015 und 2019 doppelt oder mehr als doppelt so hoch wie in Niedersachsen. 2019 betrug die Arbeitslosigkeit in Bremerhaven noch 12 %, in Wilhelmshaven 10 % und in Niedersachsen insgesamt 5 %. Trotz der positiven Tendenzen bei Beschäftigung und Arbeitslosigkeit weisen beide Städte typische Probleme eines **strukturschwachen Raumes** auf (M 3).

Teilaufgabe 2

In dieser Teilaufgabe sollen Sie zunächst auf die verkehrsinfrastrukturelle Anbindung der beiden Städte eingehen. Achten Sie darauf, dass Sie nicht nur das wiederholen, was Sie bereits bei der Lokalisierung festgestellt haben. Neben M 1 benötigen Sie M 2 und M 8. Des Weiteren sollen Sie die Entwicklung und Bedeutung der beiden Häfen untersuchen und anschließend die Maßnahmen der Ausbaupläne verdeutlichen. Diese Informationen entnehmen Sie M 4 bis M 10. Achten Sie bei der Auswertung des Materialteils auch immer auf eventuell wichtige Fußnoten.

Hafenstandort und verkehrsinfrastrukturelle Anbindung

Die beiden Städte gehören durch ihre Lage an der Nordsee zur **Nordrange**, liegen aber etwas abseits am östlichen Rand. Dennoch sind sie an verschiedene **Verkehrswege** und **Verkehrsträger** angebunden: Über den Anschluss an die **nationalen Verkehrswege** (Bahn und Autobahn) verfügen beide Städte indirekt auch über **trimodale Verbindungen** zu den **internationalen Verkehrswegen** nach Frankreich, die Niederlande und Großbritannien – bis in die

Metropolregionen London und Paris. Auch auf dem Seeweg sind Wilhelmshaven und Bremerhaven mit den **Haupt-** und **Nebenhäfen** der Nordrange verbunden, u. a. Rotterdam, Antwerpen oder Le Havre. Auf diese Weise werden **zentrale europäische Wirtschaftsräume**, aber auch das **Hinterland** der Nordrange erreicht. Zudem besteht über die Nordsee ein Anschluss zu den **globalen Überseerouten** (M 8, M 9).

Ermöglicht wird diese Verbindung auch durch eine **Fahrwasserrinne** mit genügend **Tiefgang** für große **Containerschiffe**. Beide Städte sind nicht nur Seehäfen, sondern auch **Tiefwasserhäfen**. Der Jade-Weser-Port im Norden von Wilhelmshaven ist derzeit der tiefste Seehafen Deutschlands mit einer von den Gezeiten unabhängigen Wassertiefe von 18,50 m und demnach können dort Containerschiffe der neusten Generation mit einem Tiefgang bis zu 16,50 m anlaufen (M 2, M 4, M 6).

Entwicklung und Bedeutung

Beide Häfen haben sich in Bezug auf den **Güterumschlag** seit 2000 unterschiedlich entwickelt. In Bremerhaven ist die Menge des Güterumschlags bis 2010 sprunghaft gestiegen und wuchs noch einmal etwas bis 2019. Im gesamten Zeitraum wurde der Güterumschlag fast verdoppelt von 30 318 t (2000) auf 57 285 t (2019). In Wilhelmshaven ist der Güterumschlag dagegen von 2000 bis 2010 von 40 927 t auf 24 728 t gesunken, bis 2019 aber wieder auf 28 296 t gewachsen. Die Zahl der **Seeschiffe** ist in beiden Städten zurückgegangen, was auf die Entwicklung der **Containerschifffahrt** zurückzuführen ist. Die Größe der Containerschiffe hat kontinuierlich zugenommen und somit ist auch die **Kapazität in TEU** deutlich gewachsen. 1980 fasste ein Containerschiff nur 5 000 TEU, seit 2017 gibt es Schiffe mit einem Fassungsvermögen von 20 000 Containern. In Bremerhaven hat sich die Zahl der Container (TEU) von 2000 bis 2019 auf 5 180 115 fast verdoppelt. Wilhelmshaven wird trotz der Inbetriebnahme des Jade-Weser-Ports im Jahr 2012 erst seit 2019 von Containerschiffen angelaufen. Deren Zahl betrug 639 084 (M 4, M 5, M 6).

Zusätzlich zum Containerumschlag liegt in Bremerhaven ein Schwerpunkt auf dem Umschlag von **Pkw und Fahrzeugen**. Auch hier ist seit 2000 eine Verdopplung der Anzahl festzustellen. Wilhelmshaven hat sich dagegen auf den Umschlag von **Mineralöl** spezialisiert. Hierzu gibt es im Ölhafen **Speichermöglichkeiten** von 6,9 Mio. m³ in unterirdischen Kavernen und von weiteren 1,6 Mio. m³ in oberirdischen Tanks. Der Anschluss an die **Haupt-**

ölpipelines ermöglicht den Weitertransport ins Hinterland. Allerdings ist die Menge des Umschlags von Mineralöl rückläufig. Seit 2000 hat sie sich um ca. 5000 t reduziert und lag 2019 bei 24 694 t (M 2, M 4).

Es wird deutlich, dass die beiden Seehäfen **regional** gesehen eine **wirtschaftliche Bedeutung** haben, da von ihnen ein großer Effekt auf die **Beschäftigung** ausgeht und **ökonomische Impulse** durch die Spezialisierungen gesetzt werden. Dennoch spielen beide Häfen in der Nordrange in Bezug auf den Containerumschlag eine eher **untergeordnete Rolle**. Führend sind hier die Häfen Rotterdam und Antwerpen, deren Containerumschlag fast durchgängig gestiegen ist und die bei Weitem mehr Container umschlagen als Bremerhaven und Wilhelmshaven. Bremerhaven liegt in diesem Ranking an vorletzter Stelle hinter Hamburg, Wilhelmshaven ist im Vergleich völlig abgeschlagen. Beide Häfen haben durch die Lage am Rande der Nordrange einen Standortnachteil, da sie weiter entfernt von den globalen Seerouten liegen und nicht wie die anderen Häfen an eine Metropolregion angebunden sind (M 5 – M 8).

Ausbaupläne

Beide Häfen sollen an Bedeutung gewinnen. Hierbei spielen die Ausbauprojekte eine große Rolle. Die **Kapazität des Containerumschlags** soll an beiden Standorten erhöht und weitere **Spezialisierungen** sollen vorangetrieben werden. In Bremerhaven soll die Umschlagkapazität von 6 auf 7 Mio. TEU gesteigert werden. Im Jade-Weser-Port in Wilhelmshaven besteht bereits eine Kapazität von 2,7 Mio. TEU und auch die nötige **Infrastruktur** ist hier bereits vorhanden. In Wilhelmshaven gehen die Ausbaupläne in Richtung eines **trimodalen Güterverkehrs- und Dienstleistungszentrums**. Unter anderem soll der bestehende Güterumschlag durch den Bau eines Logistikzentrums von VW sowie eine geplante Anlandemöglichkeit für Flüssiggastanker **diversifiziert** werden (M 6, M 7).

In Bremerhaven ist für den Ausbau des Hafens zunächst die **Investition in die notwendige Infrastruktur** erforderlich. Innerhalb von zwei Jahren ab 2023 wird eine **Vertiefung der Fahrrinne** auf 14,50 m angestrebt. Außerdem sollen Kaianlagen und Ufereinfassungen gebaut sowie der **Anschluss an andere Verkehrsträger** realisiert werden, u. a. durch den Bau des Hafentunnels, der eine Verbindung zur A 27 schaffen soll.

Beide Projekte weisen Parallelen auf. Die Investitionen werden jeweils durch die Bundesländer Niedersachsen und Bremen getragen und dienen somit in erster Linie der **Förderung der regionalen Wirtschaft** (M 6, M 7, M 9).

Teilaufgabe 3

Für diese Teilaufgabe sollen Sie zunächst das Modell intermodaler Transportketten kurz darstellen und die Entwicklung der beiden Häfen hier einordnen. Das Modell ist in M 9 abgebildet. Anschließend wägen Sie positive und negative Punkte ab und nehmen dann begründet Stellung zu den Entwicklungen der Hafenstandorte Wilhelmshaven und Bremerhaven. Im Mittelpunkt steht dabei die Frage, welche Potenziale und Grenzen die Ausbaupläne haben. Verwenden Sie für die Stellungnahme das Material 2 sowie M 5–M 8 und M 10.

Das Modell der intermodalen Transportketten

Das **Modell der intermodalen Transportketten** stellt die Verteilung von Waren und Gütern über die Verbindung unterschiedlicher Verkehrsträger an verschiedenen Hafenstandorten dar. Es gibt Haupt-, Neben- und Spezialhäfen, die miteinander verbunden sind und innerhalb der **Transportkette** unterschiedliche Funktionen im Güterumschlag haben. Entscheidend ist das Ineinandergreifen von mindestens zwei Verkehrsträgern an sogenannten **Güterverteilzentren**, die an einen Haupthafen angebunden sind. Auf diese Weise werden sowohl Stückgüter als auch Massengüter ins Hinterland weitertransportiert und verteilt (M 9).

Einordnung der Hafenstandorte ins Modell

Sowohl Wilhelmshaven als auch Bremerhaven sind **Nebenhäfen mit einer besonderen Spezialisierung** – in Wilhelmshaven auf den Mineralölumschlag, in Bremerhaven auf den Fahrzeugumschlag. Wilhelmshaven verfügt über intermodale Anbindungen ans Hinterland, ist aber aufgrund der Ausbautiefe des Jade-Weser-Port auch als Containerhafen geeignet. Auch Bremerhaven hat eine intermodale Anbindung ans Hinterland und wird von Containerschiffen angefahren. Allerdings ist der Hafen aufgrund der Tiefe der Fahrrinne nur eingeschränkt für große Containerschiffe geeignet (M 2, M 6–M 9).

Potenziale und Grenzen der Hafenstandorte

Beide Häfen haben aufgrund der Ausbaumöglichkeiten große **Entwicklungspotenziale**. In **Wilhelmshaven** ist die bestehende Infrastruktur zur Anlandung von Megafrachtern als klarer **Standortvorteil** zu sehen. Trotzdem ist es bisher nicht gelungen, die Kapazitäten auszuschöpfen und der Umfang des Containerumschlags liegt weit hinter anderen Häfen zurück. Daher ist der geplante Ausbau zum **Güterverteil- und Logistikzentrum** ein wichtiger Schritt, die Transportketten zu verbessern und so Containerschiffe in den Hafen zu ziehen. In **Bremerhaven** ist dagegen der Containerumschlag sehr begrenzt, da die Fahrrinne trotz Vertiefung nur bei 14,10 m liegen wird, was ein großer **Standortnachteil** ist. Zudem ist kein Ausbau zum Güterverteilzentrum geplant, sondern lediglich der Ausbau der Infrastruktur ins Hinterland. Dennoch werden hier durch die Anpassung der Containerhafenanlagen **Wachstumspotenziale**, z. B. durch die Schaffung neuer Arbeitsplätze, geschaffen. Beide Projekte werden folglich von den Landesregierungen als wichtige Investition in die **regionale Wirtschaft** gewertet (M 5 – M 7, M 9, M 10).

Kritische Aspekte

Die Tatsache, dass es in Wilhelmshaven in den zehn Jahren nach der Fertigstellung der ersten Hafenanlagen im Jade-Weser-Port kaum gelungen ist, den Containerumschlag zu etablieren, ist ein Zeichen für eine verfehlte Planung, denn offensichtlich sind die **Standortnachteile** gegenüber den Haupthäfen der Nordrange zu groß. Daher ist es kaum zu vertreten, dass nun an zwei Standorten im gleichen Raum ähnlich ausgerichtete Projekte der Güterverteilung vorangetrieben werden. So wird eine **Konkurrenzsituation** in der Region erzeugt und es ist fraglich, welcher Standort innerhalb der Nordrange schließlich überhaupt **wettbewerbsfähig** sein wird. Durch den parallelen Ausbau von Hafenanlagen werden zudem **doppelte Investitionen** getätigt und mögliche **Synergieeffekte**, z. B. durch sich ergänzende Ausrichtung der Standorte, bleiben ungenutzt. Nicht zuletzt hat der Ausbau von Hafenanlagen auch **ökologische Folgen**, u. a. wird durch das weitere Ausbaggern der Fahrrinne oder erhöhte Emissionen durch Containerschiffe in das maritime Ökosystem eingegriffen.

Fazit

Sicherlich sind Investitionen in die Infrastruktur und das Setzen von wirtschaftlichen Impulsen in **strukturschwachen Regionen** wie Bremerhaven und Wilhelmshaven wichtig, um Arbeitsplätze zu schaffen und Standorte zukunftsfähig zu machen. Dennoch ist es kurzsichtig, nur kleinräumig und nicht überregional zu planen, denn diese Ausbaumaßnahmen garantieren nicht, dass hierdurch die Bedeutung als **Hafenstandort innerhalb der globalen Transportkette** wachsen wird, sondern schaffen sogar noch eine zusätzliche Konkurrenzsituation. Um diese zu vermeiden, wäre eine überregionale Kooperation von Hafenstandorten sinnvoll, damit die Investitionen in Milliardenhöhe nicht im Sande verlaufen.

Haben Sie daran gedacht, …

- *die Hinweise auf den ersten Seiten dieses Buches zu berücksichtigen?*
- *Ihre Ausführungen mithilfe von Zwischenüberschriften zu gliedern?*
- *die Materialbelege nach Sinnabschnitten in Klammern anzugeben?*
- *auf eine allgemein- und fachsprachlich angemessene Darstellung zu achten?*

Leistungskurs Geographie (NRW) – Abiturprüfung 2022
Aufgabe 3

Thema

Leitbildorientierte Stadtentwicklung – Das Beispiel Heidelberg-Bahnstadt

Aufgabenstellung

Punkte

1. Lokalisieren Sie Heidelberg und kennzeichnen Sie die demografische und sozioökonomische Situation der Stadt Anfang der 2000er-Jahre. 20

2. Erläutern Sie vor diesem Hintergrund die Entwicklung und Bedeutung des Stadtteils Bahnstadt. 32

3. Ordnen Sie die Entwicklungen in der Bahnstadt in das Leitbild der kompakten und durchmischten Stadt ein und nehmen Sie kritisch Stellung zu den realisierten und geplanten Vorhaben. 28

Zugelassene Hilfsmittel

- der an der Schule in der Qualifikationsphase überwiegend verwendete Atlas, in einer für alle Prüflinge gleichen Auflage
- Wörterbuch zur deutschen Rechtschreibung
- Taschenrechner

Farbkarten zum Download auf der Plattform MyStark!

Materialgrundlage

M 1 Atlaskarten nach Wahl

M 2 Heidelberg – Stadtteile

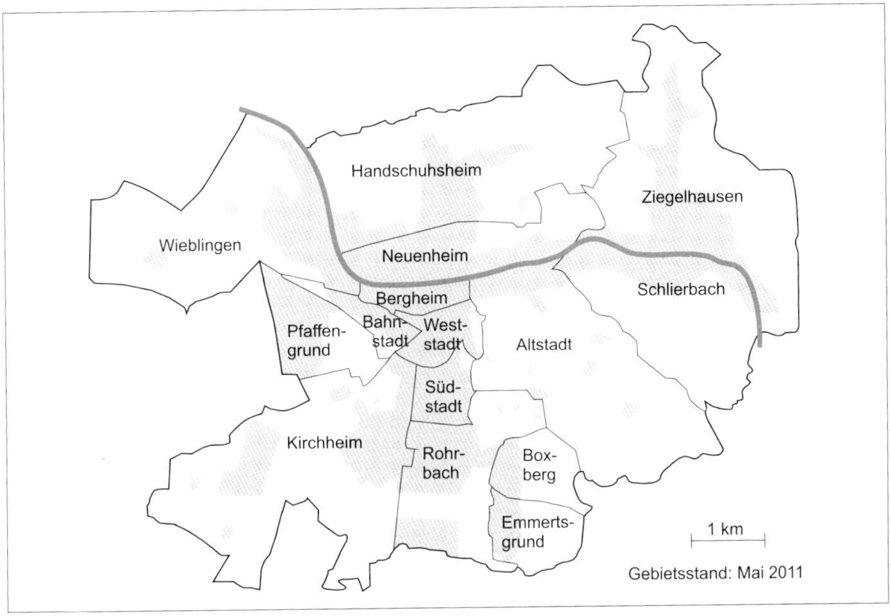

Amt für Stadtentwicklung und Statistik der Stadt Heidelberg (Stand 2011)

M 3 Heidelberg – Wirtschaft

Jahr	Sozialversicherungspflichtig Beschäftigte			Arbeitslosen-quote (%)
	Insgesamt	Produzierendes Gewerbe (%)	Dienstleistungen (%)	
2000	75 400	20,6	79,4	6,6
2004	73 763	18,7	81,3	7,2
2008	77 731	16,7	83,3	6,0
2012	82 911	16,1	83,9	5,3
2016	89 588	16,7	83,3	4,7
2020	91 438	13,4	86,6	5,0

Jahr	Verfügbares Einkommen pro Kopf (€)	
	Heidelberg	Mannheim
2000	18 309	14 498
2010	21 010	17 316
2018	23 822	21 983

www.statistik-bw.de (Zugriff 07. 12. 2021)

M 4 Heidelberg – Demografie

Heidelberg Einwohner

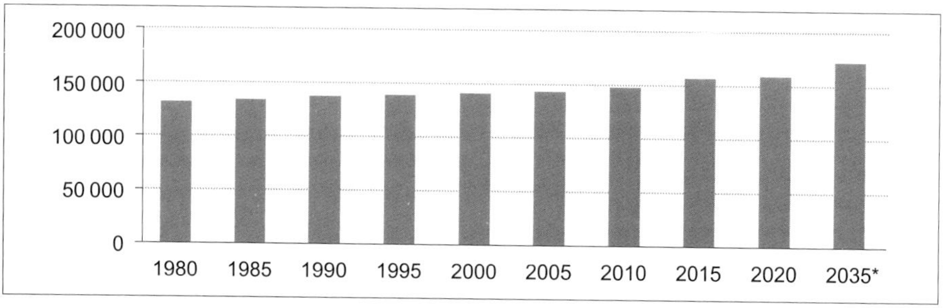

Heidelberg Wanderungssaldo	1991–2000	2012–2017
	+5 830	+10 177

Bahnstadt Einwohner

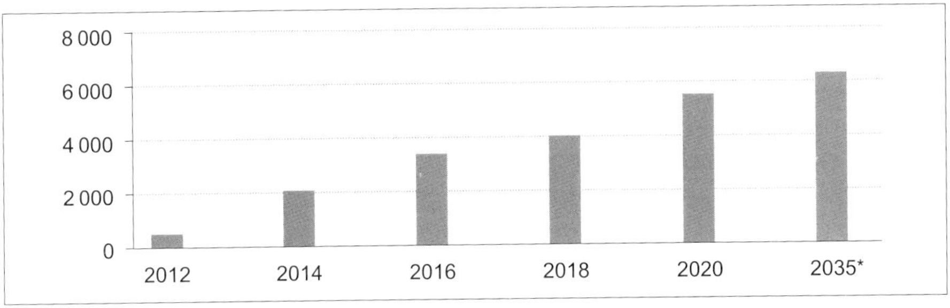

* Prognose

Altersstruktur (in %)

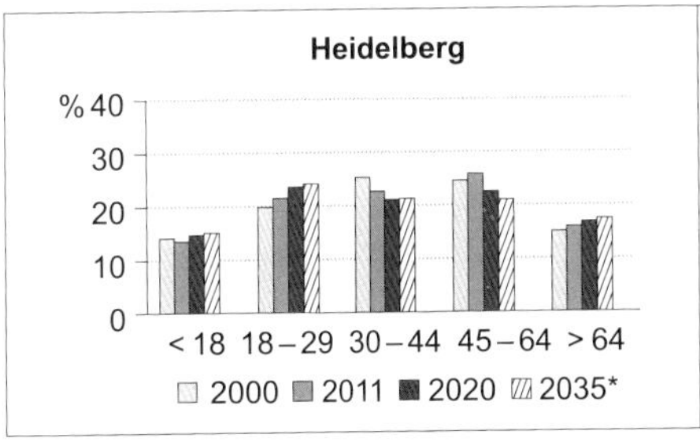

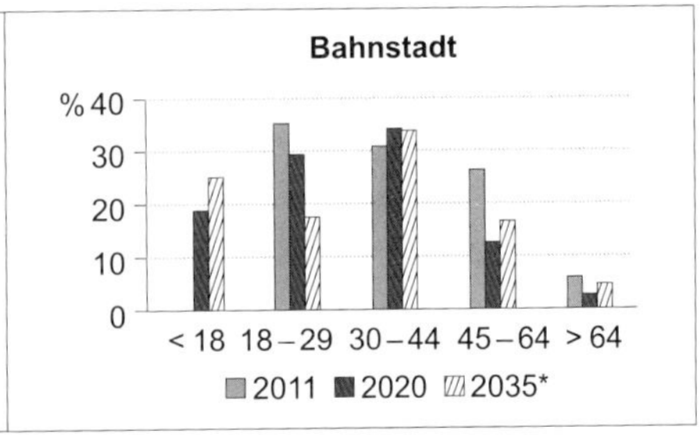

Altersdurchschnitt (in Jahren)

Heidelberg		Bahnstadt	
2018	**2035***	**2018**	**2035***
40,4	39,7	29,1	31,5

* Prognose

Altersstruktur Baden-Württemberg:
2005 (19,1/14,4/23,4/25,3/17,8) und 2019 (17,0/14,6/19,2/28,8/20,4)

Amt für Stadtentwicklung und Statistik, Stadt Heidelberg; www.statistik-bw.de (Zugriff 12. 11. 2021)

M 5 Heidelberg – Daten und Fakten (Stand 2020)

- 5 Hochschulen, 39 000 Studierende, Universität als größter Arbeitgeber
- Sitz internationaler Forschungseinrichtungen, u. a. Europäisches Laboratorium für Molekulare Biologie, Krebsforschungszentrum
- Tourismus: historische Altstadt, 11,9 Mio. Gäste jährlich
- Grünflächenanteil 70 %
- Bildung: Gymnasialquote 70 % (Baden-Württemberg 44 %); Akademikerquote 38 % (Baden-Württemberg 20 %)
- aktuelle durchschnittliche Wohnungsmiete pro m^2:11,30 €; Bahnstadt: 14,70 €; angrenzende Gemeinden: 8,00 €

Historische Altstadt

Einschätzung der Lebensqualität (ausgewählte Indikatoren im Bereich Wohnen)

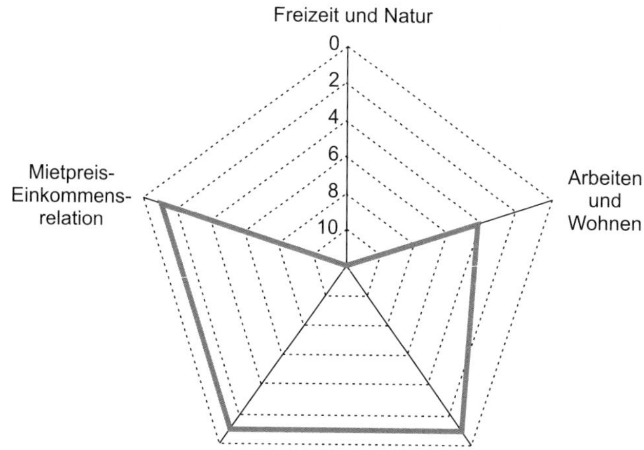

Anmerkung:
Die Einschätzung ist das Ergebnis einer Studie, in der die Lebensumstände in allen deutschen Kreisen und Städten Anfang der 2000er-Jahre untersucht wurden.
0 ≙ schlechte Bewertung
10 ≙ gute Bewertung
Im Gesamtranking belegte Heidelberg auf Basis von 53 Indikatoren den zweiten Platz.

www.heidelberg.de; www.de.hotels.com/go/deutschland/attraktionen-heidelberg; www.deutschland-studie.zdf.de (Zugriff jeweils 07. 12. 2021); S.Borisov/Shutterstock.com

M 6 Heidelberg – Ausschnitt Stadtplan

(Farbkarte zum Download auf MyStark!)

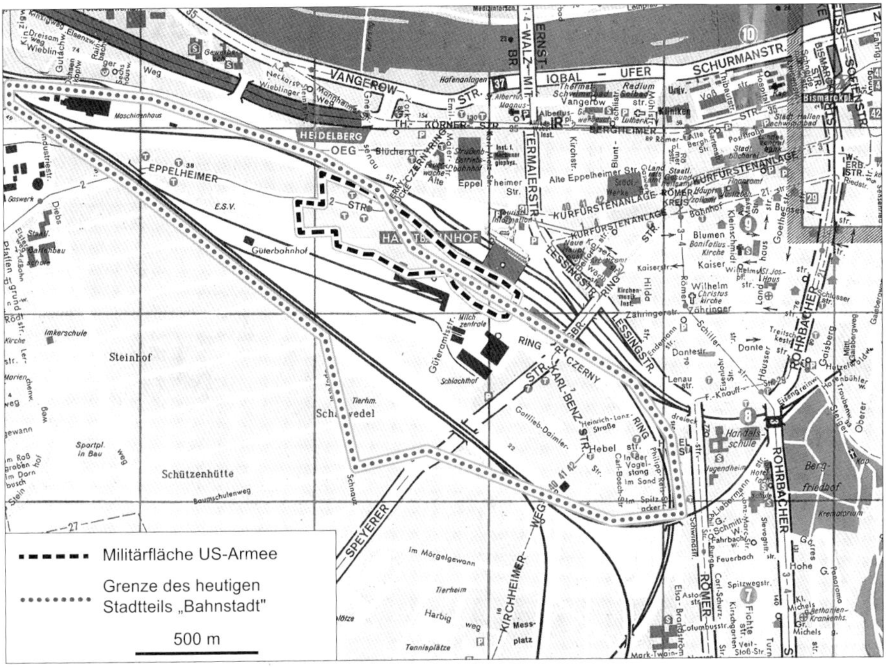

Anmerkung:
Die abgebildete räumliche Situation im Bereich der heutigen Bahnstadt entspricht der von 1997.

M 7 Heidelberg – Immobilienpreise

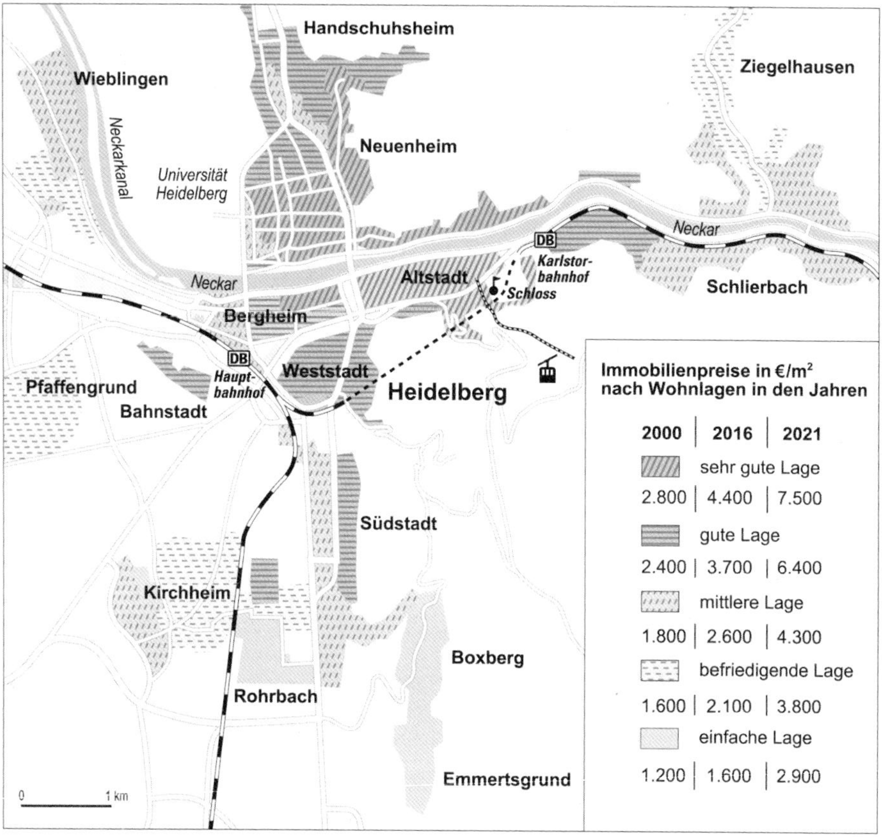

Zum Vergleich: Immobilienpreise Baden-Württemberg: 2000: 1 500 €/ m², 2021: 2 700 €/ m²

M 8 Bahnstadt – Daten und Fakten

- neuer Stadtteil von Heidelberg (seit 2010); Träger der Entwicklungsmaßnahme: Stadt Heidelberg
- ehemaliger Güter- und Rangierbahnhof (Stilllegung 1997) sowie Militärfläche der US-Armee (Übereignung an die Stadt Heidelberg Anfang der 2010er-Jahre)
- Gesamtfläche: 116 ha, Deutschlands größtes innerstädtisches Siedlungsprojekt
- größte Passivhaussiedlung* der Welt

Strukturdaten 2020		
	BS	**HD**
Anteil der Wohnungen mit 1 oder 2 Räumen (in %)	51,9	19,9
Anteil der Beschäftigten in der Altersgruppe der 18- bis 64-Jährigen (in %)	55,3	54,8
Bevölkerungsdichte (Einwohner/ha)	51,3	13,4
Arbeitslosenquote (in %)	2,2	5,2

BS = Bahnstadt; HD = Heidelberg

- Projektlaufzeit: 2008 bis 2027; Ziele: ca. 6500 Einwohner in ca. 3700 Wohneinheiten; 5000 bis 6000 Arbeitsplätze
- Verkaufsstart von Immobilien: September 2010
- Investitionserwartungen: ca. 2 Mrd. €
- Wissensquartier: 22 ha großer Bahnstadt-Campus; Herzstück: das repräsentative Büro- und Laborgebäude *SkyLabs*
- 19 ha große Fläche für Wissenschaft und Hightech-Unternehmen
- Ansiedlung von bereits fünf Firmen auf dem rund 2,7 ha großen Campus-Technologiepark (Stand 2020)
- Strom- und Wärmeversorgung aus 100 % erneuerbaren Energien

* Deckung des Energiebedarfs durch Sonneneinstrahlung und Wärmeabgabe von Geräten und Personen im Innenraum

www.heidelberg-bahnstadt.de; ww2.heidelberg.de/datenatlas/2020/ (Zugriff 12. 11. 2021)

M 9 Bahnstadt – realisierte und geplante Vorhaben

(Farbkarte zum Download auf MyStark!)

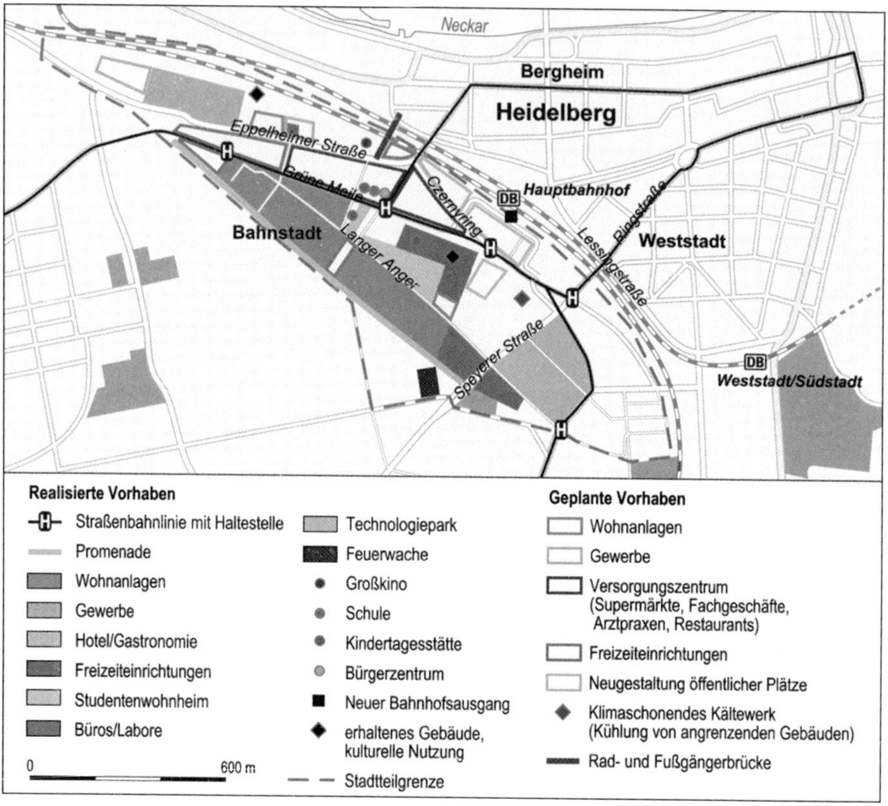

© cartomedia, Karlsruhe

M 10 Leitbild der kompakten und durchmischten Stadt

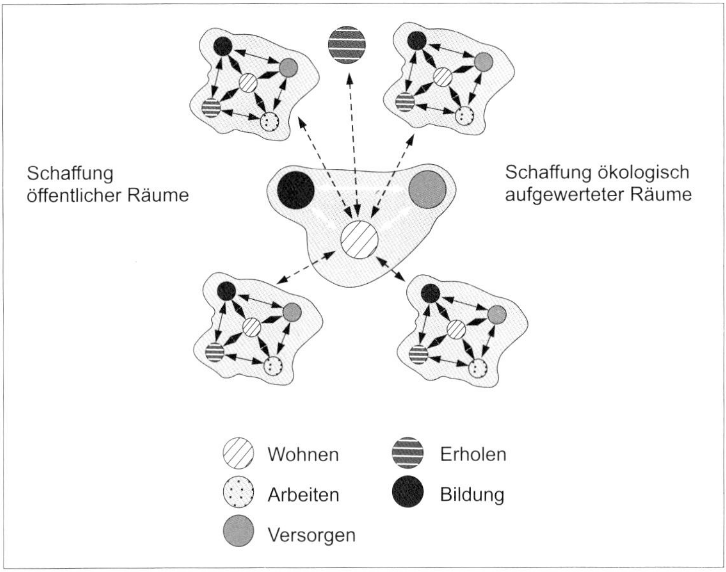

Jessen, J.: Leitbilder der Stadtentwicklung. In: Akademie für Raumforschung und Landesplanung (Hrsg.): Handwörterbuch der Stadt- und Raumentwicklung. Hannover 2018, S. 1403 (Originalquelle: Bundesministerium für Raumordnung, Bauwesen und Städtebau (Hrsg.): Raumordnung in Deutschland. Bonn 1996, S. 37), https://shop.arl-net.de/media/direct/pdf/HWB%202018/Leitbilder%20der%20Stadtentwicklung.pdf, CC-BY-ND 3.0

M 11 Bahnstadt – Pressemeldungen

Verkehrsclub kritisiert Stadt wegen Bahnstadt

Viele Pkw, viel Verkehr: Felix Berschin wirft der Stadt eine „klimapolitische Fehlleistung" vor – Mit dem Auto heim zum Passivhaus?

[…] Berschin fordert die Stadt Heidelberg auf, eine ehrliche Klimabilanz zur größten Passivhaussiedlung der Welt aufzustellen. „Nach Berechnungen des VCD kommt ziemlich genau die CO_2-Einsparung aus den Gebäuden nun bei den Autoabgasen wieder heraus". […]

„Jeder Bewohner spart gegenüber einem Niedrigenergiehaus durch das Passivhaus 227 Liter Diesel pro Jahr. […] Umso enttäuschender sei es aber, dass allein die Auspendler aus der Bahnstadt statistisch berechnet 162 Liter pro Jahr und Einwohner verbrauchten.

Zeitgemäßes Bauen ist in Heidelberg nicht einfach

Der Architekturexperte Bernd Müller über die anhaltende Kritik an der Bahnstadt und wenig gelungene Neubauten

Die Bahnstadt als jüngster Stadtteil Heidelbergs polarisiert wie kein anderer. Wie finden Sie die Passivhäuser, begrünten Doppel-Fassaden und Dächer?

Ich wohne in der Weststadt – die war auch mal ein neuer Stadtteil. Als man diese gebaut hat, standen da nur Häuser. Und wenn Sie heute durch die Weststadt laufen, sehen Sie einen hohen Grünanteil in den Außenräumen. So wird das auch in der Bahnstadt kommen. Man muss dem neuen Stadtteil und der Natur einfach nur Zeit geben. Die Planer haben sich die grünen Räume und Grünflächen ja mitgedacht.

Heidelberger-Bahnstadt: Ein Stadtteil nur für Gutverdiener?

Wohnungen in der Bahnstadt sind begehrt und teuer, vor allem durch den durchgängigen Passivhausstandard. Darum gibt es ein Förderprogramm, das Mieter und Käufer bezuschusst, es steht ein Topf von sechs Millionen Euro zur Verfügung. 20 Prozent der Bewohner sollen in den Genuss dieses Geldes kommen, wenn die Bahnstadt fertig gebaut ist. Doch Ende Dezember 2014 waren es nur rund neun Prozent. Vor allem bei den Eigentumswohnungen scheint das Programm nicht zu funktionieren. Von den zum Stichtag fertiggestellten 861 Wohnungen in der Bahnstadt wurden nur 73 finanziell gefördert. Bei Mietverhältnissen waren es 64, bei Käufern neun. Rund 160 000 Euro wurden bisher ausgezahlt.

Holger Buchwald: Verkehrsclub kritisiert Stadt wegen Bahnstadt, Rhein-Neckar-Zeitung vom 28. 05. 2019, www.rnz.de/region/heidelberg_artikel,-heidelberg-verkehrsclub-kritisiert-stadt-wegen-bahnstadt-_arid,443096.html#:~:text=Harsch%20kritisiert%20Felix%20Berschin%2C%20 Vorstandssprecher,hingegen%20als%20%22abstrus%22%20zur%C3%BCck;
Katharina Eppert: Zeitgemäßes Bauen ist in Heidelberg nicht einfach, Rhein-Neckar-Zeitung vom 14. 10. 2017, www.rnz.de/politik/magazin_artikel,-_arid,309090.html;
Steffen Blatt: Heidelberger Bahnstadt: Ein Stadtteil nur für Gutverdiener?, Rhein-Necker-Zeitung vom 14. 03. 2015, www.rnz.de/region/heidelberg _artikel,-Heidelberg-Heidelberger-Bahnstadt-Ein-Stadtteil-nur-fuer-Gutverdiener-_arid,82989.html

Die Aufgabe bezieht sich auf die folgenden Elemente des Kernlehrplans und die Vorgaben 2022:

- **Inhaltsfeld 5:**
  - Stadtentwicklung und Stadtstrukturen
  - Merkmale, innere Differenzierung und Wandel von Städten
  - Demografischer und sozialer Wandel als Herausforderung für zukunftsorientierte Stadtentwicklung

Lösungsvorschlag

Teilaufgabe 1

In dieser Teilaufgabe sollen Sie zunächst die Stadt Heidelberg aufgabenbezogen räumlich einordnen. Berücksichtigen Sie hierbei verschiedene Karten sowie M 2. Im zweiten Teil der Aufgabe sollen Sie die Situation Heidelbergs zu Beginn der 2000er-Jahre kennzeichnen. Im ersten Schritt untersuchen Sie dazu anhand von M 4 die demografische Situation der Stadt und erarbeiten dann die ökonomische Situation mithilfe von M 3 sowie weitere Merkmale der Stadt anhand von M 1 und M 5.

Lokalisierung

Die Stadt Heidelberg liegt am Neckar im Südwesten Deutschlands im Bundesland Baden-Württemberg; der Fluss fließt von Ost nach Nordwest durch die Stadt. Zusammen mit den Städten Mannheim und Ludwigshafen ist Heidelberg Teil der **europäischen Metropolregion** Rhein-Neckar. Über die Autobahn besteht eine Verbindung zur Rhein-Main-Region im Norden sowie zur Stadt Karlsruhe im Süden. Ebenso ist sie an das **Fernverkehrsnetz** der Bahn angebunden. Sie liegt im **Mittelgebirgsraum**, nordöstlich befindet sich der Odenwald (M 1, M 2).

Demografische Situation

Die **Einwohnerzahl** Heidelbergs ist von 1980 bis 1990 leicht, aber kontinuierlich gestiegen. Im Zeitraum von 1991 bis 2000 ist die Einwohnerzahl durch ein positives **Wanderungssaldo** um 5 830 gewachsen, lag zu der Zeit aber noch unter 150 000. Etwa die Hälfte der Bevölkerung gehörte im Jahr 2000 zu den **Erwerbstätigen** zwischen 30 und 64 Jahren, die Gruppe der unter 18-Jährigen und der über 64-Jährigen war mit jeweils rund 15 % in etwa gleich groß. Der Anteil der Altersgruppe der jüngeren Erwerbstätigen von 18 bis 29 Jahren lag bei 20 % (M 4).

Wirtschaftliche Situation

Im Jahr 2000 gab es in Heidelberg insgesamt 75 400 **sozialversicherungspflichtig Beschäftigte**. Der Schwerpunkt lag im **tertiären Sektor**, denn 79,4 % waren hier tätig. Nur ein Fünftel war im

produzierenden Gewerbe beschäftigt. Die **Arbeitslosenquote** lag bei 6,6 % und das verfügbare **Einkommen** war mit 18 309 € **pro Kopf** um fast 4 000 € höher als im benachbarten Mannheim (M 3).

Weitere Merkmale und Problemfelder

Die **Beschäftigungsstruktur** ist unter anderem darauf zurückzuführen, dass Heidelberg Sitz verschiedener **Hochschulen** und **internationaler Forschungseinrichtungen** ist. Die Universität ist der größte Arbeitgeber der Stadt. Zudem liegt die Stadt in einer **landschaftlich attraktiven Region** in direkter **Flusslage** sowie am Rand des Mittelgebirges. Sie bietet eine **historische Altstadt**, die jährlich 11,9 Mio. Touristen in die Stadt zieht (M 1, M 5).

Diese Attraktivität spiegelt sich auch im Ergebnis einer Studie wider, die zu Beginn der 2000er-Jahre die **Lebensumstände** in allen deutschen Kreisen und Städten untersuchte und bei dem die Stadt Heidelberg auf Rang 2 landete. Der Indikator **Freizeit** und Natur wurde demnach mit dem höchsten Indexwert 10 bewertet, der Bereich **Arbeiten und Wohnen** dagegen eher mäßig mit dem Wert 4. **Problemfelder** wurden in den Bereichen Mietpreis- und Einkommensverhältnis, Immobilienkaufpreis-Einkommensrelation und Wohnfläche je Einwohner deutlich, die alle mit dem Indexwert 1 schlecht abschnitten. Dieses Ergebnis zeigt sowohl den Bedarf an **bezahlbarem Wohnraum** und Immobilien als auch an **Arbeitsplätzen** (M 3–M 5).

Teilaufgabe 2

In dieser Teilaufgabe sollen Sie basierend auf den Ergebnissen von Teilaufgabe 1 den neuen Stadtteil Bahnstadt genauer untersuchen. Einerseits sollen Sie seine Entwicklung erläutern, wobei Sie auf die Lage, die Strukturmerkmale und die Planung bzw. die Realisation eingehen sollten. Andererseits soll die Bedeutung des Stadtteils für Heidelberg herausgestellt werden. Verwenden Sie für die Erarbeitung dieser Teilaufgabe die Materialien M 6–M 9.

Lage und Entwicklung des Stadtteils

Der neue Stadtteil Bahnstadt ist seit 2010 in der Entwicklung, der Träger ist die Stadt Heidelberg. Das Gelände mit insgesamt 116 ha befindet sich auf dem Gelände des 1997 stillgelegten **ehemaligen Güter- und Rangierbahnhofs** sowie einer **früheren Militärfläche** der US-Armee, die um 2010 an die Stadt Heidelberg übereignet worden war. Der Stadtteil liegt ca. 1 km südlich des Neckar in unmittelbarer Nähe zum Hauptbahnhof bzw. an dessen Rückseite. Die Altstadt liegt östlich hiervon und ist etwa 2 km entfernt (M 6–M 8).

Die Projektlaufzeit ist auf fast 20 Jahre angelegt. Geschaffen werden soll ein **neuer innerstädtischer Stadtteil** für unterschiedliche Nutzungen. Neben **Wohnraum** soll vor allem **Gewerbe** mit einem Schwerpunkt auf **Forschung und Technik** angesiedelt werden (M 6–M 8).

Bisher wurde die Planung des südlichen Teils des Geländes auf dem ehemaligen Güterbahnhof realisiert. Hieran wird bereits die **Mischnutzung** deutlich: Die größte Fläche nehmen drei Wohnanlagen sowie ein Studentenwohnheim ein, an die sich nach Westen eine Gewerbefläche und nach Osten Labore und Büros sowie ein **Technologiepark** anschließen. Auf dem 2,7 ha großen Areal des Technologieparks haben sich bereits fünf Firmen angesiedelt. Darüber hinaus wurden auch weitere **Daseinsgrundfunktionen** berücksichtigt, da sowohl **Freizeit-** als auch **Bildungseinrichtungen** und ein Bürgerzentrum vorgesehen sind. Ein Zentrum für **Nahversorgung** mit Supermärkten, Fachgeschäften, Arztpraxen und Gastronomie ist im nördlichen Teil geplant. Außerdem sollen weitere Wohnanlagen und Freizeiteinrichtungen gebaut sowie zusätzliche Gewerbeflächen erschlossen werden.

Auch für die **Anbindung an den ÖPNV** wurde gesorgt: Mit der Straßenbahn kommt man Richtung Innenstadt. Außerdem wurde ein neuer **Bahnhofsausgang** gebaut, der direkt an den Stadtteil grenzt. Eine Rad- und Fußgängerbrücke ist in Planung. Hervorzuheben ist auch das Konzept einer **nachhaltigen Energieversorgung**. Diese soll zu 100 % mit regenerativen Energien gedeckt werden. Zusätzlich soll der Energieverbrauch durch den Bau von **Passivhäusern** gering gehalten werden. Für die Kühlung von angrenzenden Gebäuden soll ein **Kältewerk** sorgen (M 8, M 9).

Strukturmerkmale der Bahnstadt

Genau wie in Heidelberg insgesamt dominiert der Anteil der **Erwerbstätigen** in der Altersgruppe von 18–64 Jahren mit 55,3 %. Allerdings besteht mehr als die Hälfte des Wohnraums aus **Ein-** oder **Zweiraumwohnungen**, in Heidelberg gesamt trifft dies nur auf ein Fünftel des Wohnraums zu. Auch die **Bevölkerungsdichte** ist mit 51,3 Einwohnern pro Hektar um ein Vielfaches höher. Die **Arbeitslosenquote** ist mit 2,2 % dagegen um 3 Prozentpunkte niedriger als in Heidelberg insgesamt (M 8).

Bedeutung des Stadtteils

Die Entwicklung des neuen Stadtteils ist von großer Bedeutung, da nicht nur **innerstädtischer Wohnraum** für ca. 6500 Einwohner in 3700 Wohneinheiten geschaffen werden soll, sondern auch 5000 bis 6000 Arbeitsplätze für gut ausgebildete Arbeitskräfte in der

Hightech-Branche entstehen sollen. So können z. B. Absolventinnen und Absolventen der ansässigen Hochschulen in der Stadt gehalten werden, einer **Abwanderung** kann vorgebeugt werden. Außerdem kann durch die Schaffung innerstädtischen Wohnraums die **Suburbanisierung** eingedämmt werden. Weiterhin trägt die Ausrichtung auf Hightech und die Ansiedlung von Unternehmen dieser Branche dazu bei, den bestehenden **Standort von Forschung, Technik und Wissenschaft** zu stärken. Daher ist der Bau des repräsentativen Büro- und Laborgebäudes SkyLabs als Herzstück ein wichtiges Signal, um diesen Schwerpunkt zu verdeutlichen (M 4–M 8).

Allerdings wird auch deutlich, dass in Zukunft in Bahnstadt **kaum günstiger Wohnraum** bereitgestellt werden wird. Auf dem Immobilienmarkt wird die Bahnstadt als **gute Lage** eingeschätzt. 2016, also einige Jahre nach Beginn des Projekts, betrug der Preis pro m^2 3700 €, was schon 1000 € über dem derzeitigen **Durchschnittsimmobilienpreis** in Baden-Württemberg lag. Inzwischen sind die **Preise pro Quadratmeter** auf 6400 € gestiegen. Immobilien in sehr guter Lage haben einen Quadratmeterpreis von 7500 € (M 7, M 8).

Teilaufgabe 3

Für diese Teilaufgabe sollen Sie zunächst die Entwicklungen in der Bahnstadt in das Leitbild der kompakten und durchmischten Stadt einordnen. Dazu müssen Sie das Modell, das Ihnen in M 10 zur Verfügung steht, in Grundzügen darlegen und mit der Planung des Stadtteils Bahnstadt abgleichen. Anschließend sollen Sie dann positive und negative Punkte abwägen und kritisch Stellung zur Planung und Realisierung des Stadtteils nehmen. Zur Bearbeitung sind die Materialien 7–11 notwendig.

Das Leitbild der kompakten und durchmischten Stadt

Das **städtebauliche Leitbild** sieht eine **Verdichtung** sowie eine Verbindung der **Funktionen Wohnen, Arbeiten, Versorgen, Erholen und Bildung** auf kleinem Raum vor, sodass die **Bau- und Wohndichte** erhöht wird und **kurze Wege** innerhalb eines Stadtteils sowie zu anderen Stadtteilen und ins Zentrum vorhanden sind, um alle **Daseinsgrundfunktionen** zu erfüllen. Außerdem sollen **öffentliche Räume** integriert, aber auch **ökologisch aufgewertete Räume** geschaffen werden. Das kann z. B. durch eine ökologische Bauweise, Grünflächen, eine klimaneutrale Energieversorgung oder klimafreundliche Verkehrskonzepte erreicht werden (M 10).

Bei der Planung und Realisierung des neuen Stadtteils Bahnstadt werden viele Merkmale des Leitbilds der kompakten und durchmischten Stadt umgesetzt. Die **hohe Bevölkerungsdichte**, die bereits erreicht wurde, obwohl noch nicht alle Wohnflächen realisiert sind, ist ein Beleg für die **Nachverdichtung** und **Kompaktheit** der Siedlung. Zusätzlich wird dem Aspekt der **Nachhaltigkeit** in der **Durchmischung** Rechnung getragen. So gibt es ein enges Nebeneinander von Wohnen, Arbeiten und Freizeit. Auch eine nahräumliche Versorgung mit Dienstleistungen und Bildung ist vorgesehen (M 8, M 9).

Umsetzung des Leitbilds in Bahnstadt

Das Prinzip der **ökologischen Aufwertung** spiegelt sich im Energiekonzept wider. Die Nutzung ausschließlich **regenerativer Energien** und eine **klimaschonende Kühlung** der Gebäude sowie das Ziel, in der Bahnstadt die **größte Passivhaussiedlung der Welt** zu realisieren, sind Belege hierfür. Auch der Anschluss an den ÖPNV trägt zur ökologischen Aufwertung bei, da seine Nutzung zur **Reduzierung von Emissionen** führt. Trotzdem sind durch die **innenstadtnahe Lage** kurze Wege auch in andere Stadtteile gewährleistet. Der Bau eines Bürgerzentrums und die Neugestaltung öffentlicher Plätze, z. B. an der Bahnhofsrückseite, tragen dem Ziel Rechnung, **öffentliche Räume** zu schaffen (M 4, M 8, M 9).

Negative Aspekte

Am Projekt Bahnstadt ist vor allem kritisch zu sehen, dass die aktuellen **Leitlinien der Stadtentwicklung** zwar grundsätzlich in den Blick genommen, aber doch nicht in letzter Konsequenz umgesetzt wurden. So ist es beispielsweise fraglich, ob die **Klimabilanz** der Siedlung tatsächlich positiv ist. Denn die Einsparungen an Emissionen durch Passivhäuser und regenerative Energienutzung werden durch die pro Einwohner produzierten Emissionen durch den Individualverkehr – statistisch gesehen – aufgehoben.

Ein weiteres Problem liegt im Konzept für die Stadtteilplanung selbst. Da hier vor allem **Wohnraum für gut Ausgebildete** und **besser Verdienende**, die z. B. in den benachbarten Hightech-Unternehmen oder in Forschungseinrichtungen einen Arbeitsplatz finden könnten, gebaut wird, ist eine **soziale Durchmischung** nicht gegeben. **Fördergelder** als Bezuschussung zum Wohnen in der Bahnstadt, von denen 20 % der Bewohner profitieren sollten, wurden bisher nur in geringerem Maße abgerufen. Da die Immobilienpreise seit 2000 deutlich gestiegen sind, erscheint es unrealistisch, dass **Einkommensschwächere** hier Wohnraum finden, sodass diese in die weiter außerhalb gelegenen, günstigeren und einfacheren Wohnlagen verdrängt werden (M 7, M 9, M 11).

Die **Umnutzung** des ehemaligen Güterbahn- und Militärgeländes stellt insgesamt gesehen einen positiven Impuls für die Stadtentwicklung Heidelbergs dar, da eine brachliegende innenstadtnahe Fläche gemäß dem **Leitbild der kompakten und durchmischten Stadt** einer neuen Nutzung zugeführt wurde und somit der Innenstadtbereich weiter aufgewertet wird. Insbesondere die Konzeption im Sinne der schon bestehenden wirtschaftlichen Ausrichtung der Stadt sowie die Berücksichtigung von Klimaleitlinien erscheint konsequent und zeitgemäß. Dennoch sollte verstärkt darauf geachtet werden, dass **alle Alters- und Einkommensgruppen** von der Stadtteilentwicklung profitieren, um eine fortschreitende **soziale Segregation** zu vermeiden. Fazit

Haben Sie daran gedacht, …

- *die Hinweise auf den ersten Seiten dieses Buches zu berücksichtigen?*
- *Ihre Ausführungen mithilfe von Zwischenüberschriften zu gliedern?*
- *die Materialbelege nach Sinnabschnitten in Klammern anzugeben?*
- *auf eine allgemein- und fachsprachlich angemessene Darstellung zu achten?*